MORRIS WEST

L'Ambassadeur

ROMAN

TRADUIT DE L'ANGLAIS
PAR CLAUDE ELSEN

LE LIVRE DE POCHE

L'AMBASSADEUR

Né en 1916 à Melbourne (Australie), Morris West passe dans l'ordre sévère des Frères Chrétiens onze ans (1931-1942), dont sept seront consacrés à l'enseignement. Renonçant à prononcer ses vœux, il quitte le couvent et sert comme lieutenant dans le Pacifique (1942-1943). Il est chef de publicité et producteur de radio quand une paralysie interrompt sa brillante carrière. Guéri, il se marie et, pour vivre, devient auteur dramatique et romancier (Fille du silence, Toute la vérité, Les Enfants du soleil, Les Souliers de Saint Pierre, Le Loup rouge, Arlequin, La Salamandre, La Tour de Babel, L'Avocat du diable...). *Ses œuvres connaissent un succès considérable car elles dénoncent la violence de notre époque, dans la rue, dans les milieux d'affaires comme dans les milieux politiques. Morris West décrit, avec un sens rare du suspense, la civilisation, la générosité et la sainteté aux prises avec la barbarie, la corruption et la lâcheté humaine.*

Trois samouraïs ayant rencontré un coucou silencieux, le premier déclare qu'il tuera l'oiseau s'il ne chante pas, le second qu'il l'invitera à chanter, le troisième qu'il attendra son bon vouloir. C'est à cet apologue que fait allusion le moine japonais auprès de qui Maxwell Gordon Amberley s'initie à la doctrine du Zen quand il lui annonce sa nomination comme ambassadeur au Sud-Vietnam : « Que ferez-vous lorsqu'on vous demandera de tuer le coucou ? » Dès son arrivée à Saïgon, où il est témoin du premier suicide de bonze par le feu, Amberley comprend la portée de la question posée par son maître. Le coucou est le président Cung dont les Etats-Unis veulent obtenir l'adhésion à leurs vues. En tant qu'ambassadeur, Amberley est obligé d'utiliser les armes habituelles de la diplomatie des puissants; en tant qu'homme, il éprouve de la sympathie pour Cung qu'il sait condamné si sa démarche reste vaine – une junte soutenue par les services secrets s'apprête à renverser Phung Van Cung.
Sous cette affabulation, on aura reconnu le personnage du président Diem et les événements survenus vers 1963, car le mérite de Morris West est d'avoir écrit un roman aux profondes résonances dans un cadre historique qui en fait aussi un intéressant documentaire sur le Vietnam en guerre.

Paru dans Le Livre de Poche :

L'AVOCAT DU DIABLE.
TOUTE LA VÉRITÉ.
LA SECONDE VICTOIRE.
LES SOULIERS DE SAINT PIERRE.
LES BOUFFONS DE DIEU.

NOTE DE L'AUTEUR

Ce livre est un ouvrage de fiction, conçu selon une formule depuis longtemps utilisée par les romanciers et qui consiste à mêler à des faits historiques des personnages nés de l'imagination de l'auteur.

Il serait dès lors abusif de vouloir identifier les protagonistes de ce récit avec des personnages réels, vivants ou morts. Le lecteur, s'il accepte la fiction qui lui est ici proposée, s'apercevra, je l'espère, que la vérité de ce livre se suffit à elle-même.

M. W.

I

En tant que diplomate, j'ai de bons états de service. Dans la lettre d'adieu qu'il m'a adressée, le Président parle de « carrière brillante et méritoire, marquée par d'éminents services rendus aux Etats-Unis d'Amérique ». J'ai accepté le compliment avec une certaine ironie, mais du moins avec l'assurance que je l'avais mérité.

J'ai servi le Département d'Etat pendant trente-cinq ans, dont dix comme ambassadeur. J'ai eu ma part de postes difficiles et de problèmes délicats à résoudre. Mes ennemis eux-mêmes doivent reconnaître que mes échecs n'ont pas été trop voyants et que j'ai à mon actif une ou deux réussites évidentes.

Pour certains de mes amis, la décision que j'ai prise de renoncer à mes fonctions en milieu de carrière est même la plus astucieuse de mes manœuvres. D'une part, disent-ils, je conserve ainsi la haute estime du Président, qui pourra toujours faire appel à moi comme négociateur dans un cas exceptionnel; d'autre part, je suis libre de poursuivre mes objectifs politiques personnels. Car mes amis, bien sûr, sont convaincus que j'ai des ambitions politiques. Pourquoi trouverais-je blessant — comme je le fais — qu'ils me prêtent de tels calculs ? J'ai toujours passé pour être un manœuvrier à tête froide, et cette réputation a un certain prix dans le monde de la diplomatie. Si j'ai changé, mes amis n'ont guère eu le temps ni l'occasion de le remarquer : comment leur serait-il possible de connaître la conscience intime de Maxwell Gordon Amberley, alors que lui-même a mis si longtemps à y voir clair ?

A cet égard, j'ai respecté toutes les conventions du Service et j'ai préparé ma sortie avec une bienséance irréprochable. Après la mort de Phung Van Cung, j'ai attendu douze mois à mon poste — plus qu'il n'en fallait pour que la responsabilité de sa mort et de ses conséquences ne fût en aucun cas imputée à l'Administration. Là-dessus, j'ai fait le voyage de rigueur à Washington, pour baiser des mains et discuter d'une nouvelle affectation. Je me suis ensuite rendu à New York pour m'y soumettre à un examen médical —, et, trois semaines plus tard, j'étais en mesure d'annoncer ma retraite pour raison de santé.

La vraie raison de cette démission ? C'est pour la découvrir que je suis ici, au Japon, dans le vieux temple zen de Tenryu-ji, le temple du Dragon céleste, près de Kyoto.

C'est l'automne, et les érables sacrés de l'entrée, rouges comme le feu, se détachent sur un fond de pins sombres. Le ciel a des teintes de perle et les feuilles mortes reposent doucement sur l'eau des bassins, le sable ratissé des sentiers, les rochers et les plaques de mousse d'un vert éclatant.

Je me promène parfois dans le jardin où je regarde les moines soigner les plantes, patiemment, attentivement, « faisant de chaque brin d'herbe un Bouddha d'or. » Parfois aussi je vais m'asseoir dans la maison de Muso Soseki, les jambes croisées sur une natte de paille, pour boire le thé qu'il a préparé à mon intention selon le cérémonial rituel et pratiquer avec lui cette méthode de méditation dialoguée qu'on appelle *mondo*...

« Pourquoi venez-vous en ce lieu ?

— Pour chercher l'illumination.

— Pourquoi ne l'avez-vous pas trouvée ?

— Parce que je la cherche.

— Comment la trouverez-vous ?

— En ne la cherchant pas.

— Où la trouverez-vous ?

— En aucun lieu.

— Quand la trouverez-vous ?

— A aucun moment. »

Le plan de ce dialogue est pareil au plan du temple, de la maison et du jardin. Tout y est mesuré, allusif, feutré, prolongé à l'infini, exactement comme la natte sur laquelle nous sommes assis semble s'étendre au-dehors et se confondre avec le sable des sentiers et les rides que fait sur l'eau la carpe du bassin.

Muso Soseki est un moine zen. Il est aussi poète, jardinier, maître-calligraphe et maître-graveur.

L'idéogramme de son nom signifie « Fenêtre-qui-s'ouvre-sur-un-Rêve ». Il a soixante-quinze ans, il est vigoureux, brun de peau et ridé comme une vieille pierre. Son visage exprime une bienveillance sereine et un humour malicieux. Il a consenti à me prendre pour élève et, selon les méthodes du Zen, me bouscule, m'aiguillonne et me pousse sur le chemin conduisant à cette forme d'intuition et d'illumination qu'on appelle *satori*.

J'ai besoin — un grand besoin — de cette illumination. Mon seul regret est de n'avoir pas attendu le temps qu'il fallait pour la trouver, il y a trois ans, quand, après la mort de ma femme, George Groton m'a amené ici pour la première fois. A ce moment-là, j'étais ambassadeur — un personnage de premier plan sur la scène diplomatique de Tokyo. Prenez une carte, dessinez-y les lignes de force de la vie politique en Asie, et vous comprendrez la nature et l'étendue de mon influence. Je crois avoir bien rempli mon rôle. J'ai un certain sens du langage, un certain goût pour les mœurs exotiques, une oreille assez fine pour la musique en mode mineur. Ce sont là des facultés précieuses lorsqu'on a affaire à une civilisation ésotérique.

Si j'avais d'autres qualités, elles n'étaient pas innées : je les devais à Gabrielle. Elle avait du charme, du tact, de l'humour et une harmonie dont elle m'a fait bénéficier. Lorsqu'elle est morte, l'harmonie s'est changée en un vacarme discordant : tout ce qu'il y avait en moi de fragile et de faux m'a semblé soudain apparaître au grand jour.

Je n'avais jamais eu de très solides convictions sur le plan spirituel et, profondément touché par la grâce d'une femme aimante, je n'en avais jamais senti un pressant besoin. J'avais des sentiments religieux. Je n'étais pas hostile à la fréquentation de l'église et j'y prenais même un certain plaisir lorsque mes fonctions y exigeaient ma présence. Pour le reste, je me contentais du réconfort que m'apportaient les dieux de mon foyer et la prêtresse qui nous servait, eux et moi. Lorsqu'elle disparut, ce fut comme si tous mes autels se fussent écroulés en même temps, me privant de leur lumière. Je repoussai toute compassion. Je devins brusque, énergique, méticuleux. Mes collaborateurs me trouvèrent insupportable, mes collègues devinrent pour moi des étrangers. Seuls les Japonais — un peuple de schizophrènes — parurent disposés à trouver normal mon besoin d'une période de folie... curative.

Parmi mes proches, seul George Groton, le très jeune troisième secrétaire de l'ambassade, fut assez subtil pour comprendre ce qui m'était arrivé. Mes colères ne l'impressionnaient pas, ni mon arrogance. Il se montra dévoué, d'humeur égale et ne s'alarma pas. C'était un grand garçon dégingandé, avec des épaules voûtées et une touffe de cheveux d'un blond sableux. Dans mes rares moments de bienveillance, je me surprenais à penser que j'aurais voulu avoir un fils qui lui ressemblât.

Et puis, une nuit qu'il était de garde, il dut me réveiller pour me communiquer un message chiffré. J'avais trop bu avant de me coucher et j'étais d'une humeur de chien. Je me montrai avec lui d'une brutalité inexcusable. Il respira profondément, se planta devant moi et me dit :

« Monsieur l'ambassadeur, vous êtes en train de vous détruire et de détruire l'harmonie de l'ambassade. Si vous ne voulez pas nous laisser vous aider, au moins laissez-nous faire notre travail le mieux possible. »

Je le regardai d'un air abasourdi. Il haussa les épaules et reprit avec un sourire désarmant :

« Vous pouvez me renvoyer si vous le jugez bon, monsieur l'ambassadeur, mais il fallait que quelqu'un vous le dise...

— Pourquoi vous, Groton ?

— Mme Amberley a toujours été très gentille avec moi. Avant sa mort, elle m'a fait promettre que je veillerais sur vous. »

J'étais si honteux de mon attitude que je ne trouvai rien à dire. Je pris le message et m'enfermai dans ma chambre, où je pleurai comme un enfant. Le lendemain matin, j'adressai à Groton une petite note assez sèche d'excuses et de remerciements. Une semaine plus tard, il m'invita à me joindre à une délégation de l'ambassade qui se rendait à Kurama pour assister à la fête annuelle du feu. Kurama n'étant pas loin de Kyoto, c'est tout naturellement que nous allâmes visiter le temple du Dragon céleste et que j'y fis la connaissance de Muso Soseki.

Si Groton avait vécu, il serait devenu un grand diplomate. C'était un homme simple, qui allait sans tergiverser au cœur des problèmes; en même temps, il était assez subtil et assez bienveillant pour s'adapter aux démarches complexes de l'esprit d'autrui. Lorsqu'il mourut de mort violente, à Saigon, je pleurai de nouveau. Depuis, je n'ai pas versé une seule larme pour qui que ce fût, homme ou femme.

Muso Soseki m'accueillit avec la courtoisie aisée d'un homme vivant en paix avec lui-même, avec l'Histoire et avec le monde. Il me fit visiter le jardin du temple en me l'expliquant dans le style du Zen, non point comme un ensemble de beautés assemblées au hasard mais comme une combinaison subtile d'associations harmonieuses et de contrastes révélateurs, un décor conçu en vue de l'éveil spirituel, un instrument d'illumination plus efficace que les livres ou les discussions. Il ne me fit pas une conférence sur ces sujets mais m'en parla comme un homme parle de sa vie intime, avec amour et gravité. Lorsqu'il me parla du *satori,* il lui fut malaisé de me rendre cette notion claire. Je me rappelle très bien l'un de ses propos :

« La source de la détresse humaine, monsieur Amberley, est le sentiment qu'a l'homme de son aliénation par rapport à l'ordre naturel de l'univers. Le *satori* a pour effet d'illuminer l'esprit de telle sorte que la nature du moi et de l'univers lui devienne enfin claire et qu'il retrouve le sens des véritables rapports entre eux, c'est-à-dire de l'unité. »

Ma propre détresse était si récente et si vive que ces mots me frappèrent. Je lui demandai de s'expliquer davantage. Il refusa en souriant et me dit :

« Revenez me voir. Nous prendrons le thé et parlerons en silence... »

Je regagnai Tokyo tel un homme mal réveillé d'un rêve paisible mais merveilleux. J'écrivis à Muso Soseki pour le remercier de son amabilité et lui demander de le revoir. Dix jours plus tard je reçus sa réponse, un chef-d'œuvre de calligraphie sur une feuille de papier fait à la main. Le vieillard m'offrait sa maison, son amitié et ce qu'il appelait « les fruits modestes et sans valeur de sa récolte d'hiver ». Il me proposait d'aller le voir quand je voudrais et de vivre chez lui si je le souhaitais.

Aussi souvent qu'il me fut possible, j'allai chez Muso, tantôt seul, tantôt en compagnie de Groton, qui avait noué des relations similaires avec un autre moine. Groton avait déjà fait plus de chemin que moi, peut-être parce qu'il était naturellement plus humble, plus souple, mieux préparé aux disciplines du Zen.

Chose curieuse, je n'avais absolument pas le sentiment de me soumettre à une discipline religieuse au sens ordinaire du terme. A la façon dont Muso m'en parlait, la pratique du Zen ressortissait à l'ordre naturel des choses et c'était, en fait, une préparation de l'organisme humain à un état de conscience plus haute. Sur ces bases-là, je pouvais m'y prêter sans arrière-pensée, et même y chercher un remède aux faiblesses de ma personnalité que la perte de ma femme et la souffrance m'avaient révélées.

Groton — dont je reconnais là la sagesse — bien qu'il m'eût conduit chez mon maître, refusait de discuter avec moi de tout cela. Il se bornait à remarquer qu'à Tokyo nous étions séparés par les règles du Service et qu'à Kyoto nous l'étions par ce qu'il y avait d'incommunicable dans notre expérience. Lorsque je lui exprimai ma gratitude pour ce qu'il avait fait pour moi, il l'accepta avec un sourire et un commentaire typiquement zen :

« Lorsque nous sommes silencieux, nous sommes un. Lorsque nous parlons, nous sommes deux. »

Cela aussi, je devais me le rappeler beaucoup plus tard, lorsque nous discutâmes si âprement l'attitude que j'avais adoptée à Saigon...

Pour ma part, je goûtais le calme de cette retraite de Kyoto où, pendant un jour ou deux, je pouvais oublier les exigences et la complexité de ma tâche. J'aimais le jardin et les propos subtils du vieillard. Je crois d'ailleurs que mon travail en bénéficiait. Je comprenais mieux les raffinements délicats de la pensée japonaise, la part d'ombre qui sous-tend son expression la plus directe. Je commençais à comprendre que cette approche intuitive de l'illumination n'était pas nécessairement un rejet de la raison, mais une explication des processus les plus secrets de cette raison au niveau de la pensée subconsciente.

Muso Soseki, quant à lui, ne m'imposait aucune des disciplines traditionnelles. Tantôt nous nous contentions de prendre le thé et de bavarder comme des amis, tantôt il m'entraînait à sa suite dans un dialogue *mondo*, tantôt encore il me proposait, comme sujet de méditation, un de ces thèmes apparemment sans signification qu'on appelle *koans*.

Il y en avait un auquel il revenait toujours avec une douce insistance :

« Que ferez-vous lorsqu'on vous demandera de tuer le coucou ? »

Ma première réaction avait été de demander à Muso de préciser le sens de sa question. Qui, par exemple, désignait ce « on » ? Qu'était-ce que ce coucou ? Et pourquoi me demanderait-« on » de le tuer ? Muso sourit et se déroba en me disant :

« C'est à *vous,* Amberley-san, de *me* dire ce que j'entends par là. »

Malgré moi, la question se mit à m'obséder, à m'agacer, à me détourner de la logique formelle et souvent effrayante qui est à la base de la diplomatie pratique. Elle me déroutait comme une peinture surréaliste dont chaque symbole m'eût été clair mais dont la signification d'ensemble m'eût échappé, faute de la « clef » qui me manquait.

Pourtant, peu à peu, je commençais à voir que cela me conduisait à un état où je doutais de moi-même, où je ne me satisfaisais plus d'évidences, dans un monde de communication informulée. Mais même alors, je me rendais compte combien j'étais encore loin du but.

Là-dessus, sans avertissement, toute cette rééducation fut interrompue et je me trouvai rejeté, sans recours possible, dans le monde des réalités (ou faut-il dire des illusions ?) du Service. Festhammer m'apporta de Washington une requête officielle du secrétaire d'Etat, appuyée par une note amicale du Président. On me demandait d'abandonner mon poste de Tokyo et d'accepter celui d'ambassadeur en mission extraordinaire au Sud-Vietnam.

Personne ne ressemble moins à un adepte du Zen que Raoul Festhammer. C'est le parfait pragmatiste. Entre ses mains, un fait est aussi redoutable qu'une rapière. Certains voient en lui un opportuniste accompli, mais je le respecte trop pour le traiter aussi légèrement. C'est un expert à tête froide. Ses rapports sont des modèles de logique tactique. Il boit peu, ne fume pas et montre un goût passionné pour les jolies femmes. C'est un ami incertain et un ennemi dangereux, mais il est, dans son travail, aussi précis qu'un banquier. Dans la vie privée, il ne m'est pas extrêmement sympathique, mais sur le plan professionnel je jouerais ma carrière sur un de ses rapports — et c'était exactement ce qu'il me demandait de faire.

« C'est un bourbier, Max, me dit-il. Un sacré bourbier, sans issue. Nous appelons cela une guerre subversive, mais en fait c'est une guerre civile. Le fils contre le père, famille contre famille. Nous y sommes impliqués parce que nous voulons conserver une base militaire dans le Sud-Est asiatique et interdire à la Chine l'accès des rizières du Sud et des routes maritimes vers l'Afrique. Si le Sud-Vietnam craque, la Thaïlande est débordée et Singapour menacé. Nous avons engagé dans l'affaire trente mille hommes et Dieu sait combien de millions de dollars, mais nous ne sommes toujours que des « conseillers », sans pouvoir effectif sur la conduite des opérations... Nous avons soutenu Phung Van Cung et sa famille parce qu'ils étaient les administrateurs les plus efficaces et les plus puissants que nous ayons sous la main. Je crois qu'ils le sont encore, mais ils échappent à notre contrôle. Ils ne veulent plus entendre le langage de la raison. Ils agissent comme des gens qui auraient une ligne directe avec le Saint-Esprit. Ils représentent une minorité catholique dans un pays bouddhiste et au lieu de s'entendre avec les bouddhistes, ils ne cessent de les opprimer. Ils arrêtent des étudiants des deux sexes et les mettent dans des camps de travail forcé. Ils ont fait de la capitale une île et ils perdent le contrôle des campagnes. Le haut-commandement militaire est divisé et, malgré leurs deux mille villages fortifiés et leur énorme supériorité en armes et en matériel, le Viet-Cong continue à gagner chaque round aux points... McNally a fait un bon boulot comme ambassadeur, mais nous lui avons donné des instructions erronées. Nous lui avons dit de jouer la carte de l'amitié avec Phung Van Cung, d'user de persuasion et de charme. A présent, ce sont ses charmes qui sont usés... Il faut changer de méthode, y aller carrément et amener l'administration à résipiscence au moyen de sanctions financières. Voici un tas de paperasses que je voudrais que vous lisiez, Max; elles vous feront comprendre pourquoi nous avons besoin d'un homme fort pour remplir cette mission. Mais ne vous faites pas d'illusion : que vous gagniez ou que vous perdiez la partie, vous n'en retirerez aucun honneur; c'est un bourbier, vous dis-je... Tout le monde, à Washington, espère que vous accepterez. »

Je passai quarante-huit heures à lire les documents qu'il m'avait remis, et j'acceptai. Plus tard, quand j'en arrivai à faire le compte de mes erreurs, je me demandai de quel poids celle-là pesait dans la balance...

Elle était, d'abord, imputable à mon orgueil. Comment ne pas céder à la tentation de se dire : « Je suis ici le représentant d'un grand peuple. On m'a choisi parce je suis habile et fort, et parce qu'il sera dangereux de me provoquer. » Derrière cet orgueil, il y avait de la peur — parce que la mort de Gabrielle m'avait montré combien j'étais faible, parce que Muso Soseki avait mis ma sagacité au défi et parce que George Groton m'avait fait honte de mes colères. Enfin, derrière cet orgueil et cette peur il y avait encore autre chose, qui m'incitait à abandonner la contemplation pour l'action, à différer une décision qui me concernait moi-même en acquérant le droit de prendre des décisions concernant des millions d'inconnus.

Et pourtant j'étais tenu de remplir ce genre de mission. Toute ma vie m'y destinait. J'avais été spécialement désigné par mon chef. Je n'avais plus le droit de tenir compte de mes problèmes personnels lorsqu'il s'agissait de servir le bien public. Il me fallait comprendre que j'étais deux êtres en un seul corps, deux êtres distincts et sans aucun point commun. Le « moi » qui se promenait dans le jardin de Tenryu-ji était différent de celui qui jouait avec assurance au jeu du pouvoir. Il me semblait donc que je devrais toujours accepter de vivre sur deux plans, en repoussant toute tentation de les faire coïncider.

Malgré cela, je me sentais mal à l'aise et j'avais de fâcheux pressentiments. Qui aurait pu dire combien de temps cet équilibre précaire entre mes deux « moi » résisterait aux assauts d'un environnement hostile ? Muso Soseki m'avait appris à respecter mon être secret; mais il n'y avait plus de Gabrielle pour m'aimer et m'aider à vivre en harmonie avec le monde intérieur et le monde extérieur.

Je me tournai donc vers George Groton. Je lui demandai s'il consentirait à m'accompagner à Saigon comme collaborateur particulier. Il me remercia de ma confiance avec son habituel sourire de petit garçon, et accepta. Puis, presque innocemment, il me demanda si je comptais revoir Muso Soseki avant de quitter le Japon. Dans le feu de mes discussions avec Festhammer et de mes contacts avec Washington, je n'avais pas pensé à cette question. Groton me fit remarquer que c'était là un geste de courtoisie qui s'imposait — la courtoisie de l'élève à l'égard du maître, qui ressemble à celle qu'un fils doit à son père. Une fois de plus, j'eus honte de ma désinvolture et je lui promis que, dès que j'en aurais fini avec ma tournée d'adieux diplomatiques, je passerais une dernière journée avec Muso Soseki au temple du Dragon céleste.

Le froid de l'hiver se faisait déjà sentir. Les érables sacrés avaient perdu leur feu, le vent avait dispersé les feuilles, les rochers étaient nus, l'eau des bassins grise et peu engageante. Muso Soseki me reçut dans sa maison et en ferma les volets, en sorte que nous nous trouvâmes isolés du reste du monde dans une petite île de lumière et de chaleur. Quand je lui appris mon transfert, il hocha la tête d'un air grave et me dit :

« Chaque homme porte une paire de chaussures différente et il faut aller où elles le mènent. Je crois pourtant que vous prenez un grand risque en acceptant une telle mission, à ce moment de votre vie. »

Je lui dis en riant que ce risque était normal pour un diplomate. Il fronça les sourcils et hocha la tête.

« Je ne pensais pas à votre carrière, dit-il, mais à vous-même. Vous avez pris conscience de l'imperfection de votre vie. Vous pourriez être tenté d'essayer d'atteindre une impossible perfection dans la situation qui vous attend. On vous envoie où vous allez pour obtenir des résultats. De quelle sorte ? La fin de la guerre civile ? La fin du communisme au Sud-Vietnam ? La fin du régime ? »

J'allais répondre. Il leva une main longue et mince.

« Non, ne dites rien... Sur le chemin de l'illumination, vous êtes un élève. Dans le monde, vous êtes l'ambassadeur des Etats-Unis. Vous n'avez pas à discuter avec moi de questions de gouvernement. Mais le problème politique n'est qu'une multiplication du problème individuel et nous essayons de le résoudre de la même manière : en nous proposant un objectif limité qui, s'il est atteint, signifiera que nous avons réussi. Un général dit : « Si je gagne la guerre, ce sera « un succès. » Mais il néglige le fait que la guerre est une violence destructive qui ne connaît pas de limites, et qu'après elle, il faut recréer pour que l'ordre sorte du chaos et le bonheur du deuil. Vous voyez, mon ami, ce que je veux dire ?

— Je vois, mais cela n'éclaire rien. Je connais très bien ma situation en tant que professionnel de la diplomatie. Je ne suis pas libre de choisir les objectifs de mes actes, mais seulement d'agir de mon mieux pour atteindre les buts qui me sont désignés. »

Muso Soseki sourit.

« Cela n'est vrai qu'en partie. On vous demande conseils et avis, en sorte que vous pouvez suggérer les objectifs qu'on vous désignera...

— C'est exact. Mais les avis que je donne me sont eux-mêmes imposés par les événements — fléaux, famines, guerres ou fluctuations boursières. Je dois me rappeler et rappeler à tous ceux avec qui j'ai affaire qu'un changement n'est pas nécessairement une amélioration. Si j'échoue à les convaincre, on peut m'ordonner de provoquer le changement auquel je ne crois pas. D'autre part, le changement auquel je crois peut, lui aussi, entraîner d'autres fléaux et d'autres guerres.

— Et vous vous accommodez de cet état de choses, qui est en fait toute votre vie professionnelle ?

— Je l'accepte comme un fait, une nécessité de l'existence. Dans ce sens, il faut bien que je m'en accommode.

— Est-ce vraiment une nécessité, ou bien est-ce vous qui la considérez comme telle ?

— Je voudrais bien connaître la réponse à cette question...

— Le souhaiter ne suffit pas. Il faut se mettre soi-même en état de chercher une réponse. »

Je savais qu'il réprouvait mon attitude et je devais accepter sa réprobation parce que cet homme était le maître et moi l'élève. Mais c'était difficile à digérer parce que, sur un autre plan, j'étais le grand homme désigné par le Président d'une grande nation pour modifier, s'il le pouvait, le cours de l'Histoire. Mon orgueil se révoltait contre cette allégeance à un vieillard mystique. Une autre voix, en moi, criait : « Reste ! Car sans lui tu te détruiras toi-même... »

Muso Soseki demeura silencieux pendant un long moment. Ses yeux étaient tournés vers le jardin. Invisible, son visage ridé n'exprimait que la quiétude de la contemplation. Malgré moi, j'adoptai également l'attitude physique et mentale de la méditation. Mon attention se fixa sur le petit tourbillon d'air chaud qui se dégageait du charbon de bois. Mon esprit se libéra du cours logique de notre conversation précédente et se laissa aller à des associations d'idées vagabondes. Et soudain le vieux moine se remit à parler :

« Je regrette beaucoup que vous n'ayez pas encore répondu à la question du coucou...

— J'y ai beaucoup réfléchi mais je ne la comprends toujours pas.

— Même à présent ?

— Même à présent.

— Cherchons encore... Dites-moi : pourquoi venez-vous me voir ?

— Pour entendre le silence.

— L'avez-vous entendu ?

— Quelquefois.

— Avez-vous entendu le coucou ?

— Comment le pourrais-je ? Le coucou se tait lorsque vient l'hiver.

— Mais vous êtes venu pour entendre le silence. Pourquoi le silence du coucou n'est-il pas audible ?

— Je n'ai jamais été en mesure de le lui demander.

— Mais vous attendez son chant toute l'année ?

— Oui.

— Et quand vous l'entendez, vous comprenez que le printemps est là ?

— Oui.

— Vous comprenez donc le coucou ?

— Oui.

— Avez-vous peur qu'il ne vous comprenne pas ?

— Je sais qu'il ne le peut pas.

— Vous le savez ? Ou bien hésitez-vous à vous en assurer ?

— J'hésite à m'en assurer.

— Pourquoi ?

— Parce que je n'ai jamais eu confiance en lui.

— Pensez-vous que le coucou vous pardonnera ?

— J'espère qu'il le pourra.

— Alors, que ferez-vous lorsqu'on vous demandera de tuer le coucou ?

— Pourquoi quelqu'un me le demanderait-il ?

— Parce qu'il refuse de chanter en hiver. »

Et voilà : moi, le néophyte, je me retrouvais devant la porte par laquelle j'étais entré. Le vieil homme, conscient de ma déception, abandonna le ton rituel du *mondo* et me dit gentiment :

« Rappelez-vous que ce que vous cherchez est une voie intérieure. Elle ne vous apportera aucune réponse précise touchant la voie extérieure sur laquelle vous êtes engagé. Elle ne vous apprendra pas à réussir comme ambassadeur et à « résoudre » un problème en lui substituant un autre. Ce qu'elle vous montrera, c'est que le secret de la vie, de la survivance et du progrès est entre les mains de l'individu et non de la masse, en sorte que tout ce qui, dans votre travail ou dans le travail de qui que ce soit, vise à améliorer la vie doit être fait à l'intérieur de chaque individu... »

Il s'interrompit brusquement et conclut, en m'adressant un de ses rares sourires :

« Je ne dois pas vous troubler. La sagesse est pareille à une fleur qui s'ouvre lorsque nous ne la regardons pas. Je vous en prie, écrivez-moi. Je penserai à vous. Et lorsque vous reviendrez, j'attendrai votre visite.

— Je reviendrai. Je vous remercie. »

La question était toujours sans réponse. Je n'avais pas trouvé l'illumination, mais seulement un sentiment plus profond encore d'insatisfaction. Mais j'avais au moins compris une chose : mes rapports avec Muso Soseki étaient une chose très réelle, et lui, le Maître, se sentait aussi profondément lié à moi que moi à lui. Désormais, il se tiendrait pour partiellement responsable de mon bien-être et de ma conduite. Et, de mon côté, je devais l'honorer, avoir souci de sa santé, de sa quiétude et de la dignité de sa mort.

Beaucoup d'eau — et de sang — a coulé sous le pont depuis cette conversation hivernale avec Muso Soseki. Aujourd'hui, je suis revenu dans le jardin de Tenryu-ji, où j'essaie de tirer quelque renseignement de mes succès publics et de mes trahisons intimes. Ce qui me paraît le plus curieux, quand j'y pense, c'est que j'aie été à ce point obsédé par une question fantasque touchant un coucou et si peu troublé par les derniers propos de Festhammer lorsque je partis pour Saigon :

« A partir de maintenant, Max, on peut s'attendre chaque jour à ce que quelqu'un liquide Phung Van Cung et sa famille et installe un nouveau gouvernement. Avant de frapper, on vous demandera ce que vous en pensez et jusqu'à quel point vous êtes prêt à soutenir les nouveaux dirigeants au nom des Etats-Unis... Et le *hic,* Max, c'est que vous devrez répondre, puis justifier votre attitude auprès du Département d'État et du Président ! Bonne chance et bon voyage... »

*

A cent cinquante kilomètres des côtes du Vietnam, nous fûmes pris en escorte par une formation de chasseurs-bombardiers qui nous accompagnèrent jusqu'au terme du voyage. Notre première escale eut lieu dans le delta géant du Mékong, qui débouche, à travers cent cinquante kilomètres de rizières, de plantations tropicales, de villages, de digues et de canaux, dans les eaux peu profondes de la région de l'Astrolabe.

On m'expliqua que cette escale avait pour objet de me donner un premier aperçu de la situation militaire. La région du delta était le décor de quelques-uns des combats les plus sévères de la guerre. Le Mékong était la route qu'empruntaient les armes et le matériel militaire expédiés aux maquisards à travers le Laos et le Cambodge. Cachés sous des sacs de riz et des régimes de bananes, ces armes étaient apportées par bateau, sous la garde de femmes, d'enfants, de vieillards et de Khmers, depuis la frontière. Les combattants clandestins prenaient le même chemin dans les deux sens. Ils étaient aussi libres que des animaux dans leur élément naturel, car il était impossible de déchiffrer les pensées de petits hommes jaunes plantant du riz, tressant des fibres de palme ou vendant du sucre de canne sur un marché de village.

Dans la vie familiale des villages aux toits de chaume, la cruelle tragédie de la guerre civile apparaissait sous ses aspects les plus simples et avec ses plus brutales conséquences. Le soir, les villageois se retiraient derrière un mur de bambou avec leurs bêtes. Chaque famille fournissait une lanterne pour éclairer les murs du village et une sentinelle pour les protéger contre les hommes du Viet-Cong, qui venaient en rampant à travers les rizières et les bambous pour effectuer leurs raids. Mais l'homme qui guettait et l'homme qui se glissait dans les marais étaient frères ou cousins, en sorte que parfois une lanterne s'éteignait et une main se tendait pour aider l'assaillant à pénétrer dans le village. Parfois aussi on lui donnait du riz ou des médicaments, ou bien, à la faveur d'une trêve tacite, les hommes du Viet-Cong pouvaient se reposer dans un bouquet de bananiers, tandis que les villageois dormaient paisiblement derrière leur mur de bambou.

Pour le commandement militaire, c'était un vrai cauchemar. Pour les habitants des hameaux retranchés, c'était une simple adaptation aux circonstances — car que reste-t-il à un paysan du delta si la structure millénaire de la famille est détruite ?

Nous survolâmes la région à quelque cinq mille mètres d'altitude (par mesure de sécurité). Un major de l'armée de l'air me montra du doigt un petit village qu'il appela Tra-Vinh et au-dessus duquel tournoyaient des hélicoptères pareils à des oiseaux maladroits. Nous vîmes la traînée blanche des fusées, de petits éclairs de coups de feu et de la fumée s'élever de bouquets d'arbres lilliputiens. Nous ne vîmes pas d'hommes, mais seulement de petites bandes de fourmis. Nous n'entendions aucun son en dehors du vrombissement de nos réacteurs. Nous étions des dieux observant, du haut de leur empyrée, l'absurde manifestation de la violence humaine, qui demain serait balayée par le fleuve indolent, s'enliserait dans les marais ou serait dévorée par la jungle. Nous attendîmes quelque dix minutes, puis nous prîmes la direction du Nord et de Saigon.

A proximité de l'aéroport, notre escorte nous laissa et nous atterrîmes, trop rapidement à mon goût. Le major m'expliqua froidement que le Viet-Cong opérait jusqu'aux abords de la ville et qu'il arrivait à un avion d'être atteint par le tir des fusils lorsqu'il se posait au sol...

Lorsque l'appareil s'arrêta et que les portes furent ouvertes, nous nous trouvâmes au centre d'un camp fortifié. Sur tout le périmètre du terrain d'aviation étaient parqués des hélicoptères et des bombardiers de combat. La garde d'honneur qui nous attendait était composée de soldats américains et de parachutistes vietnamiens en tenue léopard. Le ministre des Affaires étrangères avait à ses côtés des généraux en grande tenue, les officiels de l'ambassade et une délégation du personnel conduite par le commandant en chef américain, le général Tolliver.

George Groton commenta la chose en me murmurant à l'oreille :

« On vous accueille comme un général plutôt que comme un ambassadeur. Je me demande qui a organisé cela... »

A mon avis, c'était Raoul Festhammer, qui avait toujours été doué pour la mise en scène diplomatique. Mais je n'eus pas le loisir de m'attarder sur la question : le chef du protocole m'avait déjà pris par le coude et commençait les présentations. La cérémonie fut assez cordiale, mais curieusement brève. J'eus le sentiment d'une certaine tension, comme si, sans le dire, on avait eu hâte de me voir quitter le terrain d'aviation et m'installer le plus rapidement possible à l'ambassade, en sécurité. Dès que je faisais un pas, un homme armé surgissait à mon côté. Le général Tolliver prit place avec moi dans la voiture officielle et, lorsque celle-ci quitta l'aéroport, elle était précédée, encadrée et suivie par d'autres véhicules militaires.

Après le cérémonial feutré de ma vie au Japon, le choc était rude et je me surpris à y réagir d'une manière inattendue. Je me sentis gagné par une excitation étrange, presque sexuelle, comme si cet étalage d'armes, ces risques, ces menaces étaient appel à ma virilité. J'étais heureux d'être accueilli comme un soldat et non comme un politicien. J'étais là pour agir, pour mettre des forces en mouvement, atteindre des objectifs précis, inspirer confiance et courage. Le moment était exaltant. Les hommes de Tolliver m'entouraient de leur protection comme un personnage sacré, mais j'avais envie de me lever et de me faire voir aux gens comme quelqu'un qui leur était envoyé pour les libérer de leurs liens.

Pourtant, lorsque je les regardai, ces gens, mon exaltation s'apaisa d'un seul coup. Ils ne prêtaient aucune attention à mon impressionnante escorte ni à moi-même, ils ne se rassemblaient pas pour agiter des drapeaux et acclamer leur nouveau libérateur. Un regard, et ils détournaient les yeux. Leurs petits visages intelligents auraient aussi bien pu être en bois de teck. Les coolies trottinaient en portant en équilibre sur leurs maigres épaules des paniers suspendus à des perches de bambous. Un bonze au crâne rasé, en robe safran, tendait un bol à une femme qui lui offrait un gâteau de riz et un fruit. Une vieille servante chinoise se hâtait sur le trottoir en tenant par la main deux enfants au visage de poupée. Aux carrefours, les policiers étaient impassibles et efficients. Nous croisions des étudiants à motocyclette ou à scooter, qui emportaient sur leur selle arrière des filles en jupe ou en pantalons de soie aux couleurs éclatantes. Des messagères qui ressemblaient à des princesses de légende se déplaçaient en pousse-pousse et, sous leur chapeau de palmes tressées, leur visage était d'une sérénité presque méprisante.

Ces gens n'étaient pas hostiles — ils étaient prudents, lointains, indifférents à ceux qui avaient si peu d'influence sur les règles fondamentales de leur vie. Ils avaient connu, à travers l'Histoire, tant de maîtres éphémères — les Chinois, les Mongols, les Portugais, les Hollandais, les Anglais, les Français, les Japonais, et finalement les Américains... « Finalement » ? Non, car il n'y a pas de fin en Asie : les dimensions et la complexité du continent rendent la chose impossible. Les mouvements de population y sont permanents, déterminés par la pression des barrières montagneuses, la peur des déserts hurlants, l'attirance des rizières des deltas, les grandes voies navigables, la séduction des îles riches en épices et des plages parsemées de joyaux. Il y a toujours eu un lendemain en Asie, parce que l'homme y est fier de sa puissance et la femme de sa fécondité. En dépit de la famine, du choléra, de la dysenterie, de la petite vérole, les tribus s'y sont multipliées, l'Empire du Milieu a toujours élargi ses frontières et poussé des tentacules affamés en direction des rizières et des routes qui conduisent vers la mer et les îles du Sud. Dans la perspective de ces lendemains, la ville de Saigon, avec ses boulevards ombragés, ses villas confortables, son élégance française un peu moisie, me parut soudain aussi anachronique et aussi déplacée que je l'étais moi-même.

Mon regard fut brusquement attiré par un nouveau spectacle. A quelque cinquante mètres devant nous, je vis trois hommes sortir d'une pagode aux tuiles d'un bleu éclatant et ornée de sculptures de bois doré — trois bonzes, deux jeunes et un très âgé. Les deux premiers conduisirent le vieillard jusqu'au trottoir, où ils l'aidèrent à s'asseoir sur une petite natte. L'un des deux posa près de lui un grand vase de terre. Ils s'inclinèrent respectueusement et rentrèrent dans la pagode, laissant le vieil homme assis, seul, telle une statue.

Nous n'étions pas encore à sa hauteur lorsque je le vis soulever le vase de terre et en verser le contenu sur sa tête, comme s'il eût procédé à une ablution rituelle. Le liquide ruissela sur son visage et ses épaules, tachant sa robe jaune et la natte sur laquelle il était assis. Sur quoi, sans hésiter, il reposa le vase, fouilla sous sa robe et en tira un briquet. Lorsqu'il l'alluma, il y eut une explosion étouffée et tout son corps parut prendre feu.

Nous étions à présent à sa hauteur. Je sentis la chaleur des flammes et l'odeur de la chair brûlée. Je vis les passants se mettre à courir, à crier, et des policiers les repousser à coups de bâtons et de crosses. Notre voiture bondit en avant. Mais j'eus encore le temps de voir le visage du vieux bonze. Il était entouré et couronné de flammes, mais ses yeux étaient clos, ses lèvres dessinaient le sourire du Bouddha et il ne bougeait pas, attendant que le feu le consume.

II

J'AVAIS été témoin d'un holocauste — et je ne goûtai pas cette expérience. Il y avait quelque chose d'horrible dans le spectacle d'un corps humain dévoré par le feu. Il y avait aussi un air de cauchemar dans l'excitation violente qui entourait ce sacrifice. Il y avait enfin une espèce de spiritualité magique dans l'extase du bonze et dans le pouvoir de sa volonté sur ses nerfs et ses muscles torturés. Je fus envahi par une soudaine nausée en comprenant que ce suicide avait été mis en scène à mon intention et que j'avais été rendu complice de cet acte, que ce fût par négligence, par ignorance ou par calcul politique.

Il n'y avait pas encore une heure que j'étais dans le pays. Je n'avais même pas mis le pied à l'ambassade et pourtant j'étais déjà impliqué, publiquement et irrévocablement, dans les querelles religieuses du Sud-Vietnam. Avant même d'avoir présenté mes lettres de créance au Palais présidentiel, je pouvais être invité par la presse mondiale à faire une déclaration au sujet d'un martyr bouddhiste et d'une administration catholique.

J'étais d'ailleurs mis à l'épreuve d'une autre manière. J'étais, sinon un adepte du bouddhisme, du moins un élève, engagé sur le chemin à huit branches de Bouddha le Compatissant. J'avais accepté de suivre la voie du Zen et je n'étais pas préparé à affronter les formes plus primitives du Mahayanisme vietnamien. Muso Soseki m'avait montré que la voie qui conduit à l'illumination passe par une série de petites morts infligées à l'esprit égocentriste. Mais qu'un homme tentât d'atteindre cette illumination par un acte sommaire d'autodestruction physique, c'était pour moi une révélation brutale. Le choc me rendit furieux et me fit dire durement au général Tolliver :

« Pour l'amour de Dieu, général, qui donc m'a réservé ce spectacle ? Qui est responsable du maintien de l'ordre, ici ? »

Tolliver, aussi irrité que moi, me répondit aussi sèchement :

« L'ambassade, le C.I.A. [1] et le Palais. J'avais pour mission de m'occuper de votre escorte. Je l'ai fait. Le maintien de l'ordre incombait aux Viets, en accord avec le C.I.A., qui a approuvé leurs dispositions.

— C'est insensé ! les bouddhistes menacent depuis des semaines de se livrer à des démonstrations de ce genre, la presse et les rapports de l'ambassade ne cessent pas d'en parler. Quelqu'un a sûrement choisi cette journée à dessein !

— Tout le monde était averti, dit amèrement Tolliver. Le Palais, la presse, le C.I.A. étaient au

1. *Central Intelligence Agency* (Service secret américain). (N. du T.).

courant. On en a parlé ouvertement à la dernière conférence, mais Harry Yaffa s'est porté garant des mesures prises. C'est un des « caïds » du C.I.A. — comment pourrais-je discuter avec lui ? Et puis j'ai ma propre guerre à mener et je suis déjà engagé sur trop de fronts à la fois.

— Et qui, en particulier, souhaitait que je sois impliqué dans le suicide d'un bouddhiste ?

— Tout le monde, dit froidement Tolliver. Les bouddhistes, parce qu'ils veulent donner à leur drame un éclat spectaculaire. Le Palais, parce qu'on y espère que vous serez scandalisé par une démonstration de fanatisme primitif. La presse, parce qu'on accuse les journalistes de dramatiser la guerre sans quitter le bar Caravelle et qu'une histoire vraie, comme celle-ci, fait leur affaire. Le C.I.A., parce qu'il veut changer le gouvernement du pays et que ce genre d'incident lui paraît être le meilleur moyen de vous faire partager ses vues...

— Et l'armée, général ? Je veux dire : votre armée... Quelle est votre position dans tout cela ?

— Nous sommes enfoncés jusqu'aux genoux dans les marais du delta, dit Tolliver avec une brusque véhémence. Nous faisons une guerre que nous ne pouvons pas gagner et que nous n'osons pas perdre. Nous n'avons pas d'autorité sur les opérations. Nous sommes ici comme conseillers et comme fournisseurs. Théoriquement, nous ne pouvons même pas tirer un coup de feu tant que notre sécurité personnelle n'est pas menacée. Si nous prenons en main le contrôle des opérations, cela fait de nous des colonisateurs capitalistes, comme les Français. Si nous mettons sur pied une invasion du Nord-Vietnam, nous outrepassons nos droits et risquons un conflit militaire avec la Chine. Si nous gagnons sur notre propre terrain, nous sommes victorieux dans un désert politique et social. Si nous nous retirons en laissant les Viets faire la guerre tout seuls, nous perdons la face, nos bases et toutes les péninsules du sud de l'Asie... Votre bouddhiste a en effet beaucoup d'importance à mes yeux : il est un symbole de la désunion et de la mésentente qui règnent dans notre propre camp. Mais ce n'est pas moi qui ai mis son sacrifice en scène : j'ai assez de mes propres martyrs... »

Je le priai de m'excuser. Il eut un sourire las et haussa les épaules.

« Chacun, ici, a sa propre version de la vérité. Mais si vous voulez la connaître tout entière, il vous faudra aller la chercher dans les marais du delta. Pour l'instant, ils sont plutôt boueux...

— Et sanglants, à ce qu'on m'a dit.

— Oui, également. J'espère que vous prendrez le temps d'aller vous en rendre compte. »

La voiture franchit le portail de l'ambassade, où j'allais me retrouver installé tel un satrape, derrière les baïonnettes de la garde.

*

George Groton résuma d'une phrase ambiguë l'accueil qui m'avait été réservé :

« Une équipe d'employés des pompes funèbres

prenant les mesures d'un nouveau client avant de tailler son linceul... »

Moi aussi, j'avais éprouvé cette impression glaçante, mais j'y étais mieux préparé que Groton. Les réformateurs et les trouble-fête sont suspects dans le Service, surtout lorsqu'ils viennent de postes faciles et honorifiques. En outre McNally, mon prédécesseur, avait été un homme cordial, adoré par ses collaborateurs, alors que j'ai toujours eu la réputation d'un supérieur assez froid et — ces derniers temps — exigeant. Il était donc assez naturel qu'on se méfiât de moi.

Mais il s'agissait de bien plus que de mes dispositions d'humeur. Le poste que j'avais accepté n'était pas de tout repos. Mes compatriotes et ceux qui dépendaient d'eux vivaient sous une menace constante. Il y avait des émeutes dans les rues. Des bombes éclataient dans les bars, les cinémas, les marchés publics. Une bicyclette abandonnée dans la rue pouvait être bourrée de plastic. Les enfants étaient conduits à l'école suivant des itinéraires précis et militairement gardés. La nuit, les portes étaient verrouillées et le père de famille dormait avec un pistolet chargé sous son oreiller. Une promenade en voiture, le dimanche, à cinq ou six kilomètres de la ville, pouvait conduire à une embuscade du Viet-Cong. Un colporteur vendant des gâteaux de riz était parfois un tueur ou un émissaire des combattants clandestins. Aussi bien se méfiait-on de tout nouveau venu qui se proposait de modifier le visage de l'Asie d'un geste hardi, en se réclamant d'une nouvelle politique décidée à Washington.

Tous portaient le poids d'une politique qui avait échoué, mais il leur fallait accepter les conséquences de la nouvelle comme ils avaient supporté les risques de l'ancienne. Ils avaient dès lors un certain droit de réserver leur jugement sur moi, comme il me fallait me justifier à leurs yeux avant de pouvoir exiger leur loyalisme. Je me sentais étrangement nu en prenant place à la table de conférence et en attendant que mes collègues s'y installent. C'étaient des hommes qui avaient mené un combat d'avant-poste tandis que je me livrais à la contemplation dans le jardin de Muso Soseki. J'allais leur parler en tant que leur chef, mais ils pourraient estimer que cette voix sortait de la bouche d'un âne biblique.

Pendant qu'ils s'asseyaient, George Groton me passa une note rédigée en caractères *kanji : « Harry Yaffa, C.I.A., est l'homme fort. Frictions entre lui et Mel Adams, premier secrétaire. Les autres sont partagés. »* Je froissai le papier et l'enfouis dans ma poche.

Melville Adams s'assit à ma droite. C'était un type maigre et froid, à l'allure universitaire, qui approchait de la cinquantaine. Il avait été longtemps dans le Service et y avait gagné le respect par l'impersonnalité appliquée de son attitude et le courage têtu de ses convictions. Certains le jugeaient trop sec pour occuper des postes de premier plan, mais je l'avais vu à l'œuvre à Helsinki et en Argentine et je lui avais toujours porté une estime lucide.

Harry Yaffa était assis un peu plus loin. Il ressemblait plus à un chirurgien élégant qu'au chef du C.I.A. pour le Sud-Vietnam, le Laos et le Cambodge. Il était petit, grassouillet, vif et affable, avec des mains douces et soigneusement manucurées. Il portait une chemise de soie bien coupée, avec un monogramme bleu brodé sur le sein gauche. Sa voix était douce, ses manières pleines de charme et de discrétion. Il avait la réputation d'être faux, sans pitié et dénué de scrupules moraux. Si je voulais avoir prise sur lui, il me faudrait le connaître beaucoup mieux — mais je ne me promettais aucun plaisir d'entretenir avec lui des relations plus étroites.

Je regardai mes autres auditeurs. Tous étaient penchés d'un air appliqué sur les rapports dactylographiés posés devant eux. Le moment était venu pour moi d'ouvrir le jeu.

« Messieurs, dis-je, je voudrais éviter les cérémonies. Vous dirigez cette boutique depuis longtemps. J'attends beaucoup de vos informations, de vos conseils et de votre aide. J'espère que vous serez aussi francs avec moi que je me propose de l'être avec vous... »

Leurs yeux baissés, leurs visages fermés n'exprimaient rien. Ils étaient tous de vieux renards et ne croyaient pas un mot de mon préambule, attendant que je leur fasse connaître les véritables instructions dont j'étais chargé par Washington. Je récitai mon texte sans y ajouter de fioritures :

« Je suis ici pour appliquer une politique revisée en tenant compte du régime du Sud-Vietnam. Le Département d'Etat m'a chargé de formuler les demandes précises que voici : la persécution des bouddhistes et les mesures de répression à l'égard des étudiants doivent cesser immédiatement. Phung Van Cung doit faire toutes les concessions nécessaires pour restaurer l'unité politique et militaire au sein de sa propre administration. Lui et les membres de cette administration doivent se garder de toute nouvelle attaque publique contre la politique des États-Unis. S'il n'y est pas disposé, je suis autorisé à le menacer de sanctions immédiates : la fin de l'aide financière américaine et le retrait progressif de notre personnel militaire. »

Il y eut un mouvement d'intérêt soudain autour de la table. Le général Tolliver me demanda sèchement :

« Si Cung ne fait pas ce qu'on lui dit, les sanctions seront-elles appliquées ?

— Je puis vous en donner ma parole, général. Dans les jours qui viennent, vous recevrez des instructions détaillées du Pentagone sur la marche à suivre en cas de retrait du personnel militaire. »

Tolliver me remercia et se tut. C'était un soldat trop avisé pour jouer au jeu de la politique avec des professionnels. Il avait dit l'essentiel de ce qu'il avait à dire; le reste pouvait attendre jusqu'à ce que j'aie compris le besoin que j'avais des militaires.

La question suivante fut posée par Mel Adams :

« Ces demandes seront-elles rendues publiques, monsieur l'ambassadeur ?

— Cela dépendra du résultat de mon premier entretien avec Phung Van Cung, demain matin.

— En attendant, quelles déclarations comptez-vous faire à la presse ?

— Aucune, avant d'avoir présenté mes lettres de créance au Palais présidentiel. Je crois que vous aviez prévu une conférence de presse pour cet après-midi ? J'aimerais qu'elle soit annulée.

— Faut-il en donner une explication ?

— Oui, vous direz qu'il s'agit d'une question de courtoisie diplomatique... Dites aussi aux journalistes que je serai à leur disposition demain après-midi à deux heures... Puisque nous parlons de journalistes, messieurs, je m'attends à ce que leur première question porte sur le suicide du bonze de ce matin. Pour l'instant, je serais incapable de commenter la chose publiquement, mais à vous et en privé je tiens à déclarer ceci : j'estime que cet incident met en lumière une déplorable défaillance de notre système de sécurité. J'aimerais savoir qui en est responsable. »

Il y eut un petit silence gêné; puis, d'un ton onctueux, Harry Yaffa me répondit :

« J'ai déjà fait une enquête à ce sujet, monsieur l'ambassadeur. A mon avis, les seuls responsables sont les Vietnamiens. Nous savions qu'une chose de ce genre pouvait se produire. Depuis quinze jours, il en était question à mots couverts dans toute la ville. Nous avons discuté les mesures de sécurité en détail avec le Palais. Il était entendu qu'il y aurait une garde de quatre hommes à l'entrée de la pagode. J'avais deux de mes agents de l'autre côté de la rue... Cinq minutes avant le passage de votre voiture, les gardes ont été retirés. Un de mes agents a immédiatement pris contact avec leur chef. Ils discutaient encore quand le bonze est sorti... Il n'y avait plus rien à faire. Tout s'est passé trop vite.

— Et votre second agent, monsieur Yaffa ?

— C'était un homme de la police secrète, sans pouvoirs officiels. S'il avait tenté d'intervenir, le désordre qui en serait résulté eût été encore plus grave.

— Ainsi donc l'ambassadeur a perdu la face le matin même de son arrivée et le Palais a exprimé publiquement son indifférence à l'égard des bouddhistes... C'est bien ainsi que les choses se présentent ? »

Yaffa eut l'air de sourire discrètement de ma naïveté.

« C'est un peu plus compliqué que cela, monsieur l'ambassadeur. En fait, les bouddhistes ont marqué un point... (Il fouilla dans ses papiers et me fit passer un document dactylographié.) Voici une traduction de la dernière lettre écrite par notre martyr. Elle circule déjà autour des pagodes et parmi les bouddhistes laïcs. »

Je lus le texte dactylographié en silence, tandis que les autres attendaient. C'était à tous égards un document remarquable : le testament d'un homme à la veille de quitter volontairement ce monde. Il me fit évoquer l'image du vieil ascète, souriant et silencieux, immobile tandis que les flammes le dévoraient — et, malgré moi, je fus ému par l'humble ferveur de ses derniers mots :

« *Avant de fermer les yeux devant Bouddha, j'ai le grand honneur d'adresser au président Cung mes dernières paroles pour lui demander d'être bon et tolérant envers son peuple et de lui accorder une véritable égalité religieuse...* »

Je posai le papier sur la table et regardai Yaffa : « Voilà un document... incendiaire, monsieur Yaffa.

— Je vous l'accorde, monsieur l'ambassadeur,

dit-il d'un ton volontairement cérémonieux mais où pointait un soupçon d'ironie. Il suggère également une question qui devra être posée tôt ou tard au cours de cette réunion : jusqu'à quel point Washington a-t-il pesé les effets que pourrait avoir votre ultimatum au président Cung ? »

Nous y étions enfin... Cette question, précise comme une lame de couteau, était un défi qu'il me fallait relever. J'admirai ce petit homme rondouillard d'être le seul à avoir eu le courage — ou la présence d'esprit — de me le jeter. Les autres s'étaient-ils mis d'accord pour faire de lui leur porte-parole ? Ou bien les défiait-il eux aussi, en s'appuyant sur quelque pouvoir secret ? Je me sentais dans la position d'un homme sournoisement entraîné loin de la terre ferme dans une région marécageuse. Je décidai de faire un ou deux pas en arrière et d'affronter cette première escarmouche sur mon propre terrain.

« Washington a fait certaines prévisions, monsieur Yaffa. Toutefois, le secrétaire d'Etat m'a demandé de les mettre à l'épreuve en les confrontant avec les opinions des hommes qui sont sur place. Je vais donc, si vous voulez bien, vous poser à chacun, à tour de rôle, la même question : que se passera-t-il, à votre avis, lorsque je présenterai mes demandes au Palais ? »

*

Lorsque la conférence s'acheva, je me sentis soudain très seul et très désarmé. C'était une sensation étrange, comme si, d'un seul coup, j'eusse atteint la limite de mes forces mentales et physiques. J'étais las et vieux, mon jugement était obscurci, ma volonté sans ressources. J'en voulais à Raoul Festhammer de m'avoir si aisément fait accepter cette épreuve; j'en voulais à Muso Soseki de m'avoir averti de ma propre insuffisance; j'en voulais à mes collègues qui reprochaient aux Vietnamiens leurs dissensions alors qu'eux-mêmes étaient si peu capables de s'entendre. J'aurais voulu pouvoir renoncer à toute responsabilité et me retirer de ce nid d'intrigues.

Après la brève excitation virile de mon arrivée, le sentiment que j'éprouvais ressemblait à la tristesse qui suit l'amour physique. Mais il y avait autre chose encore car, sous cette tristesse, je sentais une terreur et un danger, peut-être un désespoir qui pourrait un jour me jeter dans l'action pour mettre fin à cette triste comédie et repartir à zéro. Tout en devinant la nature du danger, je l'écartai de mon esprit parce que je devais sourire, remercier mes collègues, mettre fin à la réunion avec courtoisie et une confiance feinte.

Deux heures me séparaient du dîner. Je demandai qu'on me conduisît immédiatement chez moi. Groton attendrait à l'ambassade que le compte rendu de la séance fût dactylographié et il me l'apporterait aussitôt. Mel Adams devait dîner avec nous et me mettre au courant des activités de l'ambassade.

Là-dessus, Yaffa me pria de lui accorder deux minutes d'entretien privé. Il avait à me remettre un cadeau : un automatique et la bretelle permettant de le porter sous ma veste. Il me demanda de ne jamais m'en séparer lors de mes déplacements, de le garder pendant la journée dans le tiroir de mon bureau et, la nuit, sous mon oreiller. Il me conseilla du même coup de ne pas m'approcher des fenêtres ouvertes et de ne pas me déplacer sans le garde du corps qu'il me fournirait. C'est en vain que je cherchai une trace d'ironie sur son visage lisse. Il conclut d'un ton respectueux et grave :

« En ces choses, vous devez me faire confiance, monsieur l'ambassadeur. La sécurité est mon affaire et je suis personnellement responsable de la vôtre. Nous vivons dans une ville d'assassins. Je vous supplie de faire ce que je vous demande. »

Je le remerciai et lui promis de suivre ses avis. Il me demanda alors la permission de m'accompagner chez moi pour me montrer les précautions qu'il avait prises en vue d'assurer ma sécurité. Je ne pouvais refuser sans paraître désagréable, et d'ailleurs j'étais intrigué par ce brusque changement de son attitude. Au cours de la conférence il s'était montré ironique, subtilement agressif, enclin à la controverse. Seul avec moi, il était poli et déférent. Il avait renoncé à son masque de fatuité et je voyais en lui ce qu'avait vu Groton : l'homme fort qui devait inspirer le respect ou la méfiance.

Dans la voiture qui nous conduisait chez moi, il me fit un laïus bref mais mordant sur la ville de Saigon :

« Elle a une espèce de charme, ne trouvez-vous pas ? Un décor de province française avec des acteurs orientaux... Mais la pièce qui se joue ici est purement asiatique. Rien ne signifie ce qu'il paraît exprimer. Regardez cette rue : voici trois policiers et quatre miliciens — mais ce n'est pas tout... Ce type qui pousse une voiture à bras est un agent de la police secrète de Cung. Il y en a un autre au coin, là-bas. Cette femme à sa fenêtre travaille pour moi... Cette ville est à ce point surveillée que vous ne pouvez boire un verre ou prendre un repas sans côtoyer un agent secret. Elle paraît calme, n'est-ce pas ? En réalité, c'est une marmite sous pression. Ce cycliste appartient peut-être au Viet-Cong, ce chauffeur de taxi transporte peut-être une grenade sous son siège. D'une façon ou d'une autre, ces gens sont en guerre depuis près de deux mille ans. C'est une race très complexe et très dure : de la laque de Chine sur du bambou vietnamien... et les Français y ont ajouté une couche de leur propre vernis. Par là, c'est Cholon, la ville chinoise. Les Chinois y font du commerce, se multiplient, prêtent de l'argent, s'enrichissent et attendent tranquillement le jour où ils seront enterrés près de leurs ancêtres. Il y en a un que vous devriez rencontrer, un jour — leur Numéro Un, un type important, qu'on voit rarement et dont on ne prononce jamais le nom. Il impose silence et patience à ceux de son peuple et écoute le vent souffler... (Sans changer de ton, Yaffa ajouta :) Voilà ce que vous devriez faire, monsieur : écouter le vent. Son langage est très différent de celui que vous avez entendu tout à l'heure à la conférence... (Et il poursuivit, sans me laisser le temps de répondre :) Ce suicide du bonze n'est qu'un début. Il se prépare quelque chose de plus sérieux, et je ne sais pas très bien ce que ce sera. Cela peut se produire ce soir ou dans quelques jours. J'en serai averti une demi-heure avant, et je vous le dirai alors. »

Je le pressai de se montrer plus précis, mais il resta évasif. Voyant mon irritation, il dit d'un ton ferme :

« Soyons francs l'un avec l'autre, monsieur. Nos fonctions respectives sont claires. Vous êtes le représentant officiel des États-Unis. Moi, il me faut servir d'une autre façon — en tant qu'opportuniste politique. J'ai à faire des choses que vous ne sauriez approuver, c'est pourquoi il vaut mieux que vous les ignoriez. Mon rôle est parfois de tuer des hommes, de suborner des femmes, de fomenter un complot pour assurer le succès d'un autre, de prévoir des palliatifs à votre réussite et à votre éventuel échec. Si vous voulez rassurer votre conscience en me faisant vous mentir, je peux le faire aussi. J'y suis très fort, mais je préfère ne pas mentir quand ce n'est pas indispensable. J'espère m'être fait comprendre ?

— Très bien, monsieur Yaffa, sauf sur un point particulier : qu'en est-il de *votre* conscience ?

— Un luxe, monsieur. Il y a longtemps que j'ai compris que je ne pouvais me le permettre... »

C'est ainsi que prit fin notre conversation. Nous étions arrivés chez moi — une grande villa en stuc, entourée d'un haut mur surmonté de barbelé et de tessons de verre. Deux fusiliers marins montaient la garde au portail de fer, deux autres patrouillaient le long du mur. Derrière la grille, il y avait un petit poste de garde. Au coup de klaxon de notre chauffeur, un cinquième *Marine* ouvrit le portail et les sentinelles se mirent au garde-à-vous.

Le jardin rutilait de couleurs tropicales et le lourd parfum des frangipaniers y flottait — mais après la sobriété étudiée de mon jardin japonais, celui-ci me parut désordonné et à l'abandon, comme une jolie femme négligée. Il me parut peu accueillant, sans rien qui offrît un repos à l'œil ou à l'esprit. Je serais toujours un étranger dans ce décor. Rien ne m'y inciterait à libérer mon « moi » secret, qui était mon ultime bien.

Yaffa se lançait déjà dans un dernier exposé de la situation :

« La moitié de votre personnel est américaine. Votre secrétaire personnelle s'appelle Anne Beldon; votre majordome, Hanson, vient de Virginie, il est parfait; Mme Brendan s'occupera de votre ménage. Vous verrez les autres en temps voulu. Le personnel de la cuisine, les domestiques et les jardiniers sont vietnamiens; leurs trois familles vivent dans une dépendance de la maison, de façon que nous puissions les tenir à l'œil et à l'abri des menaces ou des sollicitations. Vos appartements privés donnent sur le fleuve. Nous avons réduit au minimum les risques de vous voir pris pour cible par un éventuel tireur, mais je vous demande de vous souvenir que tout est possible. La maison tout entière est pourvue d'un réseau de sonneries d'alarme et les gardes ont un système de sécurité dont je vous épargne la description. Votre garde du corps s'appelle Bill Slavich. C'est un tireur d'élite et un as du judo; il loge ici même. Maintenant, si vous voulez bien entrer, monsieur... »

Il se chargea des présentations. Je remarquai avec une certaine satisfaction que Anne Beldon était séduisante, apparemment bien disposée, et que mon garde du corps ressemblait plus à un diplômé de West-Point qu'au champion de catch que j'avais redouté. Je suis peut-être un snob en ces matières, mais j'ai horreur des êtres trop encombrants et j'eusse trouvé gênant pour mon amour-propre d'être gardé par une espèce de taureau.

Enfin je me retrouvai seul, dans une chambre à coucher vaste et aérée, qui donnait sur le fleuve et, au-delà, sur l'espace vert et plat du delta. Dans les dernières heures du crépuscule, ce paysage me sembla étrangement calme et beau, un peu irréel aussi, comme la toile de fond d'un ballet.

Il était difficile de croire qu'à une quinzaine de kilomètres à peine, dans ce décor que je regardais, une violente bataille s'était livrée huit jours plus tôt, mettant aux prises près d'un millier d'hommes du Viet-Cong, des troupes gouvernementales et nos propres forces. Il m'était plus difficile encore de croire que cette nuit même, lorsque l'obscurité serait tombée, le Viet-Cong se remettrait en mouvement pour attaquer tel ou tel village le long des canaux, y prélever un tribut de riz, de volailles ou de munitions, y obliger par la terreur ou par l'argent l'une ou l'autre famille à se soumettre à ses exigences.

Quelque part dans cette région, m'avait-on dit, un officier américain était conduit de village en village, nu, les yeux bandés, encagé comme une bête, en butte aux moqueries et aux injures. Lorsque viendrait le matin, on trouverait peut-être le cadavre d'un paysan récalcitrant flottant, la gorge tranchée, dans un canal — ou un autre, bâillonné et gémissant, empalé sur une clôture de bambou. Et avant que le soleil brillât haut dans le ciel, avant que les hélicoptères eussent commencé leurs recherches, les hommes du Viet-Cong auraient disparu dans la jungle ou se seraient mêlés aux boutiquiers d'un marché de village...

Tandis que je regardais par la fenêtre, l'obscurité tomba et les premières étoiles se mirent à briller faiblement entre les nuages. C'était pour moi l'heure déprimante de l'inaction, du doute, de la méfiance et de la peur de la nuit solitaire qui venait. Je l'avoue sans détour : j'ai toujours eu un profond besoin des femmes et si ma vie, jusqu'alors, avait semblé régulière et disciplinée, c'était parce que j'avais réussi mon mariage avec Gabrielle. Après sa mort, j'avais été sauvé pendant quelque temps par son souvenir et par une certaine vanité dédaigneuse qui m'avait retenu de connaître des aventures sordides ou passagères. A présent, je comprenais que ces défenses s'effondraient peu à peu, et je me demandais avec une réelle angoisse comment j'affronterais, seul, les épreuves et les efforts de mes nouvelles fonctions.

J'avais trouvé une force temporaire dans les disciplines ascétiques de Muso Soseki, mais cette consolation elle-même m'était désormais refusée. Il ne m'était plus possible de marcher dans le jardin mystique de Tenryu-ji. Je devais trouver ma voie dans un dangereux labyrinthe, en me méfiant autant de mes propres passions que de la duplicité des comploteurs et des balles des assassins.

En me déshabillant et en me baignant, je réfléchis à la conférence de l'après-midi, essayant de suivre les sentiers embrouillés de la discussion pour trouver celui qui me conduirait au monstre — si monstre il y avait — tapi au centre du labyrinthe. En fait, chacun aboutissait à une impasse, en sorte qu'il me fallait revenir sur mes pas et repartir à zéro.

Le général Tolliver, par exemple, avait de la situation une vue simple et précise. Il était engagé dans une guerre qu'il devait poursuivre mais qu'il ne pouvait gagner. Il en sortirait avec une étoile de plus et il ramènerait à notre gouvernement une armée de combattants éprouvés. Les pertes américaines étaient faibles et raisonnablement compensées par l'expérience acquise. Pour Tolliver, les Vietnamiens étaient un boulet sur le plan militaire : leur haut-commandement était divisé par les intrigues, leurs troupes découragées et démoralisées. Toute cette campagne représentait un gaspillage absurde de matériel, d'hommes et de pugnacité.

Mel Adams n'était pas moins pessimiste. Pour lui, la situation politique était un intolérable gâchis, le régime de Cung une dictature vacillante fondée sur une morale de mandarins, des intrigues de chefs militaires, la police secrète et un catholicisme français désuet. Cung lui-même était un politicien habile, mais il avait perdu la sympathie des habitants de la ville et il n'avait pas assez de personnalité pour rallier les gens des campagnes. Il vivait dans l'isolement, entouré de courtisans qui approuvaient ses pires sottises. C'était un catholique ligué avec son Dieu. Il avait accumulé les bévues en ce qui concernait les bouddhistes mais ne pouvait l'admettre sans perdre la face. Il s'était donc engagé dans un dangereux processus de répression et de division. Mon ultimatum le prendrait de court. S'il me faisait confiance, je pourrais peut-être le faire changer d'attitude. S'il s'y refusait, il serait bon gré mal gré déposé et écarté du pouvoir.

Et dans la coulisse Harry Yaffa attendait son heure en préparant cette éventualité-là. Les généraux étaient mûrs pour la révolte. Ils n'attendaient que le feu vert des États-Unis pour renverser Cung. En se liguant, ils pourraient constituer un gouvernement stable soutenu par l'armée et reprendre en mains la conduite de la guerre. C'est pourquoi (selon Yaffa) mon ultimatum devrait être rendu public à l'instant même où je le présenterais au Président, et il devrait être formulé de telle façon que les généraux y vissent une approbation de leurs plans...

En fin de compte, il y avait bien un monstre au centre du labyrinthe : son nom était Cung, et tout ce que j'avais à faire pour rallier le pays et gagner la guerre, c'était de laisser les généraux lui trancher la tête. Tout cela était aussi simple et aussi séduisant qu'un conte de fées. Comme un conte de fées, cela avait même l'air réel. Mais où était la vérité ? Tolliver m'avait dit de la chercher dans les marais du delta. Muso Soseki m'avait pressé de la chercher au cœur secret des choses...

« Que ferez-vous, m'avait-il demandé, que ferez-vous quand on vous demandera de tuer le coucou ? »

Le sens de sa question m'apparaissait clairement, maintenant; mais non pas la réponse que je devais lui donner...

J'éteignis l'électricité, allai à la fenêtre et regardai à nouveau au-dehors. C'était là, dans les huttes au toit de chaume et les bivouacs de la jungle, qu'aurait lieu le jugement de mes actes. Là se trouvaient à la fois la simple apparence et la complexité intérieure des choses. Là, le chef de village était à la fois prince, primat et juge en dernier ressort. Là, le *truong toc,* le chef de clan, maintenait le culte des ancêtres et veillait à la propreté des autels. Il était le gardien des tombeaux, rédigeait l'histoire du clan et administrait ses biens inaliénables. Là vivaient, sous le même toit, trois générations d'une même famille, et tous ses membres subvenaient aux besoins communs, groupés et liés à la terre par une même racine, comme les bambous — et comme les bambous ils courbaient la tête et résistaient aux pires tempêtes.

Ce peuple était fait de gens souples, esclaves d'une politesse antique. Que vînt un prêtre chrétien, un moine bouddhiste, un savant confucianiste ou un mage taoïste, ils l'écoutaient, entendaient sa leçon et lui offraient de partager leur riz — puis ils se retiraient dans le monde des Esprits, peuplé d'âmes errantes et de gardiens tutélaires des arbres, des rochers et des étangs.

Pour eux, il n'y avait pas de monstre au cœur du labyrinthe, mais seulement un mandarin qui vivait dans un lointain palais de Saigon et publiait des édits qu'on écoutait poliment et qu'on oubliait tout aussi poliment avant même que le soleil se fût couché. Ou peut-être étaient-ce nous, les monstres, les grands barbares blancs aux longs nez et aux yeux bleus, qui ne savions rien des Esprits mais vendions des poudres, des potions vermifuges et des armes pour tuer son prochain, son parent...

On frappa à ma porte. C'était George Groton qui m'apportait le compte rendu de la conférence. Il était rouge et excité comme un écolier. Sa venue m'arracha à ma sombre solitude et j'écoutai avec soulagement ses propos animés.

« Cela ressemble à ces romans d'aventures qu'on écrivait jadis, dit-il, mais auxquels plus personne ne croit... En attendant ce compte rendu, je suis allé boire un verre au Caravelle. J'ai presque eu l'impression que j'allais y trouver Papa Hemingway assis au bar, en *battledress !* Les journalistes chuchotaient dans les coins et donnaient de mystérieux coups de téléphone en mauvais français. Quelqu'un a laissé tomber un siphon dans le corridor et deux Vietnamiens ont sorti leurs pistolets — sur quoi tout le monde s'est mis à rire d'un air gêné... Il semble que quelque chose de sérieux se mijote dans la ville, mais personne n'est disposé à en parler. Un homme de Harry Yaffa m'a suivi dans le bar pour essayer de me cuisiner à votre sujet. Je lui ai dit que je n'étais qu'un porteur de dépêches... Je viens de rencontrer votre secrétaire, Miss Beldon, en bas. Fameuse poupée... (Il rougit et eut à son tour l'air gêné.) Excusez-moi, monsieur.

Je bavarde, je bavarde... C'est l'effet que fait cet endroit : c'est comme une piqûre de benzédrine... »

Nous éclatâmes de rire et je lui demandai : « L'homme de Yaffa vous a donné une arme, à vous aussi ?

— Non, monsieur. Mais il m'a indiqué les meilleurs bars et il m'a dit que si je voulais coucher avec les putains locales, je ferais aussi bien de porter un gilet blindé...

— Un homme averti !

— Il a été très explicite : nous sommes les nouveaux balais; on compte sur nous pour nettoyer les lieux et laisser une écurie bien propre pour ceux qui l'occuperont... Si l'ambassadeur joue le jeu du C.I.A., tous nos ennuis sont finis... A propos, Mel Adams m'a chargé d'un message à votre intention : il aimerait amener un invité pour dîner, le nonce apostolique. Il a été rappelé à Rome pour exposer la situation au secrétaire d'État du Vatican. Il part demain matin. Selon Adams, une conversation avec lui pourrait être une bonne préparation à votre rencontre avec Cung... Il me plaît, cet Adams. Son intervention a été nette. Il ne donne pas l'impression d'être un homme prêt à céder à la panique... »

Nous bavardâmes ainsi, à bâtons rompus, tandis que je finissais de m'habiller. Une fois de plus j'étais frappé par le contraste entre l'impétuosité enfantine de Groton et son intuition rapide et incisive. Il avait un sens instinctif de l'à-propos. Il ne se prévalait jamais de l'intimité de nos rapports privés, mais lorsque nous étions en société il se conduisait toujours avec discrétion et déférence. J'avais besoin de lui plus que je ne saurais l'exprimer. J'espérais pouvoir lui apporter, en échange de sa fidélité, une certaine expérience de notre métier.

Lorsque nous descendîmes pour dîner, nous trouvâmes Mel Adams en compagnie d'un petit ecclésiastique italien au visage luisant. Adams me le présenta : c'était Mgr Angelo Visconti, nonce apostolique auprès de la République du Sud-Vietnam.

Il se révéla être un hôte idéal, spirituel, et parlant notre langue avec une élégance exotique. C'était le parfait diplomate du Vatican, convaincu que la hâte ne saurait résoudre des problèmes urgents et que les conversations les plus fécondes ont leur place entre la poire et le fromage. Il avait rapporté d'une demi-douzaine de pays quantité d'anecdotes et nous divertit agréablement en nous faisant oublier un peu la tension de cette journée. Puis, brusquement, il s'offrit à répondre à mes questions. Celles que je lui posai furent brutales, mais il y répondit avec une précision théologique. J'ai transcrit notre dialogue dans le journal que je tenais à l'époque :

« Jusqu'à quel point, Excellence, l'Église catholique du Sud-Vietnam peut-elle être tenue pour responsable des actes de répression et de cruauté qui ont été commis contre les bouddhistes, qui constituent quatre-vingts pour cent de la population du pays ?

— L'archevêque de Hué et le Président, auquel l'unissent des liens étroits, en portent toute la responsabilité. L'archevêque a commis une incroyable sottise en forçant le gouvernement à interdire de pavoiser le jour anniversaire de la naissance de Gautama Bouddha. Il y a eu des émeutes. La police a tué neuf personnes. L'archevêque et le Président ont adopté une attitude intransigeante. Il y a eu de nouveaux désordres et de nouvelles arrestations. Et maintenant, les bouddhistes ont leurs martyrs... Toutefois, le Vatican et l'Église du Sud-Vietnam se sont nettement dissociés des mesures de répression. Leur désaveu a été rendu public dans une lettre pastorale de l'archevêque de Saigon et dans une lettre personnelle du pape Paul VI. Compte non tenu de l'attitude de certains représentants du bas clergé des campagnes, je puis vous affirmer que la grande majorité des catholiques sont indignés par ces mesures de répression et y sont hostiles... Pourtant — ajouta-t-il aussitôt —, tous les bouddhistes ne sont pas des saints. Il y a parmi eux un courant sous-jacent de violence qui pourrait entraîner de nouveaux troubles.

— Quelle est, d'après vous, la situation de l'Église catholique dans ce pays ?

— Il y a dans le peuple une foi profonde et vivante. Toutefois l'éducation est d'un niveau assez bas et a grand besoin d'être réformée. L'autorité pastorale a été ébranlée par l'attitude intransigeante de l'archevêque de Hué à l'égard du Saint-Siège.

— Cung se veut pourtant un bon catholique et il base sa politique sur un prétendu « personnalisme », qui s'en prend en fait aux racines mêmes de la liberté individuelle, tout en se voulant d'inspiration chrétienne... »

Le nonce eut un rire sans joie et un geste de résignation.

« La plus belle devise que les Français aient jamais inventée, dit-il, était « Liberté, Égalité, Fraternité »... et c'était un glorieux mensonge. Mais essayer de rassembler un pays autour d'un principe philosophique, d'ailleurs confus, est une pure absurdité. Dans mon dernier rapport, j'ai risqué un jeu de mots : « Maritain chez les Mandarins »... J'ai peur que le Secrétariat d'État ne l'ait pas apprécié. La vérité est que Cung est un catholique moyenâgeux. Son attitude est celle d'un mandarin de jadis. Ses méthodes sont autoritaires et totalitaires. Au fond, il est un marxiste à cent pour cent. Ce pays est organisé de telle manière qu'il pourrait devenir marxiste en une nuit, simplement en changeant la couleur des drapeaux !

— De quelle manière l'entendez-vous ?

— Toute la machine d'un contrôle politique absolu est déjà en place. Les campagnes, par exemple, sont organisées selon un système de hameaux stratégiques, qui répondent pour l'instant à une nécessité militaire mais qui ont également une fonction politique. Chaque habitant de chaque foyer de chaque village est enregistré, nom, âge, profession et signalement. Tout le pays, et particulièrement les villes, sont sous la surveillance constante de la police secrète. Ce système est identique à celui des *Gaue* nazis ou des cellules marxistes. On peut l'appliquer de la façon que l'on voudra. »

Ses propos me firent songer curieusement à Harry Yaffa, l'opportuniste avoué. Lui aussi, quels que fussent le système ou les circonstances, pouvait en tirer parti pour atteindre des objectifs divers et contradictoires... Mais je n'avais pas envie de parler de l'organisation « cellulaire » des hameaux stratégiques, étant donné que nous, les Américains, y étions pour quelque chose; aussi abordai-je un sujet moins politique :

« Quel est à vos yeux le plus grand danger qui menace le catholicisme dans ce pays ?

— Je vois un danger progressif menacer toute la population, les catholiques comme les bouddhistes. D'abord, il y a l'apathie qui gagne les hommes vivants sous la répression et sans pouvoir exprimer librement leurs doléances. Ensuite vient un ressentiment passif. Après quoi ces mêmes hommes peuvent se trouver contraints à un choix désespéré, considérant qu'il y a peu de différence entre un régime d'extrême-droite et un régime d'extrême-gauche.

— Qu'est-ce que l'Église se propose de faire pour remédier à cette situation ?

— Nous envisageons une campagne en vue d'enrichir la vie spirituelle de nos fidèles, de réformer l'éducation religieuse et de dissocier l'Église de la politique des « blocs », tout en laissant à chaque individu la liberté de faire un choix politique légitime. Nous devons donner aux chrétiens les moyens de survivre en tant qu'entité spirituelle, quelles que soient les circonstances politiques ou militaires. »

Je comprenais ce point de vue, bien que, n'ayant pas moi-même une foi très assurée, je fusse enclin à le considérer avec un certain cynisme. Je ne croyais pas que les minorités chrétiennes fussent appelées à survivre dans le Sud-Est asiatique plus longtemps qu'elles n'avaient survécu en Chine, sous un régime hostile. Pourtant, j'étais curieux de savoir comment un représentant de Rome envisageait la suite des événements.

« Aurez-vous le temps, dis-je, d'appliquer ces réformes et d'enrichir la vie spirituelle du peuple comme vous le souhaitez ? Pourrez-vous effectivement sauver ce dernier rempart de l'Église dans l'Asie du Sud-Est ?

— D'un point de vue humain, c'est difficile à dire. Nous sommes en Asie, non en Europe. Il y a ici beaucoup d'ignorance, d'analphabétisme et de superstition. L'instruction est le privilège de quelques-uns et ils en font souvent mauvais usage. Mais en dernier ressort nous devons faire confiance à la divine Providence et à l'œuvre du Saint-Esprit. »

Son visage s'assombrit et il ajouta :

« J'ai connu le désespoir et je ne m'en cache pas. Mais ces temps derniers, j'ai assisté à un début de miracle qui semble se produire dans le sein de l'Église : la survivance, chez les gens simples, d'une foi profonde et ardente, qui l'emporte sur les erreurs de ceux qui les gouvernent. »

Il était tentant de lui faire observer que les miracles de ce genre étaient souvent des illusions destinées à réconforter celui qui désespère — mais d'autre part Mgr Visconti possédait ce dont j'avais un tel désir : une foi solide dans le surnaturel. De quel droit me serais-je permis de contredire ce que je ne pouvais réfuter ? Il pouvait être plus intéressant de savoir de quelle manière sa foi se traduisait concrètement. Je lui demandai derechef :

« L'Eglise fait-elle quelque chose pour restaurer ou développer ses rapports avec les bouddhistes dans l'esprit de la charité chrétienne et de l'action œcuménique ?

— Quelques prêtres, en ce moment même, gardent le contact avec les bouddhistes, et essaient de faire ce que vous suggérez... Comprenez que si les actes de certains de ses membres paraissent souvent compromettre l'Eglise, celle-ci n'est pas pour autant compromise elle-même, dans son essence. Notre ultime affirmation est toujours celle de la fraternité et de la charité chrétiennes. »

Ma question suivante fut peut-être déloyale, mais il était important pour moi de savoir comment le Président catholique entendait cette profession de foi :

« La ville est pleine de rumeurs selon lesquelles un certain nombre d'étudiants des deux sexes sont emprisonnés et soumis à la torture. Y croyez-vous ?

— Je suis malheureusement obligé de croire que certaines de ces rumeurs sont fondées. Je crois aussi qu'il y aura bientôt de nouvelles arrestations.

— Avez-vous fait des représentations au Palais à ce sujet ?

— Souvent. Mais il est impossible de modifier leur manière de voir les choses. »

Il s'interrompit pour vider son verre et me parut peser avec un soin particulier ce qu'il allait dire. Puis il sourit et eut un geste d'excuse.

« Ce que je vais vous dire vous semblera peut-être en contradiction avec mes propos précédents, mais il est important que vous le sachiez... Je dois dire en faveur de Cung que si j'avais à le juger sur le terrain privé de sa propre conscience, il me faudrait admettre qu'il est probablement de bonne foi. Il est aveugle, oui. Têtu et mal conseillé, oui encore. Mais il n'en est pas moins apparu comme le sauveur du pays quand celui-ci était plongé dans la désillusion et la corruption. Je crois qu'il justifie aujourd'hui ses fautes présentes par ses triomphes passés — mais c'est là une erreur à laquelle nous sommes tous enclins, et souvent en toute bonne foi. C'est peut-être un paradoxe, mais c'est néanmoins la vérité telle que je la vois. Je voudrais encore ajouter ceci... »

Je ne sus jamais ce qu'il avait à ajouter, car à cet instant précis on m'appela au téléphone. C'était Harry Yaffa.

« Ça y est, me dit-il; les troupes de Cung marchent sur les pagodes. Pouvez-vous venir immédiatement à l'ambassade ? »

Je regardai ma montre. Il était minuit un quart. En raccrochant l'appareil j'entendis résonner, au loin mais distinctement, un gong de bronze.

III

Le gong résonnait toujours lorsque notre voiture portant le fanion américain s'enfonça dans la nuit. Puis, brusquement, il s'arrêta et nous entendîmes de lointains coups de feu. Mel Adams me montra les piquets de garde le long des rues et les camions parqués à chaque carrefour.

« Cung est un bon tacticien, me dit-il. Toute la ville doit être sur pied de guerre. »

Harry Yaffa nous attendait à la grille de l'ambassade. Il sauta dans la voiture et claqua la portière. Il avait l'air tendu et échevelé.

« Ils attaquent la pagode Xa-Loi et trois ou quatre autres de la ville, dit-il. On vient de me téléphoner de Hué, de Dalat, et de Da-Nang, où c'est la même chose. Vous devriez voir cela par vous-même, monsieur.

— D'accord, dis-je.

— Moi pas ! » s'écria Mel Adams.

Pour la première fois depuis mon arrivée, je le voyais s'animer. Il ajouta d'un ton brusque :

« Ce serait une erreur diplomatique, monsieur. Elle ne vous laisserait aucune liberté de mouvement. Si vous êtes le témoin oculaire de ce qui se passe, il vous faudra prononcer publiquement un verdict sans la moindre réserve. Les journalistes seront là. Vous serez inévitablement photographié, et vous le serez comme le spectateur passif de violences policières. Je ne pense pas que cela soit très heureux.

— Est-ce pire, demanda froidement Harry Yaffa, que d'aller demain au Palais avec des informations de seconde main ? Cung a organisé ce petit spectacle à la seule intention de l'ambassadeur. Voyons, Mel ! Oubliez la diplomatie de papa. Il s'agit d'une guerre...

— Je vous ai donné mon avis, dit Adams d'un ton sec. Même en temps de guerre on a besoin d'espace pour déployer ses forces. »

Il était temps pour moi d'intervenir et il me fallait leur sauver la face à tous les deux.

« Il y a un risque en effet, Mel, et vous avez raison de le souligner. La décision m'appartient... Allons. »

Avant même que j'eusse fini de parler, Bill Slavich appuya sur l'accélérateur, prit le virage sur deux roues et fonça en direction de la pagode. Les coups de feu étaient de plus en plus nombreux et, en approchant de notre destination, nous entendîmes des cris et le brouhaha furieux d'une foule qui se rassemblait.

L'accès du temple était rendu impossible par des barrières de bois que gardaient des policiers armés, mais il y avait de nombreux attroupements que les soldats dispersaient à coups de crosse. Comme nous freinions à un feu rouge, deux policiers vinrent vers nous en courant. Ils virent notre fanion et se retirèrent. Je montai sur le capot avec Yaffa pour regarder par-dessus les têtes de la foule.

Les portes de la pagode avaient été enfoncées. Nous vîmes des policiers pousser vers les camions blindés un petit groupe de bonzes qu'ils avaient visiblement malmenés — l'un d'eux avait à la tête une blessure qui saignait abondamment. Derrière eux, un jeune policier avait pris à bras le corps une bonzesse qui se débattait en criant. Nous entendîmes un cri à l'étage supérieur de la pagode et nous vîmes un homme en robe jaune tomber d'une fenêtre et s'écraser dans la cour. A l'intérieur de la pagode éclataient toujours des coups de feu et je distinguai l'explosion sourde de grenades lacrymogènes. La foule lançait des injures aux gardes.

Deux journalistes fendirent la foule et s'approchèrent de notre voiture. L'un des deux braqua sur moi son appareil photographique et prit un instantané. Son compagnon me dit :

« Je suis Cavanna, de l'Associated Press. Vous êtes monsieur Amberley, n'est-ce pas ?

— C'est exact.

— Avez-vous un commentaire à faire au sujet de ce qui se passe ?

— Oui. J'ai assisté à des scènes de violence brutale. En tant que représentant des Etats-Unis d'Amérique, je le déplore. Je ne puis rien vous dire de plus avant d'avoir discuté de la question avec le président Cung.

— Ce matin, un bonze s'est suicidé sous vos yeux. Ce soir, il y a ceci... C'est le premier jour de votre présence au Sud-Vietnam. Que pensez-vous de cette coïncidence ?

— Je le dirai au cours de ma conférence de presse, demain... ou plus exactement aujourd'hui, à deux heures. C'est tout pour l'instant. »

Il y eut un nouveau déchaînement de violence aux barricades. Quelqu'un lança une bouteille, ce qui provoqua une pluie de coups de bâtons. Les policiers s'employèrent à repousser la foule avec une énergie brutale. Les coups de crosse se multiplièrent. Une jeune fille fut renversée et piétinée par les badauds en retraite. Les policiers la ramassèrent et la jetèrent elle aussi dans un de leurs camions.

La foule reculait lentement en direction de notre voiture. Yaffa me cria :

« Filons d'ici ! Je sais où aller... »

En cinq secondes il nous fit rentrer dans la voiture et nous dirigeâmes vers la Mission d'Aide américaine, voisine de la pagode. Tout le personnel était dehors, en peignoirs et en pyjamas. Une jeune femme soignait les blessures d'un bonze qui avait été atteint d'un coup de baïonnette au visage. Un autre bonze, accroupi contre le mur du jardin, gémissait en tenant sa mâchoire brisée. Un des employés vint vers moi. Il était furieux et tremblant.

« C'est un véritable crime qui se perpètre là, Excellence ! me dit-il. Ne pouvons-nous intervenir ?

— Non ! répliqua sèchement Yaffa. C'est impossible. Reprenez donc votre calme, faites entrer ces deux bonzes et dites aux gardes que si quelqu'un essaie de pénétrer ici ils feront mieux de tirer d'abord et de poser des questions après... Appelez le général Tolliver, dites-lui ce qui s'est passé et demandez-lui d'envoyer un médecin et quelques hommes de garde supplémentaires. »

Il se tourna vers moi.

« Si vous en avez assez vu, monsieur, je crois qu'il vaudrait mieux regagner l'ambassade.

J'en avais effectivement assez vu. La violence insensée du spectacle m'avait scandalisé et je bouillais de colère. Je dis à Mel Adams :

« Restez ici, Mel. Rassemblez toutes les informations que vous pourrez sur cette affaire et faites-moi votre rapport demain matin à la première heure. Les deux bonzes sont sous la protection du gouvernement des Etats-Unis. Toutes questions les concernant devront être adressées à l'ambassade. »

Adams approuva de la tête et ajouta :

« Il pourrait être bon d'informer les autres ambassades de ce qui s'est passé, monsieur.

— Je ferai le nécessaire, dit George Groton. Avez-vous besoin d'autre chose, monsieur ?

— Oui, s'il vous plaît. Appelez Miss Beldon et nos principaux collaborateurs. Nous aurons pas mal de choses à faire durant les heures qui viennent.

— Et vous, monsieur Yaffa ?

— J'ai, moi aussi, pas mal à faire, dit Yaffa d'un air renfrogné. Bill Slavich va vous ramener. Je serai à l'ambassade dès que je le pourrai. »

Tandis que nous revenions par les rues où les troupes gouvernementales montaient toujours la garde, je m'efforçai de refouler ma colère et de faire calmement le bilan des événements des douze heures écoulées. Il ne me paraissait pas douteux qu'ils avaient été provoqués pour me discréditer et affaiblir ma position lorsque j'aurais à négocier avec le Président. J'avais vécu assez longtemps en Orient pour connaître l'importance de la « face », ce qui est un autre nom pour désigner l'étalage public de puissance qui assure le crédit personnel. Ma nomination était un coup porté au crédit personnel du président Cung. Dès lors, en bon Oriental, il lui fallait m'humilier pour démontrer sa propre puissance. Mais ce qui était en jeu dépassait de loin ma personne et il ne s'agissait pas de me laisser aller à des réactions hâtives.

Le président Cung était un politicien trop astucieux pour se livrer à une démonstration de violence pour son seul profit. Ses actes avaient toujours été conformes à sa ligne de conduite : il était l'homme qui avait pris le pays en main après la débâcle de Dien-Bien-Phu, qui avait recueilli près d'un million de réfugiés du Nord, qui avait redressé l'économie nationale, brisé le pouvoir des Binh-Xuyen — les pirates du fleuve — et s'était assuré le contrôle de Saigon et de cinq mille soldats. Il avait survécu à une douzaine de complots et imposé sa loi à des sectaires armés, des chefs de guerre féodaux et des conjurés militaires. C'était lui qui avait fait appel aux Etats-Unis pour entraîner et unifier l'armée, comme pour fournir le matériel nécessaire à la poursuite de la guerre contre les bandes de Ho Chi Minh. C'était un philosophe en même temps qu'un stratège politique et il n'aurait rien fait sans y être poussé par des raisons majeures.

Aucun homme de bon sens ne pouvait songer à gagner une guerre en organisant des persécutions religieuses contre quatre-vingts pour cent de son propre peuple. Dès lors, Cung devait avoir au moins un motif capital d'agir comme il le faisait contre les bonzes, qui représentaient l'élite du bouddhisme. Je me rappelai un des documents que m'avait remis Festhammer, un rapport du C.I.A. concernant l'infiltration d'agents communistes dans la *Shanga,* le système monastique bouddhiste. Ce rapport avait trait à la Thaïlande, au Laos, au Cambodge et au Sud-Vietnam. Il soulignait qu'en Thaïlande, où le bouddhisme était celui du Petit Véhicule et où la *Shanga* était sous le patronage de la famille royale, l'infiltration communiste pouvait être contrôlée, mais que dans le système plus relâché et plus diffus du bouddhisme mahayaniste, ce contrôle était très malaisé. Des bonzes jeunes et agressifs commençaient à y usurper l'autorité de leurs aînés, plus attachés à la vie contemplative. La robe jaune y devenait une simple couverture que se donnait la subversion à l'intérieur des pagodes et parmi le peuple.

Telle était la situation à laquelle Cung avait à

faire face, et il avait des arguments solides pour étayer sa cause. Après les émeutes de Hué, où neuf personnes avaient été tuées par les troupes gouvernementales, les bonzes avaient organisé des réunions publiques et condamné le gouvernement dans des discours enflammés. Dans un pays en guerre, une telle menace contre l'ordre était difficile à tolérer et semblait justifier des mesures de sécurité énergiques. Mais des violences comme celles dont j'avais été le témoin à la pagode Xa-Loï constituaient une inadmissible faute politique et, en tant qu'ambassadeur des Etats-Unis, je devais m'en désolidariser moi-même et en désolidariser mon pays.

Lorsque nous arrivâmes à l'ambassade, une nouvelle surprise m'attendait : un vieux bonze qui s'était échappé de la pagode Xa-Loï y avait demandé asile. Il n'avait eu qu'une dizaine de mètres d'avance sur ses poursuivants et les *Marines* qui gardaient l'ambassade avaient dû menacer de leurs armes les policiers qui voulaient s'emparer de lui. Le bonze ne parlait pas anglais et je m'entretins avec lui en français pendant près d'une heure, tandis qu'Anne Beldon consignait par écrit son récit de l'attaque de la pagode.

Il ne me parut pas être un personnage très remarquable. Il était mesquin, vulgaire et mal informé. Lorsque j'en vins à l'interroger sur la nature du bouddhisme vietnamien, son histoire, son organisation, son attitude et ses problèmes, il ne me répondit que par des lieux communs mêlés d'invectives grossières à l'égard de la famille Cung. Je ne voyais pas cet homme sous les traits d'un martyr mais je l'imaginais très bien dans le rôle d'un agitateur — et je ne pouvais m'empêcher de comparer ses violences de langage à l'admirable maîtrise de soi de Muso Soseki. Pourtant il me révéla deux faits importants. Les policiers s'étaient présentés à la pagode avec une liste de noms et avaient accusé les bonzes dont le nom y figurait d'être des comploteurs communistes. La police s'était également emparée des cendres du bonze qui s'était fait brûler le matin même, mais son cœur carbonisé, qui était conservé dans une urne, avait disparu. Cung, en chrétien avisé, ne voulait pas de martyr sur son seuil...

Là-dessus, des coups de téléphone commencèrent à arriver d'autres régions. A Hué, les soldats avaient saccagé une pagode et volé son trésor. Une bataille rangée avait eu lieu sur un pont conduisant à un autre temple, faisant trente morts et plusieurs centaines de blessés. On évaluait à un millier le nombre de personnes arrêtées en divers points du pays.

J'adressai un long message à Washington et d'autres aux représentants des Etats-Unis au Laos, au Cambodge et en Thaïlande. A six heures du matin nous étions toujours au travail lorsque le président Cung en personne prit la parole sur les ondes de Radio-Saigon. Il décréta l'état de siège et la loi martiale dans tout le pays. L'armée avait pleins pouvoirs pour rechercher et arrêter les personnes suspectes. Le couvre-feu entrait immédiatement en vigueur, ainsi que la censure des communications intérieures et avec l'étranger.

Avant même que Cung eût fini de parler, Harry Yaffa arriva à l'ambassade et annonça que Saigon était occupée par des troupes de première ligne et toutes les sorties de la ville verrouillées. Les communications téléphoniques étaient interrompues dans tout le pays. Notre propre système de communications fonctionnait toujours, mais officiellement le Sud-Vietnam était isolé du reste du monde.

Tout cela semblait si rapide et si précis que ces mesures avaient dû être préparées bien avant mon arrivée. J'étais donc obligé de les considérer comme une précaution destinée à protéger l'administration contre un réel danger. Quant aux conséquences, je ne pouvais que les supputer.

A présent, il me fallait agir. Anne Beldon m'apporta mon petit déjeuner — du café noir et des biscuits. Je me rasai hâtivement en empruntant un rasoir et partis pour le Palais avec Mel Adams et le chef du protocole.

Les abords du Palais étaient hérissés de postes de garde et de barrages. Il nous fallut un quart d'heure pour franchir la première chicane. En revanche, à l'intérieur du Palais régnait une atmosphère de calme presque cérémonieuse. Un secrétaire vietnamien nous expliqua avec une politesse excessive que nous avions une heure d'avance sur notre rendez-vous et que le Président, surchargé de travail, se voyait contraint de nous faire attendre un peu. Mel Adams répliqua froidement que, les Etats-Unis étant concernés par cet état d'urgence, la visite prématurée de l'ambassadeur était une marque de courtoisie particulière à l'égard du Président. Le secrétaire nous assura que le Président en avait conscience et nous recevrait aussi rapidement que possible.

On nous fit asseoir et on nous apporta du thé vert et des cigarettes. Comme il me fallait, à moi aussi, « sauver la face », je me préparai à attendre dix minutes, après quoi je m'en irais. Huit minutes et quinze secondes plus tard, on m'introduisit auprès de Phung Van Cung.

*

C'était un petit homme aux cheveux bruns, qui m'arrivait tout juste à l'épaule, vêtu d'un complet immaculé de tussor, avec une cravate de soie grise ornée d'une épingle de diamant. Sa peau était lisse, ses yeux brillants et souriants; il avait l'air de sortir de son bain — ce qui était probablement le cas. Il m'accueillit cérémonieusement, en français, qu'il parlait avec un accent prononcé. Un domestique nous servit l'inévitable thé vert. Cung m'interrogea sur ma santé et sur les conditions de mon voyage. Il ne cessait pas de sourire, et ses yeux rusés ne quittaient pas mon visage. Il me parla avec chaleur de mon prédécesseur et me demanda de lui transmettre son bonjour et ses bons vœux. Il me complimenta aussi sur mon travail au Japon et me présenta ses condoléances au sujet de la mort récente de ma femme.

Il portait un intérêt particulier, me dit-il, au fait

que j'avais étudié le bouddhisme zen, ce qui m'aiderait, il en était sûr, à mieux comprendre la situation difficile qui régnait au Sud-Vietnam. Le coup atteignit son but : je ne m'étais pas attendu à le trouver si bien informé... Il n'en laissa paraître aucune satisfaction mais poursuivit tranquillement son petit monologue. Il espérait que je serais heureux de mon nouveau poste et, si j'avais besoin de quelque service personnel, je ne devrais pas hésiter à m'adresser à lui ou à un de ses collaborateurs. Il regrettait que je ne fusse pas arrivé à un moment plus agréable, mais il était convaincu que je comprendrais la situation dans laquelle se trouvait le pays.

Je lui répondis que je n'étais pas du tout sûr de la comprendre, mais que je comptais sur lui pour m'éclairer. C'est ainsi que prit fin notre échange de politesses et que nous en arrivâmes au véritable objet de notre rencontre. Cung s'enfonça dans son fauteuil, croisa les mains sur sa chemise de soie et se lança dans un brillant exposé.

« Vous arrivez d'un pays en paix, monsieur l'ambassadeur, pour vous retrouver dans un pays en guerre. Ceci est fort éloigné d'une cérémonie du thé japonaise. Notre survivance même est en jeu. Nous sommes menacés de l'extérieur et de l'intérieur. Nous estimons que trente mille hommes du Viet-Cong, bien entraînés, opèrent sur notre territoire. Ils sont aidés par quelque soixante mille soldats irréguliers et agents subversifs. Ces agents sont préparés à user de tous les moyens pour s'infiltrer dans nos rangs et y répandre la déloyauté et le désordre. Certains monastères bouddhistes sont devenus des centres d'espionnage et de subversion. Que feriez-vous à ma place ? Fermer les yeux ? Laisser ces hommes faire le jeu de Ho Chi Minh, sous le couvert de la robe jaune ? Les laisser transporter des armes, des munitions et des messages secrets dans leurs sébiles de mendiants ? Voyons, monsieur l'ambassadeur, vous n'êtes pas naïf à ce point... Je sais que la presse étrangère me présente comme coupable de persécutions. Cela est faux. Je serais stupide d'encourager les querelles religieuses dans un pays en guerre. Je sais aussi que certains de mes collaborateurs ont commis des fautes. Les violences de Hué en sont une, je l'admets franchement. J'étais prêt à la réparer, à engager des négociations amicales avec l'assemblée générale des bouddhistes. Je leur ai demandé de me faire connaître leurs griefs et ce qu'ils considéraient comme leurs légitimes revendications. Voyez ce qui en est résulté. D'abord, ils m'ont demandé de reconnaître ma responsabilité personnelle, espérant ainsi, en m'humiliant, me discréditer. J'ai refusé, mais j'étais toujours prêt à discuter de leurs problèmes. Alors même que les négociations étaient en cours, certains bonzes turbulents ont pris la parole dans des réunions publiques, en réclamant le renversement du gouvernement. Aucun pays n'autorise de tels désordres, même en temps de paix. Les avez-vous tolérés à Little Rock, à Birmingham, à Washington ? Bien sûr que non ! Alors, attendez-vous de moi de les permettre dans un pays déchiré par une guerre subversive ? Je faillirais à ma tâche si je le faisais. »

Je savais qu'il invoquerait cet argument et, dans les termes où il le faisait, il n'y avait rien à y redire. J'essayai aussi calmement que je le pus de lui montrer l'autre aspect du problème :

« Monsieur le président, dis-je, je suis d'accord, en gros, avec ce que vous me dites là. Un pays en guerre ne peut tolérer le désordre public. Mais la nuit dernière, j'ai assisté à l'attaque de la pagode Xa-Loï...

— Je le sais, monsieur l'ambassadeur. Je le savais une demi-heure plus tard. Et je suis obligé de vous dire que votre présence sur les lieux constituait une maladresse diplomatique.

— Au contraire, monsieur le président ! Je représente ici mon gouvernement, qui est votre allié dans cette guerre. J'ai le devoir de m'informer aussi complètement que possible. La nuit dernière, j'ai vu se donner libre cours la pire des brutalités, une brutalité préméditée et inutile. C'est *cela*, permettez-moi de vous le dire, qui constitue une maladresse diplomatique. Au cours des dix dernières heures, les mêmes faits se sont produits dans tout le pays. Dieu sait quelles seront les réactions dans le reste du monde !

— Le reste du monde, monsieur l'ambassadeur, est pour nous aussi éloigné que la Lune. Nous sommes une péninsule du Sud-Est asiatique. Nous sommes un peuple divisé. L'ombre de la Chine pèse sur nous depuis des siècles. Elle nous a déjà occupés et voudrait bien recommencer. Notre monde est limité par la mer et par la Chine et, à l'Ouest, nous ne voyons pas beaucoup plus loin que la Birmanie...

Croyez-vous que l'on pleure sur notre sort à Sydney, à Paris ou à Londres ?

— Les Américains pleurent pour vous, monsieur le président, dis-je amèrement. Ils travaillent dur pour payer vos factures, ils meurent pour vous ici même, dans votre propre pays. Vous nous insultez, eux et moi, en parlant ainsi. »

Je l'avais ébranlé et humilié. Il était trop intelligent pour ne pas le reconnaître. Il me dit calmement :

« Excusez-moi, mes propos ont dépassé ma pensée... Je sais ce que nous devons aux Etats-Unis. Mais le fait de nous aider ne fait pas de vous nos maîtres et ne vous autorise pas à nous juger selon vos propres critères.

— Du fait que nous sommes amis, monsieur le président, le monde nous associe dans son jugement. Votre peuple lui-même, d'ailleurs, vous reprochera les sanglants incidents de la nuit dernière. »

Il se mit soudain en colère. Prenant sur son bureau un dossier plein de photos, il me le tendit.

« Vous avez peur du sang, monsieur l'ambassadeur ? Il soulève votre estomac délicat ? Regardez donc ces photos. Elles vous montreront d'autres incidents sanglants : ce qui arrive quand une bombe communiste éclate sur un marché public, comment les hommes du Viet-Cong ont traité une famille de villageois qui leur résistait, et à quoi ressemble une femme enceinte éventrée à coups de baïonnettes ! Dois-je me montrer bienveillant envers ceux qui encouragent de tels actes et se réfugient ensuite hypocritement dans le

Bouddha, le *Dharma* et la *Shanga ?* Nous sommes en Asie et non à Genève ou à Manhattan. Ici, l'homme qui détient le pouvoir est celui qui est fort, bien armé et qui répond au sang par le sang. Je suis un chrétien. Cela me plaît aussi peu qu'à vous, mais je connais mon peuple mieux que vous. »

Ces photos me donnaient la nausée. Je refermai le dossier et le lui rendis. Il eût été facile d'approuver ses propos, mais je ne le pouvais pas. Il me fallait à tout prix l'écarter de ce chemin dangereux.

« C'est justement parce que vous êtes un chrétien, monsieur le président, que vous ne pouvez vous permettre le genre de brutalités aveugles dont j'ai été témoin la nuit dernière. Ne comprenez-vous pas qu'elles constituent une arme pour le Viet-Cong ? Vous représentez une minorité religieuse qui persécute la majorité. Voulez-vous que chaque bouddhiste d'Asie vous déclare la guerre sainte ? C'est ce qui arrivera, je puis vous le promettre. Et la presse du monde entier vous condamnera comme un fanatique intransigeant.

— Les journalistes sont souvent des menteurs, monsieur l'ambassadeur ! Et même lorsqu'ils disent la vérité, ils ferment les yeux sur ses conséquences.

— Ils ne mentiront pas au sujet de ce qui s'est passé la nuit dernière, monsieur le président ! Et je ne le pourrai pas davantage. Lorsqu'ils m'interrogeront, cet après-midi, je devrai leur dire la vérité — et cette vérité vous condamnera, vous et votre régime. Elle fera même davantage : elle soulèvera l'indignation en Amérique. Les Américains demanderont pourquoi il leur faut vous envoyer des armes et leurs fils pour combattre avec vous. Que leur répondrai-je ? Que dirai-je au Département d'Etat et à mon Président ?

— Dites-leur le reste de la vérité ! Faites publier ces photos que je vous ai montrées ! Dites-leur que la moitié des noms des agents de la subversion qui se terrent dans les monastères m'a été fourni par vos propres services secrets. Prenez un de vos hélicoptères et allez voir le vrai visage de la guerre dans les villages et les hameaux fortifiés, chez les montagnards du Nord et les habitants des deltas du Sud. Oubliez les villes, où les gens sont pourris, intoxiqués par des idées fausses que leur ont laissées les Français ou que leur donne la presse américaine ! Saigon, Hué ou Dalat pourraient être perdues pour nous en une nuit, mais nous continuerons à nous battre. Ne vous laissez pas tromper ! J'ai toujours le contrôle de la situation et je n'ai pas peur. Nous survivrons à nos maux, malgré la presse mondiale. J'ai relevé ce pays après Dien-Bien-Phu, et je continuerai, avec vous ou sans vous ! »

Malgré moi j'étais impressionné par le courage obstiné de cet homme. Il était assis sur un baril de poudre, entouré de baïonnettes, et il n'en était pas moins décidé à combattre. Mais j'avais à lui adresser un avertissement, et je le formulai sans équivoque :

« Je vous en prie, monsieur le président, n'invoquez pas les augures... Je suis chargé de vous remettre un message du gouvernement de mon pays. Si vous n'êtes pas disposé à mettre un terme aux divisions entre chrétiens et bouddhistes, entre vos propres généraux et vos dirigeants, vous pourriez avoir à combattre seul, sans argent, sans armes et sans soldats américains ! »

Je fus étonné de le voir prendre la chose avec calme. Ses lèvres ébauchèrent un mince sourire. Il me répondit doucement :

« Etes-vous vraiment disposé à aller si loin, monsieur l'ambassadeur ? Etes-vous vraiment prêts à vous retirer et à laisser le Cambodge, le Laos et la Thaïlande s'effondrer comme un château de cartes ? Ce pays est votre dernier point d'appui en Asie. L'abandonnerez-vous parce qu'il n'est pas en mon pouvoir de vous promettre une chose impossible ? Vous réclamez l'unité, la fin des divisions ? Comment pouvez-vous être aussi naïf, monsieur l'ambassadeur ? En tant que nation, nous avons dix siècles de plus que les Etats-Unis, et pourtant nous n'avons pas encore fait notre unité ! Toute la structure de notre société tend à la désunion, à la division, au morcellement du pouvoir. Comme les Italiens avant Garibaldi, nous n'avons encore qu'un sens relatif de notre réalité nationale. Nous sommes quatorze millions d'âmes — Vietnamiens, Thaï, Muongs, Yaos, Miaos, Chinois, Khmers et Chams. Attendez-vous de moi un miracle ? Etes-vous prêts à abandonner mon peuple parce que je ne puis accomplir ce miracle ?

— J'ai ordre de vous informer que nous y sommes prêts, monsieur le président. »

Il haussa les épaules et sourit derechef.

« Eh bien, voilà au moins qui est clair... Vous pouvez informer votre gouvernement que j'étudierai avec la plus grande attention le message que vous m'avez transmis, mais que je m'élève avec force contre ce qui est, en fait, un ultimatum politique. Vous ajouterez que je suis averti du fait que le C.I.A. est en contact permanent avec certains éléments qui souhaitent renverser le gouvernement légal de ce pays et le remplacer par une junte militaire. Vous pouvez dire que je demande à être officiellement informé si c'est l'ambassadeur ou le C.I.A. qui représente vraiment le gouvernement des Etats-Unis... »

Le coup était habile et me prit par surprise. Je répliquai aussi nettement :

« Je puis répondre moi-même à cette question, monsieur le président : c'est moi, et moi seul, qui suis le représentant officiel de mon gouvernement.

— Je suis heureux de l'entendre. Dans ce cas, peut-être vous plaira-t-il d'étudier le rapport que je vous enverrai sur les activités du C.I.A. ?

— Avec plaisir, monsieur le président. Je vous promets même d'en transmettre immédiatement une copie à mes supérieurs à Washington.

— Bien. Je serai curieux de connaître leurs commentaires et les vôtres... Autre chose, monsieur l'ambassadeur : on m'a informé que trois bonzes de la pagode Xa-Loï ont cherché refuge auprès des Américains. J'aimerais savoir ce que vous comptez faire d'eux.

— Nous avons l'intention de leur accorder notre protection jusqu'à ce que nous ayons l'assurance officielle qu'il ne leur sera fait aucun mal lorsque nous leur retirerons cette protection.

— J'y réfléchirai, monsieur l'ambassadeur. Peut-être déciderai-je d'ailleurs de vous les laisser : vous pourriez bien finir par les trouver assez encombrants... Une dernière question : vous devez tenir, cet après-midi, une conférence de presse, comptez-vous y faire état des termes de votre ultimatum ?

— Non, pas pour l'instant. Nous préférerions même n'avoir pas à en faire état du tout. Vous souhaiterez sans doute les étudier à loisir. Je serai à votre disposition lorsqu'il vous conviendra de me convoquer.

— Je vous remercie, monsieur l'ambassadeur, dit-il en se levant et en me tendant la main. Permettez-moi d'ajouter que je suis enchanté d'avoir fait votre connaissance. J'espère que cette rencontre marquera le début d'une meilleure compréhension entre nos deux pays.

— Je l'espère aussi, monsieur le président. Je l'espère de tout mon cœur. »

*

En quittant le Palais, j'étais profondément troublé. J'avais besoin de temps et de conseils éclairés pour mettre de l'ordre dans la confusion que mon entretien avec Cung avait jetée dans mon esprit. Je décidai donc de ne pas regagner l'ambassade et d'emmener Mel Adams chez moi pour avoir avec lui une conversation confidentielle. Nous étions tous les deux ivres de fatigue, après cette nuit sans sommeil. Nous commençâmes par prendre une douche, je prêtai une chemise propre à Mel Adams et nous nous assîmes dans mon bureau pour passer en revue les principaux points de la visite à Cung.

Adams se révéla être un conseiller sage et lucide. Il ne fit rien pour me cacher ses propres incertitudes et pesa chaque problème avec une remarquable objectivité.

« Il y a un point sur lequel je dois donner raison à Cung, monsieur : attendre de lui qu'il fasse d'un jour à l'autre l'unité du pays, c'est lui demander un miracle. Vous verrez vous-même, lorsque vous irez dans les villages, à quel point la structure familiale et tribale est étroite et exclusive. Il y a partout une méfiante atavique à l'égard des « étrangers », qu'ils soient généraux, fonctionnaires ou que, comme nous, ils viennent d'un autre pays. Le bouddhisme lui-même peut être un facteur de division, car il s'adapte à toutes les nuances d'opinion et de pratique, mais ne les unifie pas. Nous autres, Occidentaux, nous le considérons comme une religion contemplative et quiétiste, mais il y a aussi en lui certains caractères de violence. Il a toujours eu des sectes militantes, dont l'action prend à certains moments des formes étranges. Vous avez vu ce qui est arrivé au Japon avec le Sokka Gakkaï... Je dois reconnaître que la subversion prend parfois sa source dans les pagodes. Mais « subversion » est un mot étranger. Pour un grand nombre de Vietnamiens, Ho Chi Minh est « l'Oncle Ho », un grand patriote et un révolutionnaire triomphant, tandis que Phung Van Cung est un réactionnaire soutenu par l'Amérique capitaliste.

« Nous avons, nous aussi, contribué à la désunion. Nous sommes trop pragmatiques. Nous exigeons des résultats à court terme et nous sommes souvent trop impatients pour en peser les conséquences ultérieures. Nous aimons définir les choses en termes précis, ce qui nous entraîne à adopter des positions que nous ne pouvons plus, ensuite, abandonner. Prenez le cas des îles Quemoy et Matsu et le mythe des deux Chines : ce n'est qu'un mythe, mais nous l'avons créé et nous en sommes prisonniers.

« Voilà pourquoi je n'aime pas Harry Yaffa. C'est un homme d'une intelligence remarquable, mais il est trop porté à l'action; il n'a pas le sens de l'Histoire, de la continuité et des conséquences. Mettez-le en présence de n'importe quelle situation, il entreprendra de la modifier si vous le lui demandez, et il est capable de le faire. Si son action n'aboutit pas, il en changera d'un jour à l'autre.

« L'action, toujours l'action ! Nous sommes un peuple conditionné par l'action : « Lève-toi et mar-« che ! Va vers l'Ouest, mon garçon : il y a de l'or dans « ces montagnes !... » Vous connaissez l'Orient, monsieur. Vous savez combien cette tentation peut être traîtresse. Et que signifie l'action pour le paysan des rizières ? Le communisme a lui aussi sa philosophie — mais que promettons-nous pour après la guerre ? La démocratie ? L'autodétermination ? Ce sont les ancêtres qui règnent sur les tribus : comment leur donnerons-nous le droit de vote ?

« J'ai souvent essayé de me demander ce que je ferais si j'étais à la place de Cung — et j'avoue que je n'en sais rien. Comment avoir raison de la mentalité de « seigneurs de la guerre » qui est celle des généraux ? Si vous leur donnez une part supplémentaire de gâteau, ils en réclameront une plus grosse encore. La face n'est pas sauvée par une distribution équitable du pouvoir et de l'influence : il faut encore prouver que vous êtes plus important que votre voisin... Sur le plan politique la méthode de Cung est la plus sensée : diviser pour régner. Bien entendu, sur le plan militaire elle conduit au gâchis que nous connaissons...

« Prenez le problème bouddhiste. Je crois que Cung veut vraiment négocier avec eux, mais il craint que, s'il leur tend la main, ils veuillent lui arracher tout le bras. Les bonzes des pagodes ne font pas la guerre, leur état les en dispense. Dès lors, aux yeux de Cung, ils n'ont pas le droit de provoquer un désordre public au détriment du combattant qui se fait tirer dessus dans le delta... Encore une fois, ce point de vue se défend. »

Il eut un sourire triste et se versa une autre tasse de café.

« Je ne suis sans doute pas très... constructif, ajouta-t-il, mais je crois qu'il nous faut étudier la situation avec beaucoup de prudence avant de vouloir la modifier. Vous avez formulé un ultimatum. Et maintenant ?

— Cung va y réfléchir, après quoi il reprendra contact avec moi.

— Qu'attendez-vous de lui ?

— A mon avis, il devrait faire un geste public et sans équivoque pour inviter les bouddhistes à une négociation amicale et répondre à leurs doléances dans la mesure où elles sont justifiées. Il devrait par exemple libérer les étudiants et les bonzes emprisonnés. Après quoi il serait en mesure de renforcer la loi et l'ordre.

— Je ne pense pas qu'il puisse faire cela, monsieur l'ambassadeur. Du moins pas *tout* cela.

— Pourquoi pas ?

— Parce que les violences ne sont pas terminées. On m'a dit, au Palais, qu'on s'attendait à de nouveaux troubles.

— Provoqués par les bouddhistes ?

— Non, par les étudiants. Avant ce soir, il se livreront à de nouvelles démonstrations et le sang coulera à nouveau. Alors ?

— Les États-Unis élèveront une nouvelle protestation.

— Sur quoi les officiers de Tolliver auront à mener au combat des soldats vietnamiens, bouddhistes et catholiques, dont les fils et les filles seront en prison... Jolie situation, avouez !

— Considérons donc le projet de Yaffa, Mel. Nous appuyons un coup d'Etat. Cung s'en va. Qui prend sa place ?

— Une junte de généraux.

— Les seigneurs de la guerre ?

— Si vous voulez.

— Les juntes sont notoirement instables.

— Je suis d'accord. Mais Yaffa pense que les généraux seraient plus unis s'ils étaient débarrassés de Cung. C'est votre avis, Mel ?

— J'en doute fort.

— Pourraient-ils rassembler l'armée ?

— J'en doute aussi.

— Renforcer son moral ?

— Difficile à dire.

— Pourraient-ils gouverner le pays ?

— Avec l'armée, ils pourraient peut-être y rétablir l'ordre. Mais je ne sais pas s'ils arriveraient à le gouverner, à l'animer, à l'arracher à la désillusion et au désabusement. Je doute que l'un d'entre eux ou eux tous eussent pu faire ce que Cung a fait après Dien-Bien-Phu. Je doute qu'aucun d'entre eux ait la rigueur de pensée de Cung et même, si étrange que cela puisse paraître, son sens moral. Voilà pourquoi l'Oncle Ho est si puissant dans le Nord : c'est un chef révolutionnaire avec une philosophie marxiste solide. Cung est aussi un philosophe, mais sa doctrine personnaliste, qu'il a empruntée aux Français, ne dit rien à son peuple. Si Cung était un politicien-né, avec assez de talent et de magnétisme personnel pour soulever le peuple, il pourrait lui faire accepter Kant, Hegel, Thomas d'Aquin et Dieu sait quoi encore, parce que le peuple connaît son passé et le respecte. Mais il n'a pas ce genre de charme. C'est un reclus, un célibataire, un autocrate... et un chrétien, ce qui n'arrange rien.

— Si je vous demandais de faire votre choix,

Mel : Cung ou une junte de généraux, pour qui voteriez-vous ?

— Je ne sais pas, monsieur, dit tranquillement Mel Adams. Je le regrette, croyez-le bien. Peut-être suis-je ici depuis trop longtemps. Peut-être ai-je succombé, comme les Vietnamiens eux-mêmes, à une espèce de désespoir sournois. Peut-être Yaffa a-t-il raison quand il m'accuse d'être hésitant et inactif. Ce n'est pas que j'aie peur, comprenez-moi : c'est que toutes nos actions sont des routes qui ne conduisent nulle part... »

Il s'interrompit et resta un moment silencieux à regarder ses longues mains nerveuses. J'éprouvais pour lui une espèce de pitié, parce que son dilemme ressemblait au mien — et de l'estime, aussi, parce qu'il assumait la responsabilité de son incertitude. Il releva enfin la tête et me regarda d'un air sombre :

« Je dois encore vous dire quelque chose, monsieur l'ambassadeur. Après cela, vous réclamerez peut-être ma tête, et je vous la donnerai volontiers sur un plat d'argent... Tolliver est le seul Américain dans ce pays qui ait des ordres précis et francs. On lui demande de faire une guerre qui ne peut être gagnée — mais personne n'attend de lui qu'il la gagne. Pour lui comme pour le Pentagone, il ne s'agit que de tenir. Si les Vietnamiens sont divisés, il se bat avec une armée divisée. S'ils sont unis, il se bat avec une armée unie. La responsabilité finale ne repose pas sur ses épaules mais sur le haut-commandement vietnamien. Pour nous, c'est différent. Washington nous demande d'intervenir directement dans le gouvernement de ce pays. Vous êtes arrivé ici avec un ultimatum qui, en fait, dit ceci : « Faites « telle et telle chose ou nous vous mettrons en fail- « lite et nous vous retirerons notre appui militaire. » Sur un autre plan, le C.I.A. intervient lui aussi. Nous faisons tout cela au nom de la démocratie et de l'autodétermination, mais en fin de compte c'est une action politique et militaire destinée à contenir la Chine et à limiter l'extension de révolutions indigènes qui ont leur origine dans l'exploitation colonialiste, la tyrannie des seigneurs de la guerre et une administration corrompue.

« Je vous le dis tout net, monsieur : les seuls citoyens de ce pays qui savent vraiment pour quoi ils se battent sont les catholiques. Si le Vietnam devient communiste ils savent que leur Eglise sera balayée en une demi-génération, tandis que le bouddhisme s'en accommodera, comme il l'a déjà fait en Chine. C'est pour cela que je comprends Cung et que je sympathise avec lui, tout en reconnaissant ses erreurs. C'est pour cela que je pense que nous commettons une erreur, nous aussi. Nous cherchons un homme nouveau et une nouvelle politique — mais nous ne savons pas ce que nous voulons. Nous soutenons le jockey au lieu de soutenir le cheval, et parce que nous sommes pressés, nous choisissons le mauvais cheval. Voilà pourquoi je suis en désaccord avec toute notre politique dans le Sud-Est asiatique. Je suis au service de cette politique et j'essaie de la servir honnêtement, le mieux possible — mais je n'y crois plus. »

Cet aveu devait être pénible à un homme qui avait passé tant d'années dans le Service. Je fus touché qu'il ait choisi de me le faire, à moi. Je lui demandai aussi gentiment que possible :

« S'il vous appartenait de reviser cette politique, Mel, comment le feriez-vous ?

— Je choisirais la neutralité, tant que nous avons encore le pouvoir de marchander. Et puis je m'en irais, en laissant le pays décider lui-même de son avenir.

— Et en laissant l'Oncle Ho l'emporter dans un an ou deux ?

— Il l'emporte déjà, dit Mel Adams d'un ton froid. Il l'emporte parce que l'homme qui veut vraiment rallier le pays n'en a pas le pouvoir; parce que nous avons échoué dans tous les domaines, sauf en ce qui concerne les armes, les hommes et l'argent; parce que le soleil se couche et que le paysan des rizières ne voit s'allumer aucune lumière : il n'y a que la nuit de ses désillusions... Là-dessus, monsieur, si vous souhaitez que je démissionne, je le ferai.

— Vous le voulez, vous, Mel ?

— Non.

— Que voulez-vous faire ?

— Je crois que je puis encore être utile ici, ne serait-ce que comme représentant de l'opposition... Je pense que vous avez une chance, assez mince, de faire changer Cung et de sauver ce qu'il a déjà accompli. Mais ce ne sera pas facile, parce qu'on vous pressera de monter un coup d'Etat et d'installer une nouvelle dynastie. J'aimerais pendant quelque temps jouer le rôle de la conscience, dénoncer les mensonges et vous montrer où se cache la vérité.

— C'est un rôle ingrat, Mel. Moi-même je ne puis vous garantir que je vous en saurai gré.

— Ce n'est pas une question de gratitude, monsieur. Il s'agit pour moi de ne pas me mépriser moi-même. Si Cung s'en va, on le tuera. Je préfère le rôle que je vous ai dit à celui d'assassin politique. »

IV

« Assassinat » est un mot affreux, mais dans le climat de Saigon, ce matin-là, il avait tout d'un lieu commun. La ville ressemblait à un camp fortifié. Il y avait des piquets de garde à chaque coin de rue et des patrouilles armées, en jeep et en camion, circulaient sans arrêt. Les passants étaient rares, leur attitude furtive et craintive. Les magasins étaient vides, les bars déserts et les filles, assises derrière les fenêtres garnies de grilles, ressemblaient à des oiseaux captifs. J'eus un instant l'illusion que cette cité provinciale à l'ancienne mode s'était soudain transformée en une jungle où les bêtes se tapissaient dans l'ombre tandis que les chasseurs les guettaient nerveusement, effrayés par le silence et la solitude. Il y avait dans l'air une odeur d'orage et, lorsqu'une voiture démarrait, cela résonnait comme un coup de feu.

A l'ambassade, on me remit les premiers rapports concernant l'agitation estudiantine. L'Université était en révolte. Des étudiants avaient quitté les cours pour tenir des meetings de protestation. Un professeur avait été lapidé par ses élèves. On avait lacéré ou maculé les affiches du gouvernement proclamant la loi martiale. Des groupes de jeunes gens, juchés sur des murs, insultaient les soldats, les invitant à combattre le Viet-Cong plutôt que la population. De nombreux manifestants avaient été arrêtés et conduits dans des camps de détention aux abords de la ville. A midi, la radio avait annoncé la fermeture des écoles jusqu'à nouvel ordre. Les étudiants américains avaient été reconduits chez eux sous la garde de nos propres soldats. Des piquets de garde exceptionnels avaient été postés autour du Palais présidentiel, où l'on était en train d'installer des batteries antiaériennes.

Sur mon bureau m'attendait un câble laconique que Festhammer m'avait envoyé de Washington.

« *Tout le monde ici très préoccupé par violences anti-bouddhistes. Prière protester avec plus grande énergie contre manquement gouvernement à promesses répétées de réconciliation et communiquer protestation à la presse. Prière nous informer complètement et sans retard sur évolution de la situation.* »

J'avais déjà adressé ma protestation au Palais. Dans l'heure qui suivrait, je la ferais connaître à la presse. Je ne pouvais rien faire savoir de plus à Washington avant d'y voir moi-même plus clair. Je ne m'occupai donc plus de ce câble et j'appelai le général Tolliver pour qu'il me parle de la situation militaire. Il me l'exposa sans fioritures :

« Jusqu'ici la ville est calme. Cung y a rappelé trois bataillons commandés par un général catholique connu pour sa fidélité au Pouvoir. A titre de précaution supplémentaire, la disposition des troupes est modifiée toutes les quatre heures. Hué est également bien en main. Le reste du pays est parfaitement calme. La nuit dernière, on nous a signalé une bagarre entre soldats catholiques et bouddhistes à Tra-Vinh, mais le commandement local y a mis bon ordre. Cela mis à part, il n'y a aucune indication de révolte ouverte dans l'armée ni de mouvements de troupes ordonnés par des généraux dissidents. Les opérations contre le Viet-Cong se poursuivent normalement, mais le moral des unités combattantes est bas. J'ai placé des piquets de garde exceptionnels auprès de toutes nos installations militaires et des services américains. De petites patrouilles mobiles veillent à la sécurité des familles américaines... C'est à peu près tout pour l'instant, monsieur. S'il se passe quelque chose, je vous le ferai savoir. »

Jusqu'ici, semblait-il, je pouvais faire crédit aux propos de Cung. Il avait la situation en main. Pour combien de temps, c'était une autre affaire... Ces batteries antiaériennes qui défendaient le Palais donnaient à penser qu'il avait des doutes sérieux au sujet du loyalisme de ses troupes. Je mandai Harry Yaffa pour connaître son opinion. A ma surprise il exprima le même avis que Tolliver :

« En ce moment, il est certain que Cung est le

maître du pays et que personne n'est en mesure de le renverser. La ville est sous pression, mais Cung a fixé le couvercle de la marmite en sorte que l'on ne puisse voir l'eau bouillir. Je me suis pas mal baladé et je suis informé d'heure en heure par mes agents. Cung a manœuvré avec une incontestable maîtrise.

— Parlons net, monsieur Yaffa : si je donnais, à cet instant précis, mon consentement à un coup d'Etat, vos généraux seraient-ils capables de l'exécuter ?

— Non, monsieur, me répondit-il sans hésiter. S'ils le tentaient en ce moment, ils seraient écrasés en une demi-journée.

— Donc, Cung est peut-être l'homme dont nous avons besoin, après tout : l'homme fort et armé, capable de défendre le régime ?

— Je ne le pense pas. Vous avez vu la ville ce matin. Elle est en état de choc. Tout le monde se cache. Le premier qui montrera le bout du nez sera descendu. Mais on ne peut maintenir indéfiniment un tel blocus. Les gens doivent manger, boire et se détendre un peu. Les troupes aussi. Que ce soit la semaine prochaine ou dans dix jours, Cung se croira assez sûr de lui pour libérer le couvercle de la marmite — et c'est alors que vous verrez vraiment l'eau bouillir.

— Suivons votre pensée, monsieur Yaffa. La loi martiale est abolie. Les troupes quittent Saigon. A ce moment-là, vos généraux seront-ils prêts à emporter le morceau ?

— Si cette garnison est dispersée, oui. Mais permettez-moi d'être aussi franc avec vous, Excellence, que les généraux l'ont été avec moi. Aucun d'entre eux n'est disposé à agir sans l'appui au moins tacite des Etats-Unis. Ils se savent trop vulnérables. Il leur faut notre protection.

— Et si nous ne la leur donnons pas ?

— Alors vous serez lié à Cung, un dictateur gouvernant dans le vide. Si le Viet-Cong lançait une opération d'envergure, le moral et la discipline de l'armée pourraient s'effondrer complètement. »

Il y eut un court silence gêné, puis Yaffa me posa à son tour une question :

« Où en êtes-vous, monsieur ? Vous avez rencontré Cung. Vous avez entendu les opinions de vos collaborateurs. J'ai été avec vous aussi franc que possible. Quelle solution envisagez-vous ?

— Pour l'instant, je n'en vois aucune, monsieur Yaffa. Moi aussi, je serai franc. Il y a un peu plus de vingt-quatre heures que je suis dans ce pays. Mes supérieurs m'ont donné l'ordre de traiter avec le président Cung et de voir si je puis le raisonner. Si je n'y arrive pas, j'aurai à suggérer une solution de rechange — mais je ne suis pas encore enclin à le faire. Je ne dispose pas d'éléments suffisants ni d'informations de première main qui me le permettent. Dans un sens, l'action présente de Cung travaille en ma faveur : elle me donne un peu plus de temps pour m'informer.

— Je vois, dit tranquillement Yaffa... Mais laissez-moi vous dire un mot de ma propre position. Je dois continuer à me préparer pour le moment critique où Cung pourrait avoir à être écarté. Il faut que je sois en mesure, à ce moment-là, de proposer d'autres solutions — tel est le véritable sens de ma tâche. Dès lors, permettez-moi de vous poser une question : jusqu'à quel point êtes-vous disposé à me faire confiance ?

— J'y suis disposé, monsieur Yaffa, dans la mesure où et aussi longtemps que vous serez vous-même disposé à être franc avec moi. Lorsque nous nous sommes rencontrés pour la première fois, vous m'avez dit que vous étiez un bon menteur. Il m'est impossible de faire à notre gouvernement des suggestions basées sur le mensonge, même sur un mensonge « professionnel ». Je suis sûr que vous le comprenez. »

A ma surprise il s'enfonça dans son fauteuil et se mit à rire. Ses petites mains douces firent un geste circulaire.

« Nous continuons à tourner autour du pot..., dit-il. Très bien, monsieur. Vous avez exprimé votre point de vue. Je l'accepte. Maintenant, soyons plus précis : qu'attendez-vous de moi ?

— Je désire d'abord rencontrer les généraux qui sont ou pourraient être impliqués dans une action contre le régime de Cung. »

Il fronça les sourcils et tapota sa joue rose.

« Ce serait plutôt dangereux : réunissez-les dans une même pièce et l'agent le plus stupide devinera les grandes lignes du complot... Nous pourrions peut-être quand même arranger cela. Les Australiens, les Italiens et une ou deux autres ambassades me sont utiles de temps à autre. Ils organiseront un dîner ou un cocktail et je leur demanderai d'ajouter quelques noms sur la liste de leurs invités...

— D'accord. Combien de temps cela demandera-t-il ?

— Trois ou quatre jours pour la première rencontre.

— Parfait. Autre chose : Cung, ce matin, m'a dit qu'il était parfaitement au courant de vos activités. Il m'a promis de m'envoyer un rapport complet à ce sujet. J'ai promis de le lire et d'en envoyer une copie à Washington. »

Yaffa rit de nouveau.

« J'aimerais bien le voir, moi aussi !

— Est-il possible que ce rapport vous compromette, monsieur Yaffa ?

— Sans aucun doute. Mais il y a un fait curieux dans ce pays, Excellence : il ne sert à rien d'être informé; ce qui compte, ce sont les cartes dont on dispose et la façon de les jouer, la manière dont travaillent les alliances familiales et les forces d'argent. Cung connaît certainement les noms de ceux qui manœuvrent contre lui, mais, comme un mandarin de jadis, il considère que la conspiration fait partie du climat normal. Aussi longtemps qu'il ne verra pas le complot décisif prendre forme, il se croira capable d'acheter celui-ci, d'effrayer celui-là, de faire d'un troisième, son ambassadeur au Caire... Je ne me soucie donc pas vraiment de son rapport. Il m'importe davantage de vous convaincre et de vous fournir les moyens de faire au bon moment la chose opportune.

— La chose opportune, monsieur Yaffa ? »

Je n'avais pu m'empêcher de prendre un ton sarcastique, mais Yaffa n'en fut pas troublé. Sa réponse fut rapide et nette.

« Oui, monsieur. En politique, il n'y a pas de Bien et de Mal, mais seulement ce qui est opportun et ce qui est possible.

— Monsieur Yaffa, il y a dans les Ecritures une phrase qui dit : « *Il est opportun qu'un homme meure pour le peuple.* » Avez-vous pensé à cela en ce qui concerne Cung ? Si les généraux le déposent, iront-ils jusqu'à le tuer ? »

Ma question le prit à l'improviste et il me regarda avec un air d'étonnement dédaigneux.

« Le tuer, monsieur ? La question n'a jamais été discutée.

— Eh bien, j'aimerais assez que nous la discutions, monsieur Yaffa ! Je veux être assuré que le gouvernement américain ne risque pas de se voir imputer la responsabilité d'une exécution... opportune ! »

C'est alors que, sous le masque souriant et un peu efféminé, je vis se dessiner le véritable visage de Harry Yaffa. Il ne se déroba pas. Il me regarda bien en face et me répondit comme il aurait posé un dollar sur une table de jeu :

« Les assurances ne coûtent pas cher, Excellence. On m'en donne et j'en donne moi-même tous les jours. Mais pas des engagements ! Qui peut garantir quoi que ce soit lorsque les armes partent toutes seules ? Pas moi... Je suis un homme des Services secrets, un conspirateur professionnel. Vous voulez un nouveau gouvernement ? Je vous le donnerai, comme une omelette pour votre petit déjeuner. Vous voulez une serviette pour essuyer les éclaboussures sur nos visages ? Je vous la procurerai aussi. Mais ne me demandez pas de faire l'omelette sans casser d'œufs. Cela, je ne le peux pas, ni moi ni personne ! »

Lorsqu'il fut parti, je me sentis soudain glacé, comme si une oie eût marché sur ma tombe...

*

Anne Beldon m'apporta du café et des sandwiches et m'obligea à les avaler. C'était la première fois depuis mon arrivée que je lui accordais quelque attention, et je me sentis obligé de lui en demander pardon. Elle accepta mes excuses avec simplicité et nous nous engageâmes dans une de ces conversations à bâtons rompus qui distraient un peu de la tension des affaires sérieuses. Elle me dit qu'elle était veuve. Son mari, pilote de la Marine, avait été tué en Corée. Elle était entrée dans le Service au Japon et avait travaillé à Tokyo, à Taiwan et à Bangkok. Elle parlait couramment le français et apprenait le vietnamien avec un ancien professeur de l'Université de Saigon. Elle avait beaucoup d'aisance, un sourire spirituel et malicieux. Je lui donnai à peu près trente-cinq ans.

Il me semble que le Service exerce une curieuse influence sur les femmes d'un certain âge et d'une certaine classe. On leur demande d'être « efficientes », ce qui a souvent pour résultat de les rendre sèches et dominatrices. Elles vivent en compagnie constante d'hommes dont la moitié sont mariés et les autres habitués à des aventures temporaires, parfois avec des étrangères. Pourtant, les conventions de la vie diplomatique les mettent dans une situation délicate : dans des postes difficiles, comme celui-ci, elles sont souvent condamnées à une espèce de réclusion, qui pousse certaines à l'hystérie et quelques-unes à l'homosexualité. Il est assez rare, si j'en crois mon expérience personnelle, de rencontrer une première secrétaire d'ambassade qui ait réussi à conserver à la fois son équilibre sentimental et sa féminité. Anne Beldon était l'un de ces oiseaux rares, et je goûtai sa compagnie en attendant l'inévitable épreuve de la conférence de presse.

Elle était trop avisée pour se laisser aller à me parler de mes collaborateurs, mais elle me parla intelligemment des Vietnamiens :

« Vous ne pouvez imaginer à quel point ils sont fatigués et désabusés, me dit-elle. Je leur rends visite, je mange avec eux, je parle avec les femmes. Avant que les choses aillent trop mal, il m'arrivait de passer le week-end à Dalat, avec la fille de mon professeur. Personne ne paraît se rappeler que ce pays est en guerre depuis vingt-deux ans — depuis que les Japonais l'ont occupé et que Ho Chi Minh a organisé ses premiers maquis. Je crois qu'il faut être une femme pour comprendre ce que cela signifie : vous voyez se succéder les beaux parleurs, vous écoutez leurs promesses — et soudain votre fils est un homme armé d'un fusil, comme son père...

— Que pensent-ils de nous, Anne ?

— Leurs sentiments sont très mélangés. Ils voient en nous les symboles d'une liberté et d'une prospérité qu'ils n'ont pas. Ils nous aiment, ils nous savent gré de ce que nous essayons de faire — mais ils nous trouvent trop simples pour la très vieille complexité de l'Asie. Ils n'aiment pas les Français mais, curieusement, il les respectent plus que nous. Ils constatent que les Français dirigent toujours le pays, les banques, les cinémas, le commerce du caoutchouc et l'aviation commerciale, pendant que les Américains se battent pour protéger les intérêts français... Le plus fort, c'est que c'est vrai !

— Et que veulent-ils vraiment, Anne ? Vous le disent-ils ?

— Rien d'autre que la paix. La paix à n'importe quel prix, j'en ai peur. Et je ne peux pas dire que je les blâme. »

C'était ce que m'avaient déjà dit Mgr Visconti, puis Mel Adams. Le peuple était las. Il avait perdu la foi. Il ne demandait plus qu'à pouvoir dormir en paix la nuit. Que lui apportais-je qui pût lui rendre sa confiance évanouie ?

Le café était tiède et je lui trouvai un goût amer. Je repoussai ma tasse et demandai à Anne Beldon de m'apporter mes notes pour la conférence de presse. Lorsqu'elle les posa devant moi, elle dit : « Puis-je vous dire quelque chose, Excellence ?

— Bien sûr, Anne. Je vous écoute.

— Soyez prudent avec les journalistes. La plupart sont très jeunes. Ils sont engagés jusqu'au cou dans ce qui se passe : ils prennent de gros risques et ils ont vu des choses horribles. On les a accusés d'écrire leurs articles sans sortir du bar Caravelle et ils en sont furieux, parce que c'est faux. Ils s'en sont pas mal laissé conter par nos gens aussi, et ils essaieront d'avoir votre tête.

— Merci, Anne. Mon arrière-grand-père s'est battu contre les Peaux-Rouges : je ferai de mon mieux pour sauver mon scalp. »

Je me levai et ma main frôla la sienne. Je fus étonné de la sentir si douce et si fraîche — et je me rappelai que je n'avais plus touché la peau d'une femme depuis longtemps.

*

Mel Adams et mon attaché de presse avaient introduit les journalistes dans la salle de conférence de l'ambassade. Rien n'y manquait : il y avait là des caméras de cinéma, des magnétophones et les correspondants d'une douzaine de journaux étrangers. La plupart, comme Anne Beldon m'en avait averti, étaient jeunes et ils avaient tous l'air tendu et grave d'hommes qui vivent dangereusement dans un milieu hostile. Certains étaient en corps de chemise, deux ou trois portaient des uniformes défraichis, comme s'ils revenaient du front. Un ou deux n'étaient pas rasés, d'autres avaient le teint jaunâtre et les traits tirés qui accompagnent la malaria ou une longue gueule-de-bois. Leur doyen était un grand garçon dégingandé de Brooklyn qui représentait une agence internationale. L'attaché de presse me les présenta les uns après les autres, rapidement mais sans hésitation. Je m'assis. Les caméras et les magnétophones entrèrent en action. La conférence — ou était-ce un procès ? — était ouverte.

Ils avaient bien préparé leur offensive. Les questions jaillissaient de partout, mais selon un ordre soigneusement dosé.

« Monsieur l'ambassadeur, votre nomination implique-t-elle un changement de politique des Etats-Unis à l'égard du régime du président Cung ou de la conduite de la guerre ?

— Non. Nous sommes ici pour aider la République du Sud-Vietnam à poursuivre la guerre contre le Viet-Cong et pour empêcher l'expansion du communisme dans le Sud-Est asiatique. Nous n'avons jamais dévié de cet objectif.

— Un changement d'attitude, alors ?

— Non. Nous sommes venus en tant qu'alliés, conseillers militaires et fournisseurs de matériel militaire. Rien n'est changé de ce point de vue non plus.

— Vos avis ont-ils toujours été acceptés ?

— Malheureusement non : en certains domaines essentiels ils ont été rejetés. Le gouvernement des Etats-Unis a vivement insisté pour que le gouvernement du Sud-Vietnam s'emploie à satisfaire les griefs de la communauté bouddhiste et à lui accorder la pleine égalité de droits religieux qui est garantie par la Constitution. Cela n'a pas été fait. Au contraire, de nouvelles mesures de répression violente ont été prises. Mon gouvernement les déplore et s'en désolidarise de la manière la plus formelle.

— Vous avez vous-même été le témoin oculaire de certains actes de violence à la pagode Xa-Loï ?

— En effet. Aussitôt après, j'ai remis au président Cung une protestation officielle.

— Pouvez-vous nous en indiquer les termes ?

— Je puis vous assurer qu'ils étaient aussi énergiques que possible.

— A-t-il été question de sanctions ? Par exemple d'une interruption de l'aide financière ou militaire des Etats-Unis ?

— Je ne puis rien ajouter pour l'instant.

— Le président Cung, lui, a déjà commenté les choses. A onze heures, ce matin, il a déclaré que les Etats-Unis intervenaient dans les affaires intérieures du Vietnam en menaçant le pays de sanctions économiques.

— C'est le point de vue du président. Ce n'est pas le mien.

— Il assure également que des agents américains encouragent le désordre et incitent à la révolte certains éléments de l'armée et de l'administration.

— A mon avis, et comme je l'ai déjà dit au président Cung, la répression et la brutalité entraîneront une révolte beaucoup plus vite que nous, Américains, ne pourrions le faire.

— Démentez-vous, monsieur l'ambassadeur, que le C.I.A. ou quelque autre organisme américain complote contre le gouvernement ?

— Je suis arrivé ici il y a vingt-quatre heures.

J'ai entendu parler de complots chez les bouddhistes, chez les catholiques et de complots fomentés par le Viet-Cong — mais jusqu'ici je n'ai pas encore découvert trace de complot dans mon ambassade... »

Cela fit rire les journalistes, mais d'un rire faux, comme celui qui accompagne, dans une arène, une passe comique d'un matador. La danse de mort continuait et nous étions encore très loin de la minute de vérité. Un grand gaillard osseux, avec des yeux rusés et un accent australien, me mit un micro sous le nez et me demanda :

« Sommes-nous en train de gagner la guerre, monsieur l'ambassadeur ?

— Oui, si j'en crois mes informations.

— Il y a un mois, le général Tolliver a déclaré qu'elle pourrait être gagnée vers 1965. Etes-vous de cet avis ?

— Je suis un diplomate et non un militaire. Je ne puis répondre à cette question.

— Pourrait-elle être gagnée si les Etats-Unis prenaient la direction des opérations militaires et lançaient une offensive générale ?

— Sur le plan militaire, oui — mais ce serait une victoire pour rien, qui nous laisserait dans la même situation que les Français : celle d'une armée coloniale dans un territoire politiquement hostile. En outre, cela entraînerait presque inévitablement une confrontation décisive entre l'Amérique et la Chine. Personne n'y est disposé en ce moment.

— Y a-t-il quelque chose qui vous préoccupe dans la situation militaire ? Et si oui, quoi ?

— La division du haut-commandement vietnamien, l'absence de cadres bien entraînés et cohérents.

— La répression antibouddhiste a-t-elle introduit dans l'armée sud-vietnamienne un élément de discorde important ?

— Jusqu'ici, non. Mais elle a contribué à affaiblir le moral général. La vraie cause de cette démoralisation est d'ailleurs la tactique divisionniste du régime, et c'est là une chose à laquelle on ne peut remédier que sur le plan politique. Du point de vue militaire, nous avons fait de notre mieux, étant donné la situation qui existe.

— Et sur le plan politique, quelles mesures sont envisagées, monsieur l'ambassadeur?

— Comme je vous l'ai dit, nous avons déjà fait d'énergiques représentations au président Cung. Nous poursuivrons notre action dans ce sens et nous prendrons les mesures que pourraient nous dicter les circonstances.

— Pouvez-vous être plus précis ?

— Plus tard, peut-être, mais pas pour l'instant. Supposez que le régime se révèle inacceptable pour la majorité du peuple ? Que feraient les Etats-Unis ? Nous entrons là dans le domaine de l'hypothèse. Cela me paraît inopportun pour l'instant. »

Ils continuèrent à me harceler de questions pendant près d'une heure, jusqu'à ce que Mel Adams intervînt pour déclarer la conférence terminée. J'avais la bouche sèche, la tête bourdonnante et mes vêtements étaient trempés de sueur. Tandis que nous regagnions mon bureau, Adams formula son verdict :

« Ils vous ont fait la vie dure, monsieur. Ils étaient bien informés et terriblement sérieux.

— Comment m'en suis-je tiré, Mel ?

— Il me semble que nous avons marqué une légère avance. Votre protestation a été bien accueillie. Ils ont compris votre allusion aux sanctions. Vous avez exprimé une discrète insatisfaction en ce qui concerne la situation militaire. A présent, il nous reste à attendre de voir comment cela se traduira dans leurs articles. Il vaut mieux prévoir quelques coups bas. Ils savent — pardonnez-moi de vous le dire — que nous leur offrons de la fumée plutôt qu'une véritable solution... Par précaution, j'ai fait enregistrer toute la conférence. Nous en enverrons le texte à Washington — et, j'y pense, nous pourrions également en communiquer une copie au Palais... à titre purement documentaire.

— Bonne idée... Je regrette parfois le temps de la diplomatie secrète, Mel. Les gentilshommes ensemble, et que les paysans se contentent d'éponger le sang !

— Moi aussi, dit Mel Adams d'un ton convaincu. Comment voulez-vous négocier devant des caméras de télévision ? Comment voulez-vous traiter avec Cung quand vous êtes tous les deux engagés dans un duel oratoire public ? Vous êtes sans cesse prisonnier des déclarations que vous avez faites la semaine précédente. Si vous voulez revenir sur elles, elles sont gravées dans le roc, comme les Dix Commandements...

— C'est là où les marxistes seront toujours plus forts que nous, Mel. Ils sont toujours en mesure de revenir sur ce qu'ils ont dit. Je les envie... Vous voulez boire quelque chose ? »

Deux verres avec Mel Adams, deux heures à mon bureau à prendre connaissance de rapports et de dépêches, et soudain je me sentis accablé par une fatigue mortelle. Mes yeux brûlaient, mon corps me faisait mal comme si j'eusse été roué de coups, les caractères dactylographiés se brouillaient sous mes regards. Je me rappelai avec une vague surprise que j'avais travaillé sans arrêt depuis près de trente-six heures. C'était plus qu'assez. L'Asie entière pouvait bien prendre les armes et se mettre en marche avec drapeaux, éléphants et trompettes — j'allais me coucher...

Le sommeil mit longtemps à venir. Mon corps était mou, empoisonné par la fatigue, mais mon esprit continuait à travailler comme un moteur emballé. Il en revenait toujours à la même question : pourquoi ce pays, harassé par la guerre mais bénéficiant d'une aide considérable, n'avait-il pas encore trouvé la force, l'élan ou les hommes qu'il fallait pour rassembler ses énergies et achever la révolution commencée vingt-deux ans plus tôt ?

Une douzaine de personnes m'avaient donné autant de réponses à cette question, mais aucune n'expliquait la désintégration à laquelle nous assistions. Un dictateur reclus ? Cela ne suffisait pas : d'autres dictateurs, plus durs que celui-ci, avaient su, au moins pendant quelque temps, imposer leurs objectifs et inciter à l'unité. Les divisions existant entre les généraux et les fonctionnaires ? Cela non plus ne suffisait pas : il n'y avait rien à gagner pour personne dans un effondrement national. La lassitude et la désillusion du peuple ? C'étaient là des symptômes et non la cause du mal. Les querelles religieuses ? Elles existaient dans les sociétés les mieux organisées. Les brutalités policières ? L'Asie était un continent brutal. La nature elle-même s'y montrait beaucoup plus cruelle que l'homme, et depuis des millénaires les peuples y supportaient passivement les fléaux naturels, la famine, la maladie et le fouet.

Alors, où était la cause du mal ? Qu'y a-t-il, en fait, à la base de toute unité ? A quel fétu de paille un homme s'accroche-t-il en fin de compte pour assurer sa prise précaire sur l'existence ? J'étais un homme comme les autres. J'étais nu et suant sur un lit solitaire, dans la nuit tropicale. Moi aussi, j'étais menacé de l'intérieur et assiégé de l'extérieur. Comment avais-je fait ou pourrais-je faire pour préserver mon intégrité ? Mes pensées vagabondes me ramenèrent dans le jardin de Tenryu-ji, où Muso Soseki m'avait donné ma première leçon sur le chemin de l'illumination :

« A l'origine de la détresse humaine, monsieur Amberley, il y a un sentiment d'aliénation par rapport à l'ordre naturel de l'univers. Le *satori* a pour effet d'illuminer l'esprit, de rendre clair le sens de l'univers, du « soi », de leurs vrais rapports et de leur unité... »

Identité : voilà le mot que je cherchais, la clef de tout le problème humain. Un homme ne pouvait pas survivre s'il ne comprenait pas, si obscurément que ce fût, ce qu'il était et quels liens l'unissaient à ses semblables et au cosmos. Qu'on le mît dans une cellule hermétique, sans aucun contact avec tout le monde extérieur, et très vite on l'acculerait à la folie et au déséquilibre physique. Telle était la vraie signification du vieil animisme de l'Asie : si les Esprits des rochers, des fleuves et des arbres n'étaient pas apaisés et rendus conciliants, on brisait les liens nécessaires qui les unissaient à l'homme, et l'Univers tombait dans le chaos...

Sans le savoir, Mel Adams avait exprimé la même chose en des termes différents :

« Les seuls à savoir vraiment pour quoi ils luttent, dans ce pays, sont les catholiques... »

Le catholicisme est une religion fondée sur la notion de la personne humaine. L'homme est une personne, créée par un Dieu personnel; c'est pourquoi il a des liens de famille avec tous les autres hommes et avec chacun d'entre eux. L'univers physique est un milieu conçu pour sa croissance, sa survie et sa perpétuation. Sa situation est affirmée par la doctrine de l'incarnation, selon laquelle le Créateur lui-même a pris forme humaine et lui a donné une irrévocable dignité.

L'évangile communiste n'est pas moins précis. Selon lui, l'homme ne peut s'affirmer et se sauver que par son activité collective. Il est une créature dépendante, née du chaos et vouée à l'extinction. Isolé, il est condamné à passer sa vie dans un désert, il est voué à l'injustice et à l'exploitation. Son identité est conditionnée par son appartenance à la masse et par le rôle qu'il joue dans celle-ci. Mais il a effectivement une identité et, s'il accepte ses devoirs envers la masse, celle-ci lui garantira cette identité et la protégera.

Par un étrange paradoxe, le bouddhisme affirme cette identité en professant qu'elle atteint sa perfection lorsqu'elle se dissout dans le non-être. Mais il s'agit là d'une doctrine ésotérique, accessible seulement à l'initié, en sorte que le commun des mortels l'a corrompue et modifiée pour la réduire à la mesure de ses besoins.

A côté de ces conceptions profondes, fussent-elles divergentes, l'Évangile américain, dont j'étais le nouveau prophète au Sud-Vietnam, semblait étrangement creux et peu satisfaisant. Démocratie, autodétermination, liberté, égalité, fraternité... Que pouvaient signifier ces mots pour un homme assis sous un baobab et qui entendait, dans les feuilles frémissantes, le murmure d'un Esprit outragé ? Comment cet homme pouvait-il s'identifier à nous, les barbares aux yeux bleus, qui possédions tant de choses et en comprenions si peu ?

Cung était un philosophe. Il devait, lui aussi, avoir médité sur ces problèmes. C'était un Asiatique. Il devait avoir entendu dans son cœur les voix ancestrales exprimer l'éternelle aspiration à l'identité, à la continuité, à la communauté. Si je pouvais les lui faire écouter à nouveau, peut-être réussirais-je à l'amener à prononcer ces mots dans un langage accessible à tous, en sorte que son peuple les entendît au-dessus du tintamarre que faisaient les politiciens et les propagandistes ? Peut-être n'était-il pas trop tard...

L'obscurité et le silence m'engloutirent — et je dormis douze heures sans me réveiller.

*

En descendant pour prendre mon petit déjeuner, je trouvai George Groton qui achevait le sien. Il avait les yeux rougis par la fatigue et m'avoua qu'il avait veillé tard. Il avait étudié les documents dont disposait l'ambassade concernant la situation des bouddhistes. D'après lui, ces documents étaient dangereusement incomplets. Je lui demandai pourquoi.

« Parce qu'ils analysent la situation actuelle du seul point de vue des observateurs politiques et des agents secrets, me dit-il. Ils laissent des questions essentielles dans le vague. Par exemple, la majorité des Vietnamiens sont des adeptes du Mahayana, du Grand Véhicule — mais il y a un grand nombre de pagodes où l'on pratique le Petit Véhicule, et celles-là ont des liens étroits avec le bouddhisme Hinayana du Laos et du Cambodge. Elles ont aussi des liens très anciens avec le Cao-Daï et le Hoa-Hao, qui sont des sectes politico-religieuses dont les armées privées ont été désarmées par le président Cung. Quels sont ces liens ? Sont-ils utilisés à des fins politiques ou militaires ? Les rapports n'en disent rien. De ce fait, il ne nous est pas possible de savoir quel peut être l'effet de la répression décidée par Cung sur l'activité des bouddhistes au-delà de la frontière... Autre chose : les pagodes mahayanistes sont des institutions autonomes. Leur supérieur est le chef en titre de sa propre communauté. Mais il y a toutes sortes de liens obscurs entre les temples, et à ce sujet aussi les documents restent dans le vague. Les Chinois ont leurs propres pagodes et leurs propres bonzes, sur lesquels nous n'avons aucun renseignement précis. Pourtant, ce sont les bouddhistes qui sont à l'origine de la crise actuelle. A-t-elle été provoquée de toutes pièces par Cung ou est-elle partie de quelque chose de plus important — par exemple d'un mouvement pan-bouddhiste de gauche, né à Ceylan et en Birmanie, contournant la Thaïlande monarchiste et montrant ici son vrai visage ? Non, cela n'est pas aussi absurde que cela peut le paraître... La Thaïlande a formulé des regrets polis au sujet de l'affaire de la pagode, mais pas de protestation très vive. En revanche, Ceylan a poussé les hauts cris, ce qui est assez significatif... Je pense qu'il faudrait faire quelque chose, monsieur.

— Quoi, par exemple, George ?

— J'ai une suggestion à vous faire. J'y ai longuement réfléchi la nuit dernière, monsieur, et j'aimerais que vous la preniez en considération.

— Continuez...

— Hier, j'ai passé pas mal de temps avec le bonze de l'ambassade et ceux qui se sont réfugiés à la Mission. Je leur ai dit que j'étais bouddhiste, bien que j'aie choisi la voie du Zen, et que de ce fait je comprenais leurs problèmes et leurs objectifs. Je leur ai dit que, vous aussi, vous étudiez le Zen, sans en être encore un adepte convaincu. Cela les a impressionnés. Le bonze de l'ambassade m'a suggéré de me livrer à une enquête personnelle et de vous en soumettre les résultats. Il m'a promis de me donner des lettres pour ses amis, grâce auxquelles je pourrais avoir accès aux pagodes. Cela m'a paru être une bonne idée. Il est évident qu'ils essaieront de se servir de moi, parce que je leur semble être — et suis parfois — un type simple. Mais au moins cela me permettrait d'obtenir les informations de première main qui nous manquent. Si besoin est, je pourrais me raser la tête et porter la robe jaune... (Il ajouta, avec un sourire enfantin :) Je l'ai déjà portée, monsieur. Ce n'est pas trop gênant... Je ne parle pas leur langue, bien sûr — mais les bonzes cultivés parlent couramment le français.

— Avez-vous pensé aux risques, George ? Qu'arriverait-il si vous étiez arrêté au cours d'une opération comme celle de la nuit dernière ?

— Ce serait ennuyeux pour Cung comme pour vous.

— Vous pourriez aussi attraper une balle... Enfin, il y a une chose à laquelle vous n'avez peut-être pas pensé : l'armée a ses Services secrets, l'ambassade a les siens et Harry Yaffa mène son propre jeu. Cela ferait de vous un chasseur solitaire, sans statut ni protection. Cela pourrait être gênant — pour vous et pour moi. »

Il sourit à nouveau et me dit doucement :

« D'un autre côté, monsieur, la Constitution des États-Unis garantit à tous la liberté religieuse. Je suis bouddhiste et je souhaite pratiquer ma religion... En outre, vous m'avez amené ici comme collaborateur particulier et il s'agit en l'occurence d'un service que personne d'autre que moi ne peut vous rendre. »

C'était tentant, d'avoir à mon service un observateur

privé et averti du nouveau phénomène qui se produisait en Asie : un bouddhisme avec des martyrs publics, des imprimeries clandestines et une propagande massive... Nous discutâmes pendant une demi-heure encore le projet de Groton et je finis par lui donner mon accord, à certaines conditions :

« Vous ferez un essai de dix jours, George, pour voir où cela vous mène. Vous m'adresserez un rapport quotidien. Pas de risques inutiles ni d'héroïsme. S'il y a le moindre pépin, je veux en être averti. Au bout de dix jours, nous en reparlerons. C'est clair ?

— Très clair, monsieur. Je vous en remercie. Quand puis-je commencer ?

— Tout de suite, si vous voulez. »

Il sortit, heureux comme un gamin, me laissant achever mon petit déjeuner en lisant les journaux de Saigon. Comment aurais-je pu savoir que je venais de signer un arrêt de mort ?

*

Je me rappelle la journée qui suivit avec une particulière amertume, parce qu'il me semble aujourd'hui qu'elle marqua le début de toutes les trahisons auxquelles je fus mêlé. La diplomatie est, au mieux, une entreprise dichotomique qui exige une distinction totale entre l'accidentel et l'absolu, entre ce qui est juste et ce qui est utile, entre une vérité difficile et une casuistique nécessaire. Personne ne peut éviter cette dichotomie, chacun est marqué par elle, quelques-uns en sont détruits. Trop souvent, on en arrive à accepter de changer d'opinion ou à commettre l'acte qu'on est chargé de condamner.

Un jour, en Argentine, un collègue charmant, bien qu'il fût un peu sot, me donna une définition très latine du diplomate :

« C'est, en fait, un augure antique qui prédit l'avenir en lisant dans les entrailles d'un oiseau. Ce qui est absurde, c'est que, pour pouvoir le faire, il doit d'abord tuer l'oiseau... »

Je répétai ce mot à un Anglais qui, avec l'admirable sens des nuances du Foreign Office, me proposa une autre version :

« Ce n'est pas exactement cela, mon cher ami. Cela ressemble davantage à la chasse au faisan. Il faut d'abord lever votre gibier avant de le tirer. Et si vous n'avez pas de chance, vous le manquez — mais vous risquez de tuer un rabatteur. »

Ce matin-là, j'avais l'impression d'être moi-même le rabatteur et d'avoir dans mon arme la cartouche qui abattrait l'oiseau. J'arrivai à l'ambassade détendu et l'esprit clair. Je n'avais pas oublié mes réflexions de la nuit précédente et je voyais déjà s'ébaucher — du moins le pensais-je — un dialogue constructif avec le président Cung. Il y aurait bien sûr une escarmouche préliminaire. Des mots durs avaient été prononcés de part et d'autre et ils étaient déjà connus du monde entier; mais du moins étais-je disposé à tendre le premier le rameau d'olivier, même si cela me faisait paraître un peu baroque, comme la colombe de Picasso.

J'étais en train de rédiger une note pour le Palais

lorsque Anne Beldon m'apporta un câble de Festhammer :

« *Réaction mondiale aux dernières nouvelles Saigon violemment hostile. Question bouddhiste sera débattue Assemblée générale O.N.U. Algérie, Ceylan, Indonésie et Mongolie extérieure présentent motion demandant nomination commission d'enquête O.N.U. pour étudier violation Droits de l'homme au Sud-Vietnam. Notre opposition à mesures répressives a déjà été exprimée à Washington et soulignée par vos déclarations à presse de Saigon. Serons donc obligés voter la motion...* »

Ainsi, d'un seul coup, mon projet de réconciliation était à l'eau. Comment pourrais-je parler philosophie avec Cung alors que mon gouvernement allait prendre position contre lui aux Nations Unies ? J'étais furieux et amer. Il s'agissait là non de diplomatie mais de chantage, et j'aurais aussi bien pu afficher nos menaces de sanctions sur tous les murs de Saigon... Les rabatteurs avaient levé les oiseaux, mais ceux-ci n'avaient pas l'espace nécessaire pour voler. Cung et moi, nous étions tous les deux acculés dans un coin de la volière, essayant de nous donner des coups de bec en battant des ailes contre le grillage.

Pendant dix minutes je tournai dans mon bureau en m'efforçant d'y voir clair. Sur quoi le téléphone sonna et on me passa Arnold Manson, l'ambassadeur d'Australie. Il m'adressa quelques mots de bienvenue et me demanda de lui accorder un entretien immédiat. J'invoquai le travail qui m'accablait mais il ne voulut rien entendre. Il s'agissait d'un problème urgent, me dit-il, et si je ne pouvais le voir il serait forcé d'agir sans m'avoir consulté. J'acceptai donc de mauvais gré et, dix minutes plus tard, il était dans mon bureau.

C'était un homme étonnamment jeune, avec des cheveux bouclés, un sourire joyeux — et un petit discours bien préparé. Le débat sur le Sud-Vietnam aux Nations Unies préoccupait sérieusement son gouvernement. L'Australie, comme l'Amérique, désapprouvait les mesures de répression contre les bouddhistes, mais ne voulait pas non plus d'une commission d'enquête. La seule commission de l'O.N.U. qui pouvait légalement revendiquer le droit d'entrée dans un État souverain était une commission de sécurité internationale. Que Cung acceptât ou non une commission des Droits de l'Homme, ce n'en serait pas moins une brèche ouverte dans la Charte de l'O.N.U. et un dangereux précédent pour l'Australie, en tant qu'administratrice de territoires sous tutelle. En clair, elle n'avait pas envie de voir une brochette d'Algériens, de Pakistanais et de Mongols porter jugement sur les conditions de vie des tribus primitives de Nouvelle-Guinée...

Je lui dis mon accord et soulignai l'effet qu'aurait un débat à l'O.N.U. sur mes propres relations avec le Palais. Je lui dis que je me proposais de faire connaître immédiatement à Washington mes objections personnelles à cette initiative, bien que j'eusse peu d'espoir de modifier le cours des événements. Pour Washington et pour New York, Cung était d'une intransigeance absolue et devait être amené à résipiscence, au besoin à coups de trique.

En dépit de sa jeunesse apparente, Manson était un bon diplomate, qui connaissait son rôle. Il me suggéra une solution :

« Il y a un moyen de tout arranger, dit-il. Si le président Cung invitait l'Assemblée générale à envoyer une équipe d'observateurs pour étudier la question bouddhiste... Il pourrait ainsi prendre de court les auteurs de la motion, il éviterait un débat long et désagréable et il ne serait pas question d'une commission officielle, avec tout ce que cela risque d'entraîner.

— Pensez-vous que Cung accepterait une telle proposition ?

— Je crois qu'il le pourrait.

— Qui la lui fera ?

— Moi, si vous êtes d'accord — bien que le geste, s'il venait de vous, puisse avoir encore plus de valeur. »

C'était assez tentant et j'y réfléchis un moment, mais je dus rejeter la suggestion.

« Cela pose trop de problèmes. D'abord, cela m'obligerait à adopter une position différente de celle de Washington, ce qui ne m'est pas possible. En deuxième lieu, cela permettrait à Cung de dire que nous ne parlons pas le même langage en public et en privé. D'autre part, l'Australie est une petite nation et, dans cette affaire, ses intérêts et ceux du Sud-Vietnam sont identiques. Vous donnez à Cung une idée qui servira vos intérêts communs... Je crois que cela pourrait le décider, monsieur Manson.

— Et quelle sera la réaction de Washington ?

— Lorsqu'ils auront eu mon câble, je pense que cela pourrait les arranger également — mais je ne puis vous le garantir.

— Je le comprends. En tout cas, je suis heureux que nous soyons d'accord.

— Moi aussi, monsieur Manson. C'est un petit rayon de soleil dans un ciel bougrement gris. Voulez-vous me faire savoir comment Cung aura pris la chose ?

— Je vous téléphonerai dès que je l'aurai vu. (Il hésita un moment et me demanda brusquement :) Pouvons-nous parler un moment sans que ce soit enregistré ? »

J'étais trop énervé et tendu pour ne pas être irrité par ces mots. Je lui rappelai sèchement qu'en diplomatie tout finit toujours par être connu. Il ne perdit pas contenance, sourit et me répondit calmement :

« Excusez-moi, c'était une manière de parler. Franchement, peu m'importe que ce que j'ai à vous dire soit répété ou non, pourvu qu'il soit entendu que mon opinion personnelle n'est pas nécessairement celle de mon gouvernement... »

Tout le monde, à Saigon, tenait décidément à me faire connaître son opinion personnelle, alors que j'étais encore trop « nouveau » pour m'en être moi-même formé une... Je lui dis sans douceur :

« Votre opinion sur quoi, monsieur Manson ?

— Sur la question des sanctions.

— Autant que je sache, aucune sanction n'a encore été appliquée.

— La menace en a été formulée.

— Permettez-moi de rectifier, monsieur Manson :

la question des sanctions a été soulevée par la presse, pas par moi.

— Je le sais, monsieur Amberley, mais il est manifeste qu'un avertissement ou une menace ont été formulés au Palais.

— Manifeste ?

— J'ai reçu ce matin un coup de téléphone du ministre du Commerce me demandant d'intervenir pour obtenir de mon gouvernement des envois immédiats de blé, de riz et d'autres denrées alimentaires, avec, si possible, des conditions de crédit acceptables. C'est une demande officielle, qui nous met dans une position gênante, étant donné que nous fournissons déjà à la Chine communiste du blé à crédit. Si nous refusons, on nous accusera d'affamer nos alliés pour nourrir nos ennemis... »

Cette nouvelle m'ébranla et il s'en rendit compte, mais il poursuivit du même ton calme :

« J'ai pris la peine de m'informer de la situation financière du régime. Il dispose d'un crédit de quelque trente-cinq millions de dollars et les banques françaises sont prêtes à lui en garantir encore autant. Dès lors, au rythme de ses dépenses actuelles, Cung serait en mesure de tenir environ six mois, même si des sanctions lui étaient appliquées. Et si vous prenez des sanctions militaires, vous commencerez par le retrait du personnel administratif, ce qui n'affectera pas le cours des opérations militaires. A mon avis, cela n'aboutira qu'à affecter le moral de la nation, qui est déjà assez bas, malheureusement. »

Voilà qui n'était pas fait pour me réconforter... Je

comprenais pourquoi Manson avait insisté sur le fait qu'il s'agissait là d'opinions personnelles : il lui était possible, de cette façon, de renoncer aux précautions oratoires du métier et d'être aussi net qu'il en avait envie.

« Puis-je vous demander d'où vous tenez vos informations, monsieur Manson ?

— La diplomatie américaine est très publique, monsieur l'ambassadeur. *Trop* publique, j'en ai peur, pour le bien commun. Certaines de mes informations viennent de Saigon même, d'autres de Washington, via Canberra. Nous autres, Australiens, sommes dans une curieuse position. Nous sommes une petite nation, mal défendue. Notre avenir est étroitement lié aux événements du Sud-Est asiatique. Nous venons d'être entraînés à soutenir les Anglais dans l'affaire de la Malaysia — ce qui, de mon point de vue très personnel, se révélera une faute historique. Nous sommes aussi liés aux États-Unis par des obligations que nous entendons respecter. C'est à cause d'elles que je suis tenu d'être franc avec vous et de vous demander avec insistance de reconsidérer toute la question des sanctions et de vos relations personnelles avec le président Cung. »

Dans la bouche d'un jeune membre de l'Organisation du Traité du Sud-Est asiatique, ces propos ne manquaient pas de poids. Ils ne manquaient pas non plus de bon sens, mais Manson ne m'avait pas laissé le temps de me ressaisir, aussi me réfugiai-je dans les banalités d'usage :

— Je vous remercie de m'avoir parlé ainsi,

monsieur Manson. Soyez assuré que je réfléchirai très sérieusement à ce que vous m'avez dit.

— Un dernier mot, monsieur l'ambassadeur...

— Je vous en prie.

— Le bonze qui s'est réfugié dans votre ambassade pourrait vous... embarrasser, vous et vos amis. Il est, vous le savez, le chef en titre d'un nouvel organisme appelé Union nationale pour la Défense du bouddhisme. Certaines personnes m'ont laissé entendre qu'il est l'inspirateur des suicides de bonzes. On dit en ville qu'il a la garde du cœur du martyr qui a disparu de la pagode Xa-Loï. J'ignore si c'est vrai, mais pour les ignorants cela signifie que la relique est sous la protection des États-Unis... Ce qui est peut-être plus important encore, c'est que cet homme a notoirement des rapports avec les organisations bouddhistes militantes de Birmanie et de Ceylan et avec certains agitateurs récemment chassés de la *Shanga* et emprisonnés à Bangkok par les Thaïs. J'ai écrit à mes collègues de Thaïlande pour leur demander plus de détails à ce sujet. Quand je les aurai, je vous les communiquerai.

— J'en serai heureux, monsieur Manson. J'apprécie votre franchise, croyez-le bien. J'espère que nous trouverons une solution à nos problèmes respectifs.

— J'en suis sûr, dit Manson avec optimisme, en se levant et en me tendant la main. Merci de m'avoir reçu, monsieur l'ambassadeur — et bonne chance ! »

Notre entretien s'acheva ainsi. J'avais l'impression désagréable que mon jeune collègue s'était beaucoup mieux tenu que moi, qui avais deux fois plus d'expérience et dix fois plus d'autorité que lui. L'une des premières règles de la diplomatie est de faire bonne figure aux informateurs bénévoles et précis. Au lieu de quoi je m'étais montré affreusement impoli envers un homme qui m'avait rendu un service professionnel. Si je ne pouvais me contrôler au cours d'une discussion avec un allié bien disposé, que serait-ce au cours des difficiles négociations à venir ?

Une fois encore je crus entendre la voix de Muso Soseki : « Je crains que ce soit un grave risque pour vous que d'accepter ce poste à ce moment de votre vie... » Je m'en rendais compte. J'étais seul, et dès lors vulnérable aux manifestations d'amitié. J'étais dans une position de force, et dès lors prompt à me méfier de ceux qui défiaient mon autorité ou mes opinions. J'étais chargé de modifier une situation, mais en raison même de ma position, exposé à tous les regards de l'opinion publique, je pouvais être tenté de le faire comme un prestidigitateur qui tire un lapin d'un chapeau-claque. Il y avait d'ailleurs des fonds plus obscurs encore, des brèches et des crevasses par lesquels passait l'âme de Maxwell Gordon Amberley. Ceux-là, je n'étais pas encore prêt à les explorer, craignant de découvrir, sous la panoplie du tétrarque, un homme vide — non pas un oracle, mais une gourde pleine de cailloux. En outre, il était facile de me soustraire à toute autocritique alors que chaque instant m'invitait à agir et que chaque action entraînait pour moi une nouvelle série de conséquences.

Je dépouillais toujours les dépêches de la matinée lorsque Mel Adams m'apporta des nouvelles désagréables. Le président Cung avait décidé de se présenter l'après-midi même devant l'Assemblée nationale pour faire une déclaration publique sur la situation militaire et la question bouddhiste. Le Palais avait pris la peine d'informer tous les membres du corps diplomatique et de la presse internationale qu'une traduction française de son discours serait distribuée juste avant que le président prenne la parole.

La signification de la chose était assez claire : mis en cause aux Nations Unies, publiquement menacé par les Etats-Unis, Cung avait décidé de se faire entendre dans un forum ouvert. En tant que chef d'un État souverain, il était parfaitement habilité à parler à ses propres députés. En tant que dirigeant d'une nation en guerre, il était même de son devoir d'informer le peuple de sa position personnelle. Représentant d'un pays ami, comment aurais-je pu le blâmer — et, même, défenseur des méthodes démocratiques, j'étais tenu de l'applaudir. En fait, pourtant, je tenais une épée suspendue au-dessus de sa tête, et s'il disait un mot qui me déplaisait, je pouvais lui couper le cou.

Mel Adams devina mes pensées et me demanda calmement :

« Irez-vous à l'Assemblée, monsieur l'ambassadeur ?

— Je *dois* y aller, Mel.

— Le discours du président sera peut-être explosif.

— Je pourrai toujours m'en aller.

— Permettez-moi de vous dire qu'à mon avis vous devriez avertir le président Cung du danger. Au point où en sont les choses, vous allez l'un et l'autre au-devant d'un choc brutal. Vous devriez éviter cela à tout prix.

— J'essaierai de lui parler, Mel. »

Il est de notoriété publique que je l'essayai en effet. Je téléphonai au Palais en présence de Mel Adams et demandai à parler au président au sujet d'un problème d'une extrême urgence. On me répondit avec une politesse irréprochable que le président était en conférence et avait interdit qu'on le dérangeât sous quelque prétexte que ce fût. Il me rappellerait sans aucun doute immédiatement après sa conférence. Je mandai Anne Beldon et lui dictai une note aussi claire qu'amicale. Un employé de l'ambassade la porta au Palais et la signature apposée sur son carnet atteste que ma note fut remise à midi moins vingt. A deux heures, le Palais ne m'avait donné aucun signe de vie. A trois heures, je prenais place parmi les représentants du corps diplomatique à l'Assemblée nationale pour écouter la déclaration du président Cung.

Lorsqu'il monta à la tribune, il me parut petit et insignifiant. Les applaudissements qui l'accueillirent furent polis mais sans chaleur. Il y a des hommes dont la seule apparition éveille des sentiments profonds, comme s'ils incarnaient la puissance — même si, dans bien des cas, ce ne sont que des charlatans, des acteurs-nés dotés d'une « présence » ou d'un excès de virilité qui crée l'illusion de la force spirituelle. Phung Van Cung n'était pas de cette espèce. Son attitude était détachée et académique. Il lut son discours d'un ton sans passion. Il y avait même en lui une espèce de mépris, comme s'il eût pensé : « Je vous connais tous et il y en a très peu parmi vous que j'estime. Certains d'entre vous sont des hommes que j'ai achetés ou que j'ai faits; certains sont déjà ligués pour me trahir. Je ne m'abaisserai pas devant vous et je ne jouerai pas la comédie pour vous distraire. Voici ce que j'ai à dire, faites-en ce que vous voudrez... »

Il parla en vietnamien et la sonorité gutturale de la langue donnait à son discours quelque chose de dur et de monotone à la fois. Mais en suivant la traduction française qu'on m'avait remise, je dus reconnaître que c'était un beau morceau de dialectique politique. Il commença par un examen bref mais précis de la situation militaire :

« ... Nous sommes une nation assiégée. Au Nord, il y a la Chine et les armées de Ho Chi Minh qui tiennent nos frères captifs. A l'Ouest, il y a le Cambodge et le Laos qui, sous le couvert d'une neutralité fallacieuse, offrent à nos ennemis assistance et refuge. A l'est et au sud, il y a la mer par où, la nuit, jonques et bateaux de pêche apportent des armes aux traîtres qui sont parmi nous...

« ... Au moment même où je vous parle, une grande bataille se déroule à Tân-An, à trente kilomètres au sud de cette ville. On se bat aussi à Ben-Tré, dans le delta, et à Da-Nang, près de la frontière du Laos. Nos ennemis, implacables et sans scrupules, opèrent en force à l'intérieur de nos frontières, à moins d'une demi-heure de notre capitale. Nous leur tenons tête, oui ! Mais nous ne nous battons pas tous. Il y a parmi nous des hommes qui complotent et provoquent des désordres, servant ainsi les desseins de l'ennemi.

« ... Nous ne pouvons tolérer de tels faits. En face d'un adversaire impitoyable, toute atteinte à l'unité nationale est un acte de trahison !

« Nous nous battons pour la liberté, pour la liberté religieuse, politique et économique, oui ! Ces libertés sont garanties par la Constitution de la République, dont je suis le gardien. Mais la liberté n'est pas une chose sans limites. Elle n'autorise pas la trahison et la violence dans nos propres cités. Nous avons installé huit mille six cents hameaux fortifiés et nous y avons groupé près de dix millions d'individus pour les protéger contre le Viet-Cong. Allons-nous mettre en danger ces dix millions d'êtres parce qu'une poignée de fanatiques turbulents — qui ne sont pas disposés à prendre des armes — réclament la liberté d'inciter de braves gens à l'émeute ? »

Jusque-là, j'étais d'accord avec lui. Je me méfiais assez de moi-même pour connaître les dangers d'une liberté mal employée et la nécessaire limitation de la liberté individuelle en temps de crise sociale. J'étais assez sceptique pour partager les responsabilités entre bouddhistes « politiques », catholiques « politiques » et cyniques politiques qui cherchaient à tirer profit du désordre.

Là-dessus, le ton de l'orateur changea et un accent d'ironie amère s'y fit entendre :

« ... Dans ce pays qui est le nôtre, le sang coule chaque jour pour faire échec à l'action agressive et expansionniste de la Chine communiste. Pourtant, à New York, une ville en paix, à l'Assemblée des Nations Unies, nos amis — ou ceux qui se disent nos amis — fomentent contre nous une autre sorte de trahison. Ils se préparent à porter atteinte à nos droits nationaux et à la Charte des Nations Unies en nommant une commission d'enquête, sous prétexte de violation des Droits de l'Homme. Nous n'avons pas peur de cette commission, mais nous avons, hélas ! peur de nos amis... Aussi bien, notre représentant aux Nations Unies a-t-il reçu l'ordre d'inviter publiquement l'Assemblée générale à désigner un groupe d'observateurs pour étudier la question bouddhiste au Sud-Vietnam. Nous les avons *invités,* je vous le rappelle. Nous n'avons pas peur d'une enquête librement menée. Nous n'avons rien à cacher — mais il semble que nos amis, eux, aient des choses à cacher, parce qu'ils travaillent dans l'ombre et non au grand jour, à la faveur d'un honnête débat public... »

Ces paroles étaient dures et, en jetant un coup d'œil sur les pages suivantes, il m'apparut que la suite serait plus dure encore. Les autres diplomates ne regardaient plus Cung, mais moi. Mel Adams me glissa un billet sur lequel il avait griffonné : « *Voulez-vous partir ?* » Je lui répondis de la même manière : « *Non, restons jusqu'au bout.* »

Phung Van Cung poursuivit sur le même ton ironique :

« ... Il me paraît étrange et triste que ce que nos ennemis n'ont pas réussi à faire, nos amis le fassent pour eux. Alors que notre pays est le dernier bastion qui s'oppose à l'expansion communiste dans le Sud-Est asiatique, nous sommes menacés d'une suspension de toute aide militaire et économique ! Quelle est cette folie ? Qu'en pensent les Américains eux-mêmes, les hommes qui se battent avec nos troupes dans le delta, les hommes qui travaillent avec notre peuple dans les hameaux, qui l'aident à cultiver la terre et à lutter contre les maladies qui nous accablent depuis des siècles ? Ceux-là, nous ne les accusons pas : ce sont nos vrais amis. Mais les autres, ceux qui ont deux visages, ceux qui proclament leur amitié pour nous mais participent à d'obscurs complots contre un gouvernement légitime ? S'ils sont fatigués de la lutte, qu'ils s'en aillent ! Qu'ils nous laissent l'argent et les armes, nous nous battrons seuls ! Nous avons commencé sans eux notre révolution et nous sommes prêts à la continuer sans eux, sûrs de la justice de notre cause et confiants dans la victoire finale ! »

Lorsqu'il quitta la tribune, un tonnerre d'applaudissements le salua — sans que je pusse dire si c'étaient ses amis qui acclamaient sa fermeté ou ses ennemis qui applaudissaient sa folie. Mel Adams me dit amèrement :

« On peut dire qu'il a jeté de l'huile sur le feu... Partons, Excellence. »

Nous partîmes. Au-dehors, l'air était lourd et brûlant. Des nuées d'orage s'amoncelaient au-dessus de la ville inquiète.

V

Sur le front des opérations militaires, la journée avait été désastreuse.

La bataille de Tân-An avait mal tourné. Quelque trois cents hommes du Viet-Cong avaient attaqué une formation mixte de quatre cents Sud-Vietnamiens, fantassins, mitrailleurs et artilleurs. Il en était résulté une bataille rangée et sanglante qui avait eu pour cadre une quinzaine de kilomètres carrés de rizières et de plantations. Le Viet-Cong avait abandonné sur le terrain trente-cinq morts et une douzaine de blessés graves, mais les troupes gouvernementales comptaient quarante-huit morts et quelque soixante blessés. Elles avaient perdu en outre trois mitrailleuses, un mortier et une centaine d'armes légères de fabrication américaine. Le nombre des armes prises à l'adversaire était sensiblement inférieur et ces armes elles-mêmes, en provenance de la Chine et de la Tchécoslovaquie, étaient de mauvaise qualité. La bataille se soldait par une victoire de plus pour les hommes du Viet-Cong qui, disait-on, se regroupaient déjà plus près de Saigon.

Près de la frontière du Laos s'était déroulée une tragédie plus spectaculaire. Un appareil de combat T-28, avec à son bord un pilote américain et un servant vietnamien, s'était écrasé dans une région tenue par le Viet-Cong. Deux hélicoptères de la Marine avec douze hommes à bord avaient immédiatement quitté Da-Nang pour se mettre à la recherche des disparus et avaient été pris sous le feu de l'ennemi dans une vallée où ils volaient à faible altitude. L'un des deux s'était écrasé dans la jungle, l'autre était tombé dans la rivière. Une seconde escadrille de six hélicoptères avait tenté de les rejoindre. Eux aussi avaient été attaqués, il y avait eu deux blessés et un mort, mais ils avaient dispersé leurs assaillants en utilisant roquettes, napalm et mitrailleuses. Lorsqu'ils avaient pu atterrir, ils avaient trouvé douze cadavres, qu'ils avaient ramenés à Da-Nang. On transférerait les corps le lendemain à Saigon, où ils seraient enterrés.

Le général Tolliver m'apporta lui-même ces nouvelles. Son visage maigre et buriné était crispé par la colère et il ne ménagea pas ses propos :

« ... Ainsi pendant que ce président de mes fesses crie à la trahison devant l'Assemblée et pendant que Washington parle de sanctions, mes gars se font canarder dans le ciel et ces pauvres idiots de Viets se font égorger dans leurs rizières ! Ça ne va pas, monsieur l'ambassadeur, ça ne va pas du tout ! Je vais le dire à Washington, aux huiles du Pentagone, au président Cung et au monde entier ! Quand on ramènera les corps de mes gars, demain, je leur ferai des funérailles dont on reparlera ! Tous les journalistes et tous les cameramen de Saigon seront là, quand bien même je devrais les amener de force ! Et je leur dirai ce que cette saloperie de guerre signifie pour ceux qui ont à la faire... Je tiens à ce que vous soyez présent, vous aussi. Vous représentez notre président. J'ai besoin de vous.

— Je serai là, général.

— Et Phung Van Cung ? Ce sont ses morts, à lui aussi...

— Je ne peux parler pour lui. Je ne suis même pas sûr de pouvoir *lui* parler, en ce moment. »

Et soudain, je me dis — froidement, cyniquement — que j'avais un moyen de tirer profit de ces morts et de sortir de l'impasse créée par le discours de Cung à l'Assemblée. Je ne voulais pourtant en discuter avec personne, de peur de me laisser influencer. Mes idées étaient très claires, à présent. Il me restait à agir. Je gagnai mon bureau et demandai la communication avec le Palais.

Cette fois, on ne me fit pas attendre. Cung, à l'appareil, se montra poli et amical, comme un homme qui s'est lavé d'un affront à sa dignité et qui peut se permettre d'être magnanime. Je ne lui parlai pas de son discours mais lui fis part des nouvelles que m'avaient apportées le général Tolliver. Il les connaissait déjà, m'exprima ses regrets officiels et me demanda de transmettre ses condoléances aux familles des morts. De toute évidence il était très impressionné. Je lui demandai si, en dépit de l'heure tardive, il pouvait m'accorder une entrevue immédiate. A ma surprise, il accepta sans discuter et m'invita à aller dîner avec lui au Palais. Nous serions seuls, me dit-il, et il serait heureux de pouvoir ainsi faire plus ample connaissance avec moi.

C'était plus que je n'en avais espéré. Je dois ajouter qu'il avait formulé cette invitation avec une bonne grâce évidente et que, si sceptique que je fusse, il m'était difficile de l'imputer à un simple calcul. En dépit des tragédies de la journée, je commençai à reprendre confiance. J'étais diplomate depuis assez lontemps pour savoir que souvent le meilleur moyen pour résoudre un problème consiste à provoquer une crise qui entraîne sa solution, comme l'orage provoque la pluie qui rafraîchira l'air. Tous les propos tenus en public avaient permis de libérer les humeurs malsaines. Le sang avait coulé dans les montagnes et les marais. Peut-être, en nous souvenant des morts, trouverions-nous le calme et la lucidité nécessaires pour servir les vivants...

Anne Beldon vint me dire que la presse attendait un commentaire du discours de Cung. Je lui dictai un communiqué précisant que j'en étudiais le texte et que je me réservais de faire plus tard un commentaire approfondi.

Elle me remit également une note de Harry Yaffa : il serait absent jusqu'à six heures du soir mais désirait me parler de toute urgence. Je lui laissai un mot pour lui dire que je l'attendrais chez moi entre onze heures et minuit. J'étais heureux de n'avoir pas à lui parler pour l'instant, car trop de choses me faisaient penser à la mort, et Yaffa commençait à ressembler de plus en plus à un élégant fossoyeur.

Enfin, Mel Adams m'apporta un résumé du discours de Cung qu'il me suggéra d'envoyer à Washington par câble. Je lui demandai de s'en charger en ajoutant que j'avais pris mes dispositions pour avoir un entretien immédiat avec le président. S'il en résultait quelque chose de nouveau, j'enverrais un autre câble dans la nuit; sinon, cela pourrait attendre jusqu'au lendemain.

« Bonne idée, monsieur, dit calmement Adams. Je crois que nous en avons tous assez, des « réactions immédiates » et des « protestations sans équivoque ». Nous avons besoin de temps pour nous ressaisir. Il y a trop longtemps que nous menons cette affaire comme un combat de coqs. »

C'était bien mon avis. Je fermai donc la boutique pour la journée et retournai chez moi pour me baigner, me raser et m'habiller.

Je gagnai le Palais une heure avant le couvre-feu. Les rues étaient encore gardées mais il y avait plus de passants sur les trottoirs. Les bars et les restaurants étaient ouverts et les prostituées à pied d'œuvre dans les pousse-pousse et les taxis. A Saigon, la vertu était réglementée par le gouvernement. On pouvait boire en compagnie d'une fille de bar, mais non point lui tenir la main. Danser en public était un délit. Les chansons d'amour étaient proscrites comme une incitation à la débauche. Les maisons closes.... l'étaient au sens propre. Mais le plus vieux commerce du monde ne s'en poursuivait pas moins sous une forme artisanale et les tenanciers de bordels s'étaient tournés vers d'autres entreprises.

Les abords du Palais étaient toujours soigneusement gardés. Les batteries antiaériennes dressaient leur museau prudent vers le ciel nocturne. Cette fois, pourtant, on ne nous arrêta pas : les gardes nous firent signe d'entrer sans nous poser de question et, sur les marches du Palais, l'aide de camp du président m'accueillit avec une courtoisie empressée.

Cung me reçut dans son salon privé, une pièce sobrement décorée de panneaux de teck et meublée dans un style un peu froid. Les murs étaient ornés d'excellents tableaux : un Douanier Rousseau, un Gauguin, un Christ de Rouault et un magnifique triptyque représentant la Nativité. Je félicitai le président de son goût. Il me répondit en souriant :

« Les Français sont de grands artistes, monsieur l'ambassadeur, même s'ils sont moins brillants comme colonisateurs... »

Un domestique nous servit à moi du whisky et à Cung un verre de jus de fruit. Nous bavardâmes un moment à bâtons rompus. Il était clair que, bien qu'il s'efforçât d'être plaisant, mon hôte était d'un naturel timide et réservé. Si je voulais que notre rencontre fût fructueuse, il me fallait prendre l'initiative des opérations. Je lui dis que j'avais une faveur personnelle à lui demander.

« A quel sujet, monsieur l'ambassadeur ?

— C'est très simple : nous avons eu tous les deux une rude journée; j'aimerais que notre dîner soit agréable et que nous ne parlions pas affaires avant le café... »

Son visage s'éclaira et, pour la première fois, il me répondit avec une certaine chaleur :

« J'en serai heureux moi aussi. Dans notre métier, il

est difficile parfois dangereux de se détendre. J'avoue d'ailleurs que je suis d'un naturel solitaire et que je n'ai jamais appris l'art de la conversation.

— Voyons, monsieur le président ! On ne peut pourtant pas dire que vous manquiez d'éloquence... » Ma boutade le fit rire. La glace était rompue. Il se mit à parler, d'abord avec réticence puis de plus en plus librement, de sa vie d'étudiant à Paris, de son exil aux États-Unis, de son enfance dans une vieille famille de mandarins. Il ne manquait pas d'humour, mais c'était l'humour parfois sarcastique d'un homme qui voyait plus de méchanceté que de sottise dans la comédie humaine et moins de dignité que de misère dans la tragédie de l'homme. Il n'avait pas la chaleur d'un visionnaire, mais c'était un observateur avisé de ses semblables et un esprit bien informé. Il ne cachait pas son ignorance regrettable des femmes et je compris qu'il avait peur d'elles. Célibataire endurci, il réprouvait ouvertement les excès sexuels et il était facile de comprendre que cette attitude n'était pas pour le rendre cher à un peuple d'Asie, traditionnellement tolérant en ces matières et pour qui la virilité de son prince est une source d'orgueil national.

Le repas fut très bon, les vins excellents, mais je remarquai que Cung mangeait peu et ne buvait pas. Ce qui me frappa le plus, ce fut qu'il se signât et fît une prière avant de commencer à manger. Ses penchants religieux m'intéressaient beaucoup. J'essayai de le faire parler, en lui parlant moi-même du Zen. Il m'interrogea d'une manière qui attestait une connaissance aiguë des phénomènes d'illumination dans les religions du monde oriental aussi bien qu'occidental. Il ajouta — un peu tristement, me sembla-t-il — qu'il ne s'était jamais senti attiré par la recherche de telles expériences. Puis il dit une chose qui me frappa :

« Il y a là une question de tempérament, monsieur l'ambassadeur. Il faut tenir compte aussi du degré d'inadaptation de l'individu à son être ou à son milieu social. L'Hindou, par exemple, a un tempérament plus fébrile que le Chinois. Il est soumis au système rigide et arbitraire des castes, tandis que la société chinoise est fondée sur la continuité naturelle de la famille. Dès lors, en Inde, on voit se développer une religion mystique et métaphysique, aboutissant à l'extrême raffinement du bouddhisme originel, tandis que la Chine tend vers la pureté pragmatique de la morale de Confucius. Au Japon, le système social est plus raide et plus complexe, les contraintes exercées sur l'individu plus rigoureuses — et parallèlement on y trouve un extrême raffinement des sentiments artistiques et religieux. Nous autres Vietnamiens, nous sommes plus proches des Chinois; en sorte que chez nous le bouddhisme a dégénéré pour aboutir à un mélange de religiosité populaire et de rituel mahayaniste, tandis que notre catholicisme tend vers un formalisme trop latin. J'ai moi-même moins de sympathie que je ne le devrais pour la simplicité de l'Évangile. Je suis, par nature, un pharisien et un janséniste, et même la discipline de la raison et de l'expérience ne m'a pas suffisamment transformé... On m'appelle le Grand Inquisiteur, vous le savez — mais cela implique une cruauté que je n'ai pas.

— Il vous est difficile d'être tolérant, monsieur le président ?

— Non... pas exactement. En tant que catholique, je suis très enclin à laisser les hommes se damner de la manière qui leur convient. Mais dans la vie publique — et particulièrement en Asie — on ne respecte que les forts.

— Dans ce cas, l'homme fort devrait sans doute essayer de se faire aimer ? »

Il pesa un moment ma question et n'y répondit qu'avec hésitation :

« C'est là un problème auquel j'ai souvent réfléchi... un problème très personnel. Je n'aime pas être ému et je n'ai jamais été enclin à tapoter la joue des enfants, à embrasser les vieilles villageoises et leurs petites-filles... Je sais que je le devrais. Mais je ne suis pas doué pour ce genre de chose et je sais que je m'en tirerais très mal. »

Cet homme, quoi qu'il fût, n'était pas un fanatique et je ne pouvais éprouver que de l'estime pour la franchise avec laquelle il se livrait à moi. Ce n'était pas non plus un sot, même si son respect très français de la raison pouvait l'entraîner, comme il avait entraîné les Français eux-mêmes, à commettre des stupidités monumentales.

Notre dîner achevé, il me conduisit sur une terrasse qui donnait sur un jardin entouré de hauts murs. Ceux-ci étaient surmontés de fil de fer barbelé et à chaque angle il y avait une guérite et une sentinelle armée qui se détachaient de manière sinistre sur le ciel. L'air était chaud, silencieux, plein de parfum des jasmins.

On nous apporta du café et, pour moi, du cognac. Cung alluma un cigare — le premier plaisir que je le voyais s'offrir — et s'enfonça dans son fauteuil en me regardant. Son regard, à présent, était voilé; son visage fermé ressemblait à un masque. Il me dit d'un ton plus solennel, où perçait l'ironie du mandarin :

« Notre petite récréation est terminée, monsieur l'ambassadeur. Il faut revenir à nos affaires. Où en sommes-nous ?

— Dans une situation difficile, monsieur le président — tous les deux...

— Mais encore ?

— Je vais vous dire la vérité, telle que je la vois. En tant qu'ambassadeur des États-Unis, je suis tenu de vous remettre demain une note officielle de protestation contre les accusations injustes et sans fondement que vous avez formulées à l'égard de mon pays, à l'Assemblée nationale... Ce soir, d'homme à homme, je vous déclare que je suis hostile aux sanctions même si je suis contraint de les appliquer. De même je vous avoue que je suis hostile à l'initiative des Nations Unies et, à mon avis, vous avez bien joué en proposant une enquête officielle. Cela dit, je dois ajouter que vous êtes allé beaucoup trop loin, cet après-midi. Vous avez dit des choses qu'il vous sera très difficile de retirer. Il est possible que vous ayez causé à nos relations un dommage que nous ne pourrons jamais réparer. Pourtant, croyez-moi, je *voudrais* le réparer, et je suis disposé à collaborer avec vous dans ce but. Mais vous devez m'aider.

— De quelle manière, monsieur l'ambassadeur ?

— Je pense que vous conviendrez avec moi qu'il faudrait faire un geste; un geste commun et public qui sauverait la face de votre gouvernement en même temps que la mienne.

— Les gestes sont choses dangereuses, monsieur l'ambassadeur. Un geste est un symbole et les symboles n'ont pas le même sens pour tout le monde. En Amérique, un baiser est un geste normal d'accueil. Au Japon, vous ne l'ignorez pas, c'est un geste obscène.

— Certains gestes sont communs à tous. L'hommage adressé aux morts, par exemple...

— D'accord. Que proposez-vous ?

— Demain seront ramenés à Saigon les corps de nos *Marines* et de leurs camarades vietnamiens. Ils seront accueillis à l'aéroport avec tous les honneurs militaires et les funérailles se dérouleront en tenant compte de la religion de chacun des morts. J'aimerais que vous m'accompagniez à l'aéroport et aux services funèbres. De cette façon, nous pourrions, nous aussi... enterrer publiquement nos différends. »

Il eut un mince sourire et opina de la tête. « Vous êtes un bon diplomate, monsieur l'ambassadeur. Je me plais à le reconnaître.

— Vous êtes d'accord ?

— Je n'ai pas dit cela. Je pense que nous devons examiner de très près la signification et les conséquences possibles d'un tel geste. Tout d'abord, la cérémonie sera organisée et patronnée par le haut-commandement militaire américain, n'est-ce pas ?

— En effet.

— Mais cette guerre est la nôtre... Les militaires

américains sont ici en tant que conseillers et non en tant que combattants.

— Quoi qu'il en soit, ils se font tuer...

— Ne serait-ce pourtant pas à nous, plutôt qu'aux Américains, qu'il appartiendrait de rendre les honneurs militaires aux morts ?

— Si vous êtes disposé à le faire, je pense pouvoir dire que nous y consentirions.

— Et alors ?

— La chose serait interprétée comme un geste magnanime et une affirmation de notre amitié inébranlée.

— En Amérique peut-être, où les gens sont sentimentaux... Mais savez-vous ce qu'on y verrait ici ? Dans les villages et les marchés des grandes villes, les gens feraient un petit compte. Ils diraient : « A « Da-Nang sont morts huit Américains et trois Vietna- « miens. Le président a organisé une grande cérémonie « et pleuré aux funérailles. A Tân-An, quarante-huit « Vietnamiens ont été tués, et il n'a même pas « brûlé un bâton d'encens en leur honneur... Vous « voyez ! Le président est un chrétien, une pince de « crabe qui nous tient dans la sujétion de l'étranger... »

— Vous croyez vraiment que les choses se passeraient ainsi ?

— Je le sais. Certains de mes généraux y veilleraient. Les robes jaunes le répéteraient en allant mendier du riz de maison en maison, et le Viet-Cong l'imprimerait dans les tracts qu'il répand la nuit dans les hameaux.

— Mais vous pourriez répondre !

— Comment ?

— En complétant votre geste : accompagnez-moi dans tout le pays, allez dans chaque hameau en hélicoptère, montrez-vous au peuple, laissez-le entendre votre voix et sentir votre présence. Vous pourriez ainsi noyer les ragots et confondre les comploteurs ! »

Pendant quelques instants, je crus que je l'avais convaincu. Il était immobile, les yeux baissés, regardant le bout de son cigare. Puis, lentement, il releva la tête et me dit doucement, avec une espèce de pitié :

« Vous ne comprenez toujours pas... Une pince de crabe : savez-vous ce que cela signifie dans ce pays, monsieur l'ambassadeur ? C'est le symbole de l'exploiteur étranger et de la marionnette qui sert ses intérêts. Le souvenir du régime colonial est resté enfoncé comme une épine dans la chair de mon peuple, et je ne *peux* pas m'exhiber avec vous dans un hélicoptère américain... Ce serait très différent si l'hélicoptère était le mien et si vous étiez mon invité, comprenez-vous ? Quelle que soit l'aide que j'accepte, je dois affirmer mon indépendance, même si je vous parais borné et peu soucieux de l'opinion de l'étranger. Il n'y a pas d'autre moyen de sauvegarder l'espoir de liberté, de paix et d'indépendance qui habite mon peuple.

— Mais alors, pour l'amour de Dieu, monsieur le président, faites-le avec vos propres collaborateurs ! Montrez-vous dans les hameaux, faites savoir que vous êtes le chef — mais présentez-nous au moins comme vos amis et non comme vos ennemis ! Vous ne pouvez continuer à vous cloîtrer comme un vieil ermite qui insulte ceux qui lui donnent du pain, pendant que ses adversaires le calomnient !

— Je ne peux pas quitter ce palais, monsieur l'ambassadeur, et vous le savez !

— Pourquoi, grands dieux !

— Parce que c'est le siège du gouvernement. Si je le quittais, il pourrait tomber en quelques heures aux mains des traîtres et des conspirateurs. »

Il me désigna de sa petite main les guérites des sentinelles et poursuivit :

« Il ne s'agit pas là d'ornements architecturaux, figurez-vous. Il y a eu plusieurs attentats contre ma vie et plusieurs tentatives de coups de force. En ce moment même, des hommes haut placés et qui m'ont juré fidélité sont en train de conspirer. Vous devriez le savoir, ces complots étant mis sur pied dans votre propre ambassade...

— Vous n'avez pas le droit de parler ainsi, monsieur le président !

— Pourquoi pas ? Je l'ai déjà dit publiquement ! (Il se redressa brusquement.) Eh bien, soit ! Je vais vous proposer un marché... Je suis prêt à assister avec vous, demain, au service funèbre, à faire le tour du pays avec vous, à annoncer que nous avons réglé nos différends et à libérer les agitateurs bouddhistes et les étudiants — à une condition...

— Laquelle ?

— M. Harry Yaffa quittera le pays dans les quarante-huit heures.

— C'est impossible.

— Pourquoi ?

— Parce que ce serait reconnaître publiquement que les États-Unis complotent contre votre régime ! Si vous n'aviez pas formulé cette accusation aujourd'hui même devant l'Assemblée nationale, j'aurais pu obtenir le déplacement de Yaffa. Vous avez rendu la chose impossible. Je le regrette très vivement.

— Je le regrette pour vous aussi, monsieur l'ambassadeur...

— Pourquoi ?

— Parce que, quel que soit la sympathie et l'estime que je vous porte, je vous tiens pour un homme irrésolu. Je crois aussi que vous êtes un homme très malheureux : vous connaissez la vérité, mais vous ne voulez pas accepter ses conséquences. Peu importe que vous ne le reconnaissiez pas devant moi — c'est là une question de tact diplomatique. Ce soir, j'ai essayé de me confier à vous aussi franchement que possible, en vous révélant mes faiblesses et mes forces. Je crois que vous m'avez compris, mais vous n'êtes pas prêt à tabler sur elles — moins encore à miser sur elles. Je vois clair en vous, monsieur Amberley : vous êtes un homme intelligent et cultivé, vous êtes attiré par moi parce que vous voyez en moi un homme attaché aux valeurs spirituelles, capable d'erreurs mais assez honnête pour les reconnaître — et pourtant, malgré cela, vous n'êtes pas disposé à m'accorder votre confiance. Vous soupçonnez que j'ai raison, mais vous voulez vous couvrir pour le cas où j'aurais tort. Vous êtes comme le joueur de roulette qui souhaite miser sur tous les numéros à la fois. Vous demandez une impossible perfection. Vous cherchez une solution simple à un problème aussi ancien que complexe. Cela est irréalisable ici-bas. Vous voulez une marionnette qui danse sur votre musique ? Vous pourrez, le moment venu, la façonner vous-même — mais vous vous apercevrez que, comme Pinocchio, elle mentira, trichera, et que son nez grandit un peu chaque jour... Vous me qualifiez de moine et d'ermite ? C'est peut-être ce que je suis, mais j'ai une conscience, même si ce n'est pas la vôtre, même si elle n'est pas aussi... souple que celle de M. Harry Yaffa !

— Puis-je parler, monsieur le président ?

— Vous êtes mon hôte. Vous avez le privilège de parler librement.

— Je voudrais vous dire quelque chose au sujet de Harry Yaffa. Moi non plus, je ne l'aime pas. Je n'aime pas son métier, mais nous avons besoin de lui. En un mot, je trouve Yaffa antipathique — mais quelle que soit notre opinion sur lui, il a fait du bon travail pour ce pays. Sans lui, le système des hameaux fortifiés ne serait pas ce qu'il est. Sans lui, il n'y aurait ni groupes spéciaux d'opération parmi les Nungs, ni patrouilles de jonques sur la Côte Est. Sans ses agents au Cambodge et au Laos, vous n'auriez aucun contrôle sur la contrebande d'armes... Autre chose encore, monsieur le président : s'il y a des complots contre vous — et il y en a, c'est évident — ce sont vos compatriotes qui les fomentent. Si jamais vous étiez déposé, qui occuperait ce Palais ? Pas Harry Yaffa, bien sûr ! Vous dites que je cherche une perfection impossible, mais ne faites-vous pas la même chose ? Vous êtes armé, nourri, équipé par les États-Unis, le pays dont la politique est celle qui, dans le monde entier, tient le plus compte de l'opinion publique — et pourtant vous nous provoquez, vous nous insultez, vous nous accusez publiquement de trahison. Sur quoi vous demandez à nos contribuables encore plus d'argent et d'armes !... Vous vous dites un homme de raison, monsieur le président... Mais c'est là de la folie pure ! Notre Congrès lui-même est incapable de faire entendre raison à cent soixante-quinze millions de citoyens — et vous, qui avez un si grand besoin d'eux, vous les provoquez ouvertement !

— Devrais-je donc me contenter de faire des courbettes, monsieur l'ambassadeur ? Devrais-je me présenter comme un mendiant, la casquette à la main, parce que je défends les avant-postes de l'Amérique en Asie ? J'ai sept cent millions de Chinois à ma porte. Je les « provoque » eux aussi, mais je suis toujours debout et je me bats. N'oubliez pas l'histoire de cette affaire : c'est vous, les Américains, qui avez les premiers porté un jugement sur une situation que vous connaissiez mal. C'est vous qui avez parlé de sanctions — et ce fut votre grande erreur. Comment pouvez-vous menacer quelqu'un qui est en danger de mort ?

— Dois-je comprendre que vous ne serez pas présent, demain, à l'aérodrome ?

— Je n'y serai pas. Je ne peux pas y être. Mais j'y serai représenté par mon ministre des Affaires étrangères et les membres de mon état-major.

— Vous ne m'accompagnerez pas non plus dans les zones d'opérations militaires ?

— Tant que Yaffa sera dans ce pays, non.

— Envisagerez-vous au moins de libérer les bonzes et les étudiants qui sont en prison ?

— Lorsque nous aurons achevé les enquêtes en cours, chaque cas sera examiné en particulier.

— Étant assuré de ma bonne volonté personnelle et de mon désir de me faire votre avocat à Washington et auprès de la presse mondiale, accepterez-vous de faire un geste quelconque pour redresser la situation ?

— Avez-vous une suggestion à me faire ?

— Il me semble qu'elle devrait venir de vous, monsieur le président.

— Pour l'instant, je n'ai rien à vous proposer.

— Nous nous retrouvons donc dans la même impasse ?

— C'est vous qui le dites, ce n'est pas moi.

— Dans ce cas, permettez-moi de me retirer, monsieur le président, en vous remerciant encore de votre invitation.

— Bonne nuit, monsieur l'ambassadeur.

— Bonne nuit, monsieur le président. »

En quittant le Palais, je me sentis accablé par la monstrueuse ironie de la situation. Ainsi donc, deux hommes rendus lucides par un désastre pouvaient s'asseoir à une table pour dîner, avec l'intention de résoudre leurs différends et, une heure et demie plus tard, se perdre dans des futilités dialectiques qui risquaient de coûter un million de vies humaines et de modifier le cours de l'histoire de l'Asie du Sud...

J'étais aussi en proie à une colère froide et amère. Plus je pensais au jugement que Cung avait porté sur moi, plus il m'apparaissait comme une insulte calculée. Je pouvais accepter cela de Muso Soseki, parce qu'il était mon maître sur le chemin de l'illumination, mais de la part de cet homme c'était d'une présomption intolérable et que je ne supporterais pas. C'est dans cette humeur qu'en rentrant à l'ambassade je dictai un câble sans équivoque à l'intention de Festhammer :

« *Dîné ce soir avec président Cung. Lui ai présenté énergique protestation au sujet de son discours à l'Assemblée. Lui ai suggéré comme premier geste de réconciliation assister demain aux funérailles nos soldats puis m'accompagner dans zones combat. Lui ai offert mon concours entier pour rétablir bonnes relations et sauver la face devant la presse. A refusé sur tous les points. En conséquence me propose user pouvoirs discrétionnaires et couper toute aide financière à partir lundi 9 midi. Ordonne à Tolliver préparer premier retrait personnel militaire. Rapport détaillé suit.* (S) AMBERLEY. »

J'appelai le général Tolliver et le mis au courant des nouvelles. Il compléta le tableau en m'apprenant que des membres de la petite mission militaire australienne dans les montagnes du Nord avaient constaté la présence de deux nouveaux bataillons du Viet-Cong et qu'un autre avait pu être identifié grâce aux déclarations de prisonniers capturés à Tân-An. L'Oncle Ho et son éminence grise, le général Giap, tiraient tout le parti possible des désordres du Sud et une vaste action du Viet-Cong pouvait être prévue dans tous les secteurs.

Je dis à Tolliver que je voulais visiter immédiatement les zones de combat. Cela le rendit encore plus malheureux et il passa dix minutes à me remontrer les risques que j'allais prendre, mais je ne l'écoutai pas et lui dis que j'étais décidé, ne fût-ce que pour faire réfléchir Cung.

Après cela, je rentrai chez moi, où je trouvai Anne Beldon en train de partager une collation tardive avec Harry Yaffa. Cette scène familière éveilla en moi une bizarre jalousie, mais je ne pus m'empêcher de demander à Anne de rester avec nous et de noter l'essentiel de notre conversation.

Yaffa avait, lui aussi, ses ennuis. Les comploteurs étaient terrifiés par le ton de défi sur lequel Cung avait parlé devant l'Assemblée. Ils y voyaient le signe qu'il avait gagné sa bataille diplomatique avec les Etats-Unis et qu'il se sentait assez fort pour leur tenir tête tout seul. Chez eux aussi il y avait des « fuites » et des traîtres. Plusieurs officiels haut placés étaient ouvertement surveillés par les services de sécurité. Deux généraux avaient été éloignés du front des combats et occupaient à présent des postes administratifs à Saigon, où ils étaient paralysés et incapables de communiquer avec leurs unités. Pour que le mouvement d'opposition ne fût pas condamné à l'échec, il fallait que ses promoteurs fussent clairement assurés de notre appui.

Assez curieusement, la confiance de Yaffa lui-même semblait s'être évanouie. Il était tendu et mal à l'aise, comme si tous ses astucieux calculs se fussent révélés faux. Son visage s'éclaira pourtant un peu lorsque je lui dis que les sanctions entreraient en vigueur dans les vingt-quatre heures. Lorsque j'ajoutai que Cung avait demandé son départ du pays et que je m'y étais refusé, il se montra presque joyeux et me dit que mon soutien était pour lui d'une grande importance. J'étais secrètement persuadé qu'il s'en souciait comme d'une guigne, mais j'étais disposé à feindre de le croire, tant que la chose faisait mon jeu.

Là-dessus, parce que j'étais encore furieux contre moi-même et contre Cung, je pris une nouvelle décision impulsive :

« J'ai à vous dire une chose, monsieur Yaffa, dont Miss Beldon voudra bien prendre note. Chacun de nous aura copie de ce que je vais vous dire et j'en ferai part à Washington. Si je ne suis pas suffisamment clair, vous voudrez bien me le dire et je mettrai les points sur les i, mais une fois que les choses seront enregistrées, je vous demanderai de vous y tenir strictement. Si vous ne le faites pas, je vous en tiendrai pour personnellement responsable. Est-ce clair ?

— Très clair, Excellence.

— Bien... Je commence, Anne. Il est évident que, pour l'instant, le président Cung n'a pas l'intention de modifier son attitude envers les bouddhistes. Il est aussi évident qu'il ne rétractera aucune des déclarations tendancieuses et regrettables qu'il a faites devant l'Assemblée nationale. Reste à voir si ses positions changeront lorsque les sanctions seront entrées en vigueur. Dans la négative, il pourrait se révéler nécessaire pour nous d'envisager de donner notre soutien à un autre gouvernement, plus capable d'unifier le pays et de poursuivre la guerre... Compris, monsieur Yaffa ?

— Compris, dit Harry Yaffa.

— ... En tant qu'ambassadeur des Etats-Unis, je suis dès lors prêt à autoriser la prise de contact et la discussion avec les personnes qui seraient capables — et y seraient disposées — de mettre sur pied un gouvernement de rechange de la manière et au moment qui se révéleraient opportuns. Je ne suis pas prêt pour autant à donner mon accord officiel ou tacite à une action destinée à renverser le régime actuel avant d'être parfaitement éclairé sur les personnes en cause et les méthodes qu'elles comptent utiliser, ni avant d'avoir approbation de Washington...

— Toujours d'accord, dit Harry Yaffa.

— Je charge M. Harry Yaffa de faire entendre clairement à ces personnes qu'en aucun cas nous ne pourrions approuver un assassinat politique. Je le charge également d'obtenir la garantie que, dans l'éventualité d'un coup d'Etat auquel nous aurions donné notre accord tacite, la personne du président Cung et les membres de son cabinet seraient protégés... M. Yaffa m'a déjà dit que même si une telle garantie était donnée, il ne pourrait pas s'engager personnellement à ce qu'elle soit tenue. Cette réserve est raisonnable, mais elle ne le dispensera pas de faire tous ses efforts pour défendre notre point de vue en la matière... Cela vous paraît-il régulier, monsieur Yaffa ?

— Le mot me paraît inadéquat, monsieur l'ambassadeur, mais je l'accepte.

— Enfin, notre approbation d'une action tendant à déposer le gouvernement Cung sera formulée selon un code dont nous conviendrons, M. Yaffa et moi-même. Si ce code n'est pas utilisé, les Etats-Unis ne pourront en aucun cas être considérés comme impliqués dans le soutien d'un régime nouveau... Vous enregistrerez cette déclaration, Anne, et n'en donnerez copie qu'à Washington, à M. Yaffa et à moi-même.

— Je vous remercie, dit Harry Yaffa. Voilà un pas de fait dans la bonne direction — et du moins n'ai-je plus le sentiment de travailler seul. Quand vous serez prêt à discuter avec les généraux, dites-le-moi pour que j'arrange les rencontres.

— J'ai l'intention de quitter Saigon pendant quelques jours pour me rendre compte de la situation militaire. Si vous souhaitez que je voie certaines personnes durant mon voyage...

— Vous pourriez en voir une demain si vous le désiriez, monsieur. Le général Tran Hung Dao. Il représentera l'armée aux funérailles. Le général Tolliver l'invitera probablement à boire un verre à son quartier général après la cérémonie. Il fait pour l'instant fonction de chef d'état-major, ce qui, étant donné la manière dont Cung mène les choses, est un titre purement honorifique.

— Peut-on avoir confiance en lui ?

— Disons que sa position au gouvernement est très peu solide. Il souhaite un changement, et il estime que sa meilleure chance est entre nos mains... A vous de conclure. »

Lorsque Yaffa fut parti, de nouveau alerte et confiant, Anne Beldon me proposa de me préparer du café, mais je me contentai d'un whisky et me mis à lui dicter un résumé de mon entretien avec Cung.

Une longue pratique m'a donné une bonne mémoire auditive et une oreille sensible au rythme et aux nuances du langage parlé. Aussi bien, en revivant cette conversation pour en dicter l'essentiel, me trouvai-je amené à des conclusions assez différentes de celles qui m'avaient poussé à câbler à Festhammer et à m'engager dangereusement auprès de Harry Yaffa... Je pouvais, bien sûr, justifier ces deux initiatives et personne n'oserait mettre en doute mon jugement. J'étais le collaborateur indispensable, l'homme intègre et expérimenté, le négociateur habile qui ne laissait jamais son humeur affecter son sens critique... Mais au terme de cette journée désastreuse, je savais que je m'étais leurré. J'avais interprété les choses d'une manière qui sauvait ma vanité et faisait de moi un tricheur. Cung ne m'avait pas insulté : j'étais effectivement un homme irrésolu, qui se refusait à miser sur la vérité et préférait recourir à une casuistique opportuniste.

Phung Van Cung avait été très franc. Il m'avait avoué ses faiblesses intimes et le dilemme avec lequel il était aux prises. Il m'avait demandé de lui faire confiance — mais j'avais exigé de lui une rétractation immédiate et publique, une autocritique qui eût détruit son prestige de chef d'Etat. Il ne m'avait pas demandé d'excuser ses imperfections, mais seulement de les accepter pour en éviter de pires. Et moi, j'avais refusé d'être patient, j'avais réclamé une action, un changement rapide. J'avais essayé de faire tout seul un coup d'Etat : « Et allez donc ! Je suis tout frais dans la place, mais voyez ce que je suis capable de tirer du néant : un lapin blanc, deux pigeons vivants, un foulard, une grappe de raisin, une virginité nouvelle et un miracle — un dictateur repenti, plus sage que le Saint-Esprit !... »

Avant même que j'eusse fini de dicter mon rapport, j'avais un goût d'alun dans la bouche et je dus boire deux autres whiskies pour le faire passer — mais ma tête était pleine d'ouate et mes mains tremblaient. Une autre pensée me frappa : j'avais demandé à Cung une rétractation de ses déclarations à l'Assemblée — mais comment pourrais-je rétracter, moi, les contre-vérités subtiles que j'avais câblées à Washington ?

Anne Beldon referma son bloc-notes et me dit calmement :

« Vous devriez aller vous coucher, monsieur. Vous avez eu une rude journée et vous en aurez une autre demain.

— *« A quoi bon se coucher pour retrouver ses cauchemars ?... »*

— Si vous voulez, je vous donnerai un somnifère.

— Je n'en prends jamais, Anne. Je l'ai fait une fois et cela m'est apparu comme une tentation mortelle. Je préfèrerais marcher un peu. »

Elle sourit avec indulgence et hocha la tête.

« Où voulez-vous aller ? L'heure du couvre-feu

est passée. On vous tirerait dessus avant que vous ayez fait cent mètres.

— Il y a le jardin.

— Vous déclencheriez le système d'alarme.

— Comme c'est intéressant ! « *Un jardin est une chose exquise* »... particulièrement quand on y fait pousser des pièges et des yeux électroniques ! Pensez-vous qu'il y ait un coucou dans le jardin ?

— Un coucou ?

— C'est une devinette, Anne. Ce soir, j'en ai trouvé la réponse... Pardonnez-moi de vous avoir gardée si tard, et baissons le rideau. »

Au bas des escaliers, je trébuchai et elle me tendit la main pour me retenir. Je me gardai de la toucher car, le lendemain, il fallait que je fusse à nouveau l'Ambassadeur...

*

Les funérailles de l'équipage de l'hélicoptère furent, à tous égards, un intéressant spectacle. J'y participai moi-même et ne pus qu'approuver la mise en scène prévue par le général Tolliver. A dix heures précises, je devais quitter l'ambassade avec mes assistants et mon attaché militaire. J'arriverais à l'aéroport à dix heures cinquante et passerais en revue la garde d'honneur. A onze heures, l'appareil qui ramenait les corps atterrirait. Un aumônier militaire lirait la prière des morts. Je ferais un bref discours de circonstance au nom du Président des Etats-Unis, puis je suivrais le cortège jusqu'au cimetière en compagnie de Tolliver.

Toutefois, comme il arrive souvent au théâtre, ce qui se passa dans les coulisses fut plus significatif que le spectacle lui-même. A neuf heures et demie Mel Adams vint m'apprendre que le ministre vietnamien des Affaires étrangères ne se rendrait pas à l'aéroport : il était tombé malade la veille au soir et son médecin lui avait interdit de quitter le lit; il m'adressait ses plus vifs regrets et l'expression de sa plus sincère sympathie... Comme il n'était pas question qu'il se fît remplacer, j'en déduisis que tout le personnel des Affaires étrangères était atteint de la même indisposition diplomatique. A neuf heures quarante-cinq, Tolliver me téléphona pour me dire que le commandant militaire de Da-Nang avait pris possession des corps des soldats vietnamiens et avait reçu l'ordre de les enterrer sur place avec le minimum de cérémonie. Mieux encore : la garde d'honneur vietnamienne à l'aéroport avait été retirée et les seuls représentants officiels de la République seraient le chef-adjoint de l'état-major général et son aide de camp personnel.

Tout cela était très oriental... et extrêmement clair. D'un seul coup, nous étions isolés du peuple, de la guerre, de nos camarades de combat. Notre situation était définie plus précisément que par un traité quelconque : nous étions des banquiers, des fournisseurs de matériel, des conseillers militaires. Nos pertes constituaient un incident regrettable mais mineur. Si nous voulions en faire un drame, c'était notre affaire... Tolliver était furieux, comme il était normal. Pour moi, j'éprouvais une secrète satisfaction : voilà qui justifiait mon action politique, même si cela ne soulageait pas vraiment ma mauvaise conscience. Pourtant, lorsque je me retrouvai au bord de la piste d'atterrissage et vis s'arrêter le gros avion de transport délabré, je fus ému jusqu'aux larmes par la simplicité brutale de la chose.

Il y avait en tout dix cercueils — de longs coffres de bois brut, confectionnés par des menuisiers de village, sans aucun ornement. Sur le couvercle de chacun un nom et un matricule avaient été marqués au fer rouge. Ils furent emportés sur les épaules de jeunes hommes au visage grave et fermé, pareils à des héros de quelque vieille légende... Les soldats qui les attendaient étaient nets et propres. Leurs armes étincelaient dans le soleil matinal. Mais les jeunes garçons qui portaient les cercueils avaient des uniformes fatigués et sales, un pistolet sur la hanche et un poignard à la poitrine. Leurs joues étaient creuses, jaunies par le soleil et la fièvre des marais, leurs yeux cernés par le manque de sommeil. Ils marchaient d'un pas lent, avec un air de défi et de mépris pour ceux qui venaient rendre ce tardif hommage à leurs camarades.

Entre les deux rangées de gardes il y avait dix affûts de canon flanqués chacun d'un porte-drapeau. Les jeunes soldats posèrent les cercueils sur les affûts et les porte-drapeaux les recouvrirent de la bannière étoilée. Les porteurs prirent place, quatre par quatre, autour de chaque cercueil, comme pour affirmer leurs droits sur leurs morts. Il y eut un ronronnement de caméras et une indécente bousculade de photographes de presse lorsque l'aumônier s'avança. Je n'entendis rien de ce qu'il disait, parce que j'essayais de penser à mon propre speech, tout en luttant contre le violent sentiment de culpabilité que m'inspirait mon hypocrisie.

Ces garçons étaient morts de mort violente et allaient être enterrés en terre étrangère, au son du canon et des trompettes. Ce n'était pas moi, ni Tolliver, ni Cung, ni Harry Yaffa, mais de jeunes hommes, héritiers du passé, artisans de l'avenir, qui auraient pu avoir des enfants, planter des jardins, ouvrir des voies nouvelles à la connaissance, révéler d'étonnantes réalités en présence desquelles nous étions aveugles. A présent, c'étaient eux les aveugles et leur bouche était pleine de boue. Seuls les vers se nourriraient de leur sang et des fleurs tropicales de leur cœur. Nous leur rendions les honneurs, mais les opportunistes politiques de ma sorte faisaient de ces honneurs une parodie.

J'ai l'habitude des cérémonies de ce genre et j'avais préparé un discours banal et sans danger, dans lequel je rendrais hommage à ceux qui mouraient pour une noble cause. Soudain, je sus que je ne pourrais pas le prononcer; que si j'essayais, les mots me feraient vomir. L'aumônier, qui avait terminé, me tendit le micro. J'entendis une voix qui n'était pas la mienne dire des mots très différents, tandis que les photographes opéraient et que les journalistes prenaient force notes :

— ... Aujourd'hui, j'ai honte. J'ai honte que nous devions enterrer nos morts seuls, comme des ennemis, dans un pays où nous sommes venus en amis et en alliés. J'ai honte que notre argent, nos avions et nos armes semblent être plus appréciés que les hommes qui se battent et meurent si loin de chez eux... C'est à mes yeux une chose terrible et triste qu'au milieu de cette lutte pour la vie il y ait place pour des désordres civils et religieux, pour des brutalités policières, pour des camps de détention. Ces choses sont une insulte à nos morts et aux morts de l'armée sud-vietnamienne, nos camarades, à qui l'on ne nous a pas permis de rendre hommage. Ils sont silencieux, aujourd'hui; c'est à nous de parler pour eux. Mais nous perdons notre temps en disputes publiques, en bavardages et en accusations destinées à fournir des manchettes aux journaux. J'ai honte, moi qui ai été envoyé ici par notre Président pour y créer l'entente et la concorde, de me trouver mêlé à ces querelles stériles — et je m'engage, en présence de ces morts, à essayer d'effacer cette honte. J'adjure ceux qui gouvernent ce pays de se joindre à moi dans cet effort... Que Dieu nous aide tous ! »

Lorsque je m'écartai du micro, Tolliver me dit à l'oreille :

« C'était magnifique, Excellence ! Je remercie le Seigneur que quelqu'un ait eu le courage de dire la vérité à ces salauds... »

Il n'avait rien compris — ou, plus exactement, par une fraude instinctive, je n'avais pas su me faire comprendre. Cung était toujours le scélérat et moi le noble chevalier, au-dessus de tout reproche...

Il était trop tard, à présent, pour dire ce que je savais dans le secret de mon cœur : que malgré (ou à cause de) mes nobles paroles et ma vertu outragée, j'étais, moi aussi, un salaud.

VI

Après les funérailles, le général Tolliver m'emmena à son quartier général, pour déjeuner avec son état-major.

Je fus heureux de cette occasion qui m'était donnée de passer un moment dans le monde sans complication des soldats de métier. Quand j'étais jeune, j'avais longtemps éprouvé un secret mépris pour ceux qui acceptaient de passer leur vie sous le bienveillant patriarcat du système militaire. Ils me semblaient se dispenser ainsi trop aisément de chercher la vérité et d'élargir leur jugement moral. C'étaient des mercenaires, qui se consacraient à un art brutal auquel il faudrait mettre un terme si l'espèce humaine voulait survivre. Comme les policiers, ils étaient un constant rappel de la faiblesse de l'homme, de sa sottise et de la tyrannie. Ils étaient les instruments passifs de politiques, bonnes ou mauvaises, à l'élaboration desquelles ils n'avaient aucune part. Ils constituaient une caste à part, avec ses propres lois, ses propres illusions d'utilité, de sainteté ou d'héroïsme. Ils servaient l'intérêt national, et non l'intérêt universel. Tels des sorciers, ils jouaient en secret avec une dangereuse alchimie en attendant le jour où il leur serait demandé de répandre la destruction et la mort sur un monde ignorant...

Tant pis pour le cynisme de ma jeunesse ! Aujourd'hui, du fond de mon déshonneur secret, je les enviais. J'enviais l'innocence de leurs desseins mortels. J'enviais le caractère moral de leur obéissance et l'absolution à laquelle leur donnaient droit les ordres, fussent-ils abusifs, d'un supérieur. Leur dignité était plus profonde que la mienne car elle s'enracinait dans la conscience de servir, et leur vie même en était le gage.

Tolliver me reçut très bien. Il était évident que ses collaborateurs l'estimaient. La conversation alla bon train autour de la table, assaisonnée de libres critiques, de souvenirs du pays et d'histoires de campagnes. Il y avait dans tout cela une note de fraternité, un orgueil de famille, auquel même le général vietnamien paraissait participer. Ils m'acceptaient parmi eux, comme un des leurs, parce que j'étais le représentant de leur commandant en chef, et ils ne me cachèrent pas leur mépris courtois pour les entreprises stériles et complexes dans lesquelles j'étais impliqué. Pendant un moment, je me sentis purifié, même si je savais n'être pas pardonné.

Mais le déjeuner achevé, je fus ramené aux intrigues de mon état : Tolliver me prit à part avec le général Tran Hung Dao, et il nous conduisit dans une autre pièce. Il nous servit du café, nous donna des cigares, du cognac, et nous laissa seuls. C'était un soldat, non point un diplomate. Il ne voulait pas être mêlé à nos obscures entreprises...

Tran Hung Dao était à plus d'un égard surprenant. Pour un Vietnamien, c'était presque un géant : il mesurait près d'un mètre quatre-vingts; il était musclé et large d'épaules; ses yeux étaient brillants, son sourire engageant, son anglais presque impeccable. Il ressemblait plus à un Chinois de Shanghaï qu'à un Vietnamien — et son entrée en matière ne fut pas moins étonnante :

« Comme vous devez le savoir, monsieur l'ambassadeur, du point de vue de mon président je suis un conspirateur... En d'autres termes, en tant que général je crois que nous sommes en train de perdre la guerre et en tant que citoyen je ne suis pas satisfait du gouvernement. Je cherche un moyen de modifier ce double état de choses. Si j'ai bien compris M. Harry Yaffa, vous avez vous-même certaines idées sur la question...

— En effet, général. Mais cela ne signifie pas que je sois prêt à les révéler... »

Je suis toujours irrité par les Asiatiques qui adoptent les manières directes de l'Occident. Ils me semblent abandonner un précieux raffinement en faveur d'une attitude vulgaire et peu sincère — c'est pourquoi je m'étais montré sec avec ce général musclé. Il le comprit et ses propos suivants furent beaucoup plus tempérés :

« Pardonnez-moi, monsieur l'ambassadeur, mais vous avez déjà fait des révélations assez brutales...

Disons, de façon plus nuancée, que vous aimeriez voir changer le climat politique ?

— Le climat, oui. Pas nécessairement le gouvernement...

— Pensez-vous que l'un puisse aller sans l'autre ?

— En ce moment, je me le demande.

— Mais si les événements devaient montrer qu'un changement de gouvernement est nécessaire ? Si, par exemple, vos protestations n'étaient pas écoutées ? Si les sanctions que vous vous proposez d'appliquer restaient sans effet ?

— Dans ce cas nous devrions attendre que le peuple vietnamien provoque lui-même ce changement. »

Il leva son verre de cognac, le huma en connaisseur, en but une gorgée, le reposa et reprit d'un ton légèrement ironique :

« Je sais que vous êtes un homme précis, monsieur l'ambassadeur. Je le serai donc aussi. Le peuple vietnamien, dites-vous... Qu'entendez-vous par là ? Les montagnards, qui vivent comme des sauvages dans les collines ? Les pêcheurs du delta, qui ne savent ni lire ni écrire ? Les Thaïs ? Les Chams ? Les paysans des rizières, qui n'ont pas le droit de voter et ne sauraient pas en user s'ils l'avaient, puisque nous n'avons pas d'élections comme en Amérique ? Si un changement doit se produire, il faudra qu'il soit provoqué par ceux qui ont l'instruction, l'organisation et les moyens matériels nécessaires. Lorsque ce changement aura eu lieu, il faudra que le pays soit gouverné et la guerre poursuivie, si nous ne voulons pas sombrer dans une confusion totale et aboutir au piteux neutralisme de nos voisins. Je pense que vous me comprenez ?

— Bien sûr, général. Mais jusqu'ici vous m'avez parlé de ce qui *devrait* être fait. Il m'intéresserait davantage de savoir ce qui *pourrait* être fait, et comment. »

J'étais tellement habitué au dialogue à l'orientale que je m'attendais à le voir écarter la question ou au moins y répondre de manière ambiguë. Il n'en fit rien. Il s'enfonça dans son fauteuil et me dit, avec un large sourire :

« Ce qui pourrait être fait ? Un coup d'Etat. Le mot signifie, sauf erreur, un changement de gouvernement provoqué sans entraîner une révolution — qui, pour nous, serait une aventure sanglante et tragique. Un coup d'Etat, c'est une pression exercée sur un seul point, à un moment bien choisi, de telle façon que le gouvernement soit déséquilibré et qu'un autre prenne sa place... Bien. Qui peut faire cela ? L'armée seule, qui est organisée, puissante et détient les armes.

— Autrement dit, bon gré mal gré, nous devrions nous en remettre à une junte militaire ?

— Serait-ce tellement différent, monsieur l'ambassadeur, de la dictature militaire qui s'exerce actuellement ?

— Une junte pourrait être moins stable.

— Elle serait aussi plus modérée, parce que son équilibre interne jouerait contre les extrémistes.

— Il reste quand même un grand « si »...

— Il y a toujours un « si », monsieur l'ambassadeur. Vous connaissez la prière des petits chrétiens : « Si je meurs avant mon réveil... » La mort est la seule certitude que nous ayons.

— Disons donc que l'armée organise un coup d'Etat. Comment fera-t-elle ?

— Voilà une question précise, monsieur l'ambassadeur... »

Sur le mur, en face de lui, il y avait une grande carte du Sud-Vietnam. Il se leva et s'en approcha, tel un professeur aux prises avec un élève arriéré. Son assurance continuait à m'agacer.

« L'armée républicaine est divisée en quatre corps, dit-il. Le premier contrôle le secteur Nord-Est du pays, de la frontière du Nord-Vietnam à la frontière Ouest, en passant par Tourane. Le second corps d'armée, qui a sa base à Pleiku, contrôle les provinces du centre; le troisième contrôle le delta et le quatrième la région de Saigon. En dehors d'eux, nous avons une petite force navale, sans importance en la matière, et une petite force aérienne — qui, elle, est très, très importante... Maintenant, suivez-moi bien. Le secteur de Saigon constitue une zone de protection autour de la capitale, siège du gouvernement. Il est actuellement sous le régime de la loi martiale et son commandant en chef est un catholique, farouchement fidèle au régime. Les troupes elles-mêmes, en dehors de la garde du Palais, peuvent pencher d'un côté ou de l'autre. Il faudrait donc opérer en quatre étapes. D'abord, nous faisons venir deux bataillons sûrs des régions du Nord et du Centre et un autre du Sud. Nous avons donc trois fers de lance pointés vers le cœur de la ville. Deuxième étape : nous nous assurons le contrôle du quartier général du troisième Corps d'armée, de telle sorte que celui-ci se trouve privé de commandement. Cela fait, les commandants d'unités peuvent facilement être persuadés de joindre leur forces à celles de nos trois bataillons. Troisième étape : les unités de la force aérienne tiennent le Palais et la ville sous la menace d'un bombardement. Quatrième étape : nous avons le contrôle de la capitale et des forces armées et nous constituons un gouvernement dirigé par un comité de trois ou quatre généraux, en conservant le personnel civil qui est déjà en place et poursuit normalement son travail. »

Il s'interrompit et me regarda avec un sourire tranquille, comme s'il venait de démontrer le théorème de Pythagore. Mais j'étais moins convaincu que lui et le lui dis :

« Si je comprends bien, général, vous pourriez faire tout cela à n'importe quel moment et de votre propre initiative ? Dans ce cas, pourquoi attendez-vous ? Et pourquoi vous adresser à moi ?

— Parce que nous avons besoin — comment dit-on ? — d'un catalyseur pour provoquer la réaction chimique. Vous allez comprendre... Le commandant du Premier Corps d'armée est un homme fort, décidé, un bon soldat. Il déteste les méthodes de notre président. Il est donc entièrement acquis à notre cause. Mais pour pouvoir déplacer ses troupes vers la capitale, il doit leur faire traverser le secteur du deuxième Corps, dont le commandant est indécis. Il n'aime pas le gouvernement plus que moi, mais il occupe une province dont le gouverneur lui est hostile. Il demande donc des assurances, et celui du delta est dans la même situation... C'est en cela que notre président s'est montré très habile. Il a toujours « panaché » les équipes, en s'arrangeant pour que deux amis ne se trouvent jamais ensemble dans le même secteur.

— Et vous, général, où vous situez-vous dans ce tableau ?

— Je suis ici, à Saigon. Je suis chargé de prendre le contrôle du quartier général du troisième Corps et de rallier les commandants d'unité à notre mouvement.

— Et l'aviation ?

— Elle est avec nous jusqu'au dernier homme — mais elle dépend des Etats-Unis en ce qui concerne l'essence et le personnel de base. Il lui faut donc être assurée qu'elle ne sera pas retenue au sol par ses propres alliés.

— En fait, général, vous souhaitez faire de nous vos partenaires dans la rébellion ?

— Non, monsieur l'ambassadeur. Tout ce que nous vous demandons, c'est de nous signer une police d'assurance...

— Et quels sont les termes précis de cette police ?

— Il y en a trois : pas de trahison, pas d'intervention, et un soutien en armes et en argent lorsque nous aurons installé un gouvernement viable... Oh ! j'en oublie un autre, qui est très important : il nous faut une garantie sans équivoque de votre intention de respecter cet accord.

— Tout cela est très clair, général, même si cela reste du domaine de l'hypothèse. Pourtant, de notre point de vue, c'est encore incomplet : nous devrions, nous aussi, avoir une garantie supplémentaire.

— Laquelle, monsieur l'ambassadeur ?

— Celle-ci : dans l'éventualité d'un changement de gouvernement, aucune violence ne devrait être commise à l'encontre de la personne du président Cung ni des membres de son cabinet. Ils devraient être protégés et autorisés à quitter le pays sans encombre. »

Il réfléchit longuement là-dessus, en se mordillant la joue, puis il vint se rasseoir, avala d'un trait son cognac et me dit enfin :

« Si nous pouvions vous donner cette assurance, monsieur l'ambassadeur, nous accorderiez-vous votre appui sur les bases que je vous ai indiquées ?

— A condition, toujours, qu'il apparaisse que le gouvernement actuel ne fût plus en mesure de remplir effectivement sa fonction.

— De votre point de vue, bien entendu ?

— Du mien et de celui de mon gouvernement... Evidemment, vous êtes toujours libre d'agir pour votre propre compte et à vos propres risques.

— C'est marché délicat que vous nous proposez là.

— Je ne propose aucun marché, général. Je discute avec vous d'une hypothèse que nous préférerions n'avoir pas eu à envisager. »

Son visage s'assombrit, son regard se fit dur et

rusé — mais il resta maître de lui et poursuivit sur le même ton posé :

« Vous jouez très bien au poker, monsieur l'ambassadeur — mais vous ne pouvez pas attendre toute votre vie d'avoir un carré d'as, et vous ne pouvez pas gagner avec une mauvaise main.

— Laissez-moi vous expliquer quelque chose, général. Nous ne pouvons gagner *en aucun cas,* parce que les cartes sont truquées. Hier, par exemple, comment la partie a-t-elle fini ? Nous avons perdu dix hommes et dépensé un million et demi de dollars de nos contribuables. Aujourd'hui, nous avons déjà misé à l'aveuglette huit cent mille dollars. Et tout cela pour quel profit ? Pour nous voir présenter une police d'assurance tous-risques sur un coup d'Etat qui doit être organisé par trois hésitants et un général trop sûr de lui qui n'est même pas certain de ses lignes de communication... Vous voyez ce que cela signifie ?

— Que voulez-vous donc, monsieur l'ambassadeur ? Une compétition entre le démon que vous connaissez et celui que vous ne connaissez pas ?

— Non : nous voulons un gouvernement amical, capable de maintenir l'ordre dans la justice et de mener cette guerre à son terme d'une manière qui garantisse la sécurité et la paix du Sud-Vietnam.

— Si je vous promettais cela, vous me tiendriez pour un menteur.

— Que pouvez-vous me promettre, général ?

— Notre amitié. Une armée unie. La paix avec

les bouddhistes et la fin du désordre civil. Le reste est un point d'interrogation — mais je suis sûr que nous sommes capables de faire mieux que le régime actuel.

— Pourtant, vous n'êtes pas encore prêts ?

— Non.

— Quand pourriez-vous l'être ?

— Dans six semaines, à condition de pouvoir raisonnablement espérer cette... police d'assurance.

— Si vous pouvez vous organiser en vue d'une rébellion armée, pourquoi ne pouvez-vous arriver à un arrangement raisonnable avec le gouvernement actuel ? Avec trois corps d'armée et l'aviation, vous pourriez sûrement traiter avec le président Cung.

— C'est lui qui ne veut pas traiter ! Il veut diviser, acheter et menacer jusqu'à ce que nos moyens de discussion n'existent plus. Telle est sa méthode et il y excelle. Personne ne peut le raisonner, vous le savez — vous avez essayé. Il n'accepte de parler qu'avec Dieu — et je crois que même alors il se refuse à faire des concessions... »

Il frappa du poing sur la table et ajouta d'une voix que la colère rendait dure :

« Soyez net, monsieur l'ambassadeur ! Nous ne sommes pas des enfants. Le Viet-Cong a trois bataillons de plus qu'il y a huit jours. Nous nous affaiblissons chaque jour parce que nos dirigeants n'inspirent plus confiance. Que dites-vous ? Oui, non ou peut-être ?

— Peut-être.

— Très bien... Encore une question : comment

saurons-nous quand ce « peut-être » deviendra un « oui » ?

— Vous le saurez, c'est tout ce que je puis vous dire.

— Et comment garderons-nous le contact avec vous ?

— Vous ne le garderez pas, général. A partir de cet instant, il ne m'est plus possible d'avoir d'autres rapports avec vous ou vos amis à ce sujet. En tant qu'ambassadeur, je suis accrédité auprès du gouvernement légal de ce pays — quel qu'il soit.

— Comment définissez-vous un gouvernement légal, monsieur l'ambassadeur ?

— Dans un système où des élections libres sont impossibles, c'est le gouvernement qui est en mesure de gouverner et qui le fait.

— Dans ce cas, tant que nous ne sommes pas au pouvoir mais dans l'opposition, à qui pouvons-nous parler, si ce n'est pas à vous ?

— A M. Harry Yaffa.

— Et quel est son statut ?

— M. Yaffa est un agent secret dont les activités peuvent être à tout moment désavouées par son gouvernement. Telle est la règle du jeu, et vous la connaissez. »

Il me regarda d'un air pensif et hostile, puis ébaucha un sourire d'approbation réticente et me dit :

« A propos de poker, monsieur l'ambassadeur... Je me demande qui, en fait, a truqué les cartes ? »

*

Après le départ de Dao, je passai plus d'une heure avec le général Tolliver à préparer ma visite des zones de combat. Ce projet, pour plusieurs raisons, avait pour moi beaucoup d'importance. D'abord, il était essentiel que j'aie une connaissance de première main du pays, des conditions de vie et des problèmes très particuliers que posait une guerre subversive dans un pays divisé et multiracial. J'espérais encore que cette connaissance me permettrait d'avoir des rapports plus fructueux avec Cung, qui — nonobstant son talent de me mettre en colère — était un homme beaucoup plus digne d'estime que Dao. En deuxième lieu, je voulais être loin de Saigon lorsque les sanctions entreraient en vigueur. Je ne tenais pas à être harcelé par la presse, dont les commentaires pouvaient encore aggraver la situation — et Cung lui-même pouvait se révéler plus sensible à mon absence qu'à ma présence accusatrice. Enfin, j'avais besoin d'un contact direct et curatif avec la réalité. Après ces quelques jours de conversations diplomatiques, j'avais l'impression de piétiner dans le noir et de parler une langue incompréhensible.

Tolliver me rappela les risques de ce voyage, mais il était visiblement heureux de m'avoir amené à le faire. Lui aussi était excédé par les parlottes et les intrigues, et très préoccupé par le moral de ses troupes. Lorsque je lui parlai de ma conversation avec Dao, il eut un ricanement agacé et accusa le Vietnamien d'être un menteur.

« Toutes ces histoires de déplacement de troupes sont de la fichaise ! me dit-il en s'approchant à son tour de la carte. Prenez le cas du premier Corps d'armée, près de la frontière Nord. Son chef est le général Tho, un bon soldat, qui sait très bien que s'il déplace un bataillon entier le Viet-Cong foncera en avant. En outre, c'est une région montagneuse, et toutes les unités de Tho sont divisées en petites formations, parce qu'il est tout simplement impossible d'y manœuvrer en formations massives... Et cette peur qu'aurait de nous l'aviation, quelle blague ! Ils ont leurs propres réserves d'essence, de munitions et de vivres. S'ils voulaient s'envoler d'ici pour Hanoï, nous ne pourrions même pas les en empêcher !

— Pourquoi Dao m'a-t-il raconté ces histoires ? Il devait bien se douter que je vous en demanderais confirmation... »

Tolliver haussa les épaules d'un air accablé.

« C'est ainsi que vont les choses, ici. Dao vous a fait entendre qu'il savait que vous ne le croiriez pas et qu'il ne vous croirait pas non plus... Oh ! il a un plan, bien sûr. Probablement très réalisable. Mais tant que vous n'aurez pris aucun engagement, il ne vous le révélera pas.

— Que je sois damné si je lui signe un chèque en blanc, à lui ou à qui que ce soit !

— Je ne lui donnerais même pas une pièce fausse, dit Tolliver avec conviction. S'il doit y avoir un coup d'Etat, il sera l'œuvre de Khiet, qui est dans le delta. C'est leur meilleur stratège, et en même temps un sacré combattant. Dao fera partie de la junte, c'est entendu; mais de notre point de vue il est le moins intéressant. Il joue sur les trois tableaux : n'oubliez pas qu'il est toujours chef-adjoint de l'état-major de Cung.

— Cung, nous... Quel est le troisième larron ?

— A mon avis, les Français, monsieur l'ambassadeur. Ce pays grouille d'agents gaullistes qui répandent l'argent à pleines mains. Ils subventionnent les planteurs de caoutchouc et les propriétaires d'usines pour leur permettre de graisser la patte du Viet-Cong et de conserver leurs affaires. Ils soudoient les neutralistes, parce que c'est finalement ce qu'ils veulent : un Etat neutre de plus, comme le Laos et le Cambodge, qui permette à la France d'avoir librement accès à Hanoï et... au Nord.

— Le général Dao est-il neutraliste ?

— Plutôt opportuniste — comme beaucoup d'entre eux. Je n'aime pas Cung plus que vous, mais il a deux fois plus de valeur qu'aucun de ceux que j'ai rencontrés ici. On peut le liquider, mais on ne pourra jamais l'acheter, lui !

— Vous pensez que nous devions le soutenir inconditionnellement ?

— Impossible, dit Tolliver d'un air malheureux — et c'est là le tragique de notre situation, de Taïwan à Bangkok. Nous sommes dans la situation d'un type qu'une maîtresse fait chanter : il ne veut pas l'épouser, il ne peut pas la plaquer, il ne peut pas non plus l'aimer... »

Je regagnai l'ambassade, où je passai le reste de l'après-midi à rédiger un rapport long et détaillé à l'intention de Festhammer. Je n'ai pas oublié sa conclusion, car c'est dans ces lignes que j'approchai le plus d'une totale honnêteté. Quand je suis tenté, comme je l'ai été souvent, de m'accuser de tout ce qui arriva par la suite, je me les rappelle et elles me retiennent, de justesse, de me mépriser moi-même...

« ... *Ainsi, en dépit de ses nombreuses et dangereuses erreurs, j'en viens à considérer le président Cung comme le seul homme assez fort et assez intègre pour maintenir dans ce pays l'équilibre du pouvoir. Pourtant, je ne puis ni n'ose lui faire absolument confiance. Je suis donc obligé, par l'intermédiaire du C.I.A. et de M. Harry Yaffa, de garder le contact avec des éléments dissidents qui envisagent de renverser le régime et pourraient un jour le faire. Ce faisant, il est évident que je rends plus difficile pour le président Cung la tâche de maintenir la stabilité, l'ordre et le loyalisme — mais je ne puis nous laisser prendre à l'improviste par un changement de gouvernement ou par un nouveau régime où nous serions sans amis. Tout ce que je puis faire, c'est de vous montrer le risque et les raisons qui m'ont fait l'accepter. Il y a d'ailleurs un autre risque, dont je dois vous parler clairement et franchement. Ce risque est que moi-même, par manque d'aptitude, d'expérience ou de caractère, je sois entraîné à prendre une décision malheureuse, qui pourrait nous coûter très cher. J'estime, par exemple, que je n'ai pas été à la hauteur de ma tâche avec Cung, puisqu'il me trouve trop précis et pas assez subtil pour comprendre sa situation personnelle, qui est très complexe. Je le crois, en revanche, homme à tirer avantage de toute manifestation de faiblesse... Il me serait facile de renoncer à ce risque en me contentant de vous transmettre les informations et de vous demander de me faire connaître les directives de Washington; mais ce n'est pas ce que vous attendez de moi et, vous ayant exposé le danger, je ne puis que faire de mon mieux. Je voudrais qu'il fût toujours possible d'être sûr de ses propres vertus, ou de n'en avoir aucune... »*

Mon rapport terminé, je le fis lire à Mel Adams en lui demandant son avis. Il me le rendit en me regardant d'un œil curieux :

« C'est un document très honnête, dit-il. Je vous en félicite.

— Mais vous n'êtes pas d'accord ?

— Je le trouve peu concluant, monsieur l'ambassadeur.

— Tout est là, Mel : il ne peut pas l'être. Je ne suis pas encore en mesure d'arriver à une conclusion.

— C'est à la fois vrai et faux, monsieur l'ambassadeur. Vous *êtes* arrivé à une conclusion : vous avez choisi de favoriser la division, avec l'espoir que l'une des parties en cause amènera de sa propre initiative une solution acceptable. C'est parfait, si vous entendez rester neutre. Mais si vous voulez rester dans la course, il vous faut faire un choix sans équivoque. Dans ce texte, vous ne le faites pas.

— Je ne suis ni prêt ni assez informé pour le faire. Ne me bousculez pas, Mel...

— Je ne vous bouscule pas, monsieur l'ambassadeur. Je veux seulement que vous le sachiez.

— Je le sais, Mel. »

Il me remercia sèchement et se retira. Je rédigeai une note officielle pour le ministère des Affaires étrangères, annonçant l'entrée en vigueur des sanctions pour le 9 à midi. Je comptais la remettre moi-même le lendemain — et ce serait l'ouverture des hostilités.

Là-dessus, j'eus une petite conversation téléphonique avec l'ambassadeur de Grande-Bretagne. Il craignait, me dit-il d'une manière un peu trop insistante, que je ne fusse trop occupé pour faire à mes collègues les visites traditionnelles; pourtant tous étaient impatients de me connaître : peut-être me serait-il possible de les rencontrer au cours d'un cocktail ? Certains des ambassadeurs des pays d'Asie étaient un peu susceptibles, et si je ne faisais pas l'effort de les voir ils pourraient considérer la chose comme un manque de courtoisie. Les Anglais et les Américains devaient se tenir les coudes, non ? Surtout depuis que nos amis français menaient leur propre jeu... Alors, le lendemain soir ? Il en était ravi...

Tout cela signifiait que les Français lui marchaient sur les pieds et qu'il voulait mobiliser contre eux une alliance atlantique... Il avait raison, néanmoins, au sujet des Asiatiques et d'autre part je ne pouvais me permettre de passer mon temps à courir d'une ambassade à l'autre. Sa proposition était donc raisonnable. Je me disais bien, avec un certain sentiment de culpabilité, qu'il eût été plus correct d'inviter moi-même tous ces gens que j'avais à voir; mais il me fallait avant tout songer à mes propres affaires. J'avais également besoin d'un peu de distraction — mais où la chercher dans une ville bouclée par le couvre-feu et où, plus que quiconque, j'étais à la merci d'un attentat ?...

Je rassemblai mes papiers et les emportai chez moi pour travailler après dîner. Des cocktails, des conférences et des rames de papier : c'est une des ironies de la diplomatie que l'ascension et la chute des nations, la vie et la mort de milliers de gens anonymes dépendent de telles banalités.

*

Avant le dîner je marchai un peu dans le jardin — puisque, si je le faisais plus tard, je risquerais de déclencher le système d'alarme et de voir surgir de partout des gardes chargés de protéger le personnage sacré que j'étais... Je respirai l'air lourd de parfums et caressai du doigt l'épais velours des fleurs tropicales. J'essayai de parler avec le jardinier vietnamien, mais son français était aussi piètre que ma connaissance de sa propre langue, et nous dûmes nous contenter d'échanger des gestes et des saluts. Je bavardai un moment avec les sentinelles, mais leur attitude était contrainte et empruntée : on ne leur avait pas encore appris qu'un ambassadeur est un simple mortel, souvent solitaire et parfois dépassé par le puzzle complexe de la politique, où il manque toujours les pièces essentielles.

Bill Slavich, mon garde du corps, faisait sa ronde du soir, passant en revue les postes de garde, le système d'alarme et les familles du personnel. Nous fîmes quelques pas ensemble sur la pelouse. A lui aussi je posais des problèmes. Il était l'homme de Harry Yaffa, un membre de ce curieux *demi-monde* [1] de fonctionnaires dont le rôle est secret, violent et sans pitié. Nous échangeâmes des propos sans intérêt et je finis par lui demander de me trouver un masseur qui, pendant une heure chaque jour, me procurerait quelque détente. Il me le promit et disparut. Je me demandai avec un intérêt équivoque quelles pouvaient être les distractions d'un garçon tel que lui, dont l'univers se limitait aux ruelles d'un monde souterrain.

Cela me ramena à Harry Yaffa, le conspirateur professionnel, que j'avais moi-même choisi comme homme de confiance et comme courrier dans mes négociations avec les généraux rebelles. J'avais lu tous ses rapports et consigné nos conversations, mais en fin de compte tout cela m'apparaissait singulièrement incomplet. Les agents français ? Leurs activités étaient connues, leur influence vérifiée. Les comploteurs de l'armée ? On connaissait le *curriculum vitæ* de chacun, le montant de son compte en banque et de ses biens immeubles. Les « activistes » bouddhistes, les membres « réactionnaires » du clergé

1. En français dans le texte. (N. du T.).

catholique ? Chacun avait un dossier à jour. Nos agents à Vientiane et à Pnom-Penh, nos « contacts » parmi les pilotes qui apportaient l'opium de Birmanie et les capitaines de navires marchands qui bourlinguaient le long de la côte, depuis Bangkok, dans le golfe du Tonkin ? On en avait la liste. Que voulais-je de plus ? Et si j'en voulais davantage, je n'avais qu'à le demander...

Pourquoi, dès lors, me méfiais-je de Harry Yaffa ? Il avait refusé de me mentir. Il avait reconnu que certains secrets ne me regardaient pas, mais je savais par expérience que c'était là une tradition normale et prudente du métier. Qu'y avait-il donc en lui qui m'agaçait au point que je fusse incapable de l'appeler par son prénom et de lui parler familièrement ? Avais-je peur de lui, ou lui de moi ? Un homme de sa sorte finissait-il par devenir avare de ses secrets, par les garder pour lui par plaisir ou afin d'exercer une inavouable tyrannie ? Les hommes qui opéraient dans ce demi-monde devenaient-ils tous victimes d'un vice particulier, de l'ambition de gouverner en sous-main ou du goût pervers de détruire, parce qu'ils sont eux-même, à chaque instant, menacés d'être détruits ?

Ces sombres pensées me troublaient, tandis que je flânais parmi les frangipaniers et les jasmins au parfum entêtant — mais il y en avait une qui me troublait plus encore. Chacun des hommes avec qui j'avais eu à faire depuis quelques jours m'avait manifesté un évident manque de confiance. Pour Cung, j'étais un être irrésolu, qui voulait miser sur tous les tableaux. Pour Yaffa, je représentais l'échec possible qu'il devait se préparer à réparer. Pour le général Dao, j'étais un allié douteux. Pour Mel Adams, un honnête auteur de rapports dont l'honnêteté n'était pas suffisante. J'avais assez d'expérience pour savoir qu'un homme occupant un poste important est toujours suspect, même à ses collaborateurs. Jadis, Gabrielle avait été à la fois ma conscience et mon bouclier. Sans elle, j'étais une proie toute désignée pour le doute et la mauvaise conscience. J'étais pareil à un moine hanté par d'inavouables rêves lascifs, à un serviteur du bien public tenté par de sauvages tyrannies. Même si je ne cédais pas aux tentations, je savais qu'elles étaient là et leur séduction entamait ma foi dans mes plus nobles desseins. Je me demandai si mes doutes étaient inscrits sur mon visage, comme les tics et les grimaces d'un faux dévot...

Un petit vent nocturne s'éleva, amenant du delta des nuages bas — puis il se mit à tomber une pluie fine comme de la rosée, qui me fit rentrer. Je bus un verre et je mangeai seul : Anne Beldon dînait avec une amie d'une autre ambassade et George Groton était sans doute en train de discuter du *Dharma* dans quelque pagode, avec un homme en robe jaune...

Il arriva un peu après dix heures, alors que j'étais plongé dans la lecture d'un gros rapport sur la situation économique du Sud-Vietnam. Il était hors d'haleine et trempé jusqu'aux os. Il avait quitté une pagode du nord de la ville pour rentrer à pied, oubliant le couvre-feu, ce qui l'avait obligé à jouer à cache-cache pendant une heure avec les patrouilles de police. En outre, il était affamé, n'ayant rien mangé depuis midi. Je l'envoyai se changer. Vingt minutes plus tard, attablé devant un poulet froid et une bouteille de vin, il me fit son premier rapport :

« ... D'abord, notre bonze de l'ambassade m'a donné une lettre de recommandation. Elle était rédigée en français et avait l'air honnête : *« Ce jeune homme est un adepte du Chemin à Huit voies. Il est, de ce fait, bien disposé à notre égard. Il a la confiance de l'ambassadeur américain, qui est lui-même un disciple du Zen. Veuillez l'accueillir avec amitié et essayer de lui expliquer notre position. »* ... Jusque-là, c'était parfait — mais au bas de la lettre il ajouta quelque chose en vietnamien. Je lui demandai de me le traduire. C'était une citation de Nagarjuna qui disait à peu près : «*Tout étant relatif, nous ne savons pas ce qui est fini et ce qui est infini. Nous ne savons pas ce qui est à la fois une négation du fini et de l'infini. »* ... Je lui demandai ce que cela signifiait, et il me répondit que la tradition voulait qu'on terminât une lettre par une citation rappelant une des vérités du *Dharma*. Je n'insistai pas, mais cela me tracassait un peu. J'en vins à la conclusion qu'il avait eu recours à ce moyen pour indiquer qu'il n'était pas tout à fait sûr de moi. En tout cas, il me donna les adresses de trois petites pagodes qui, jusqu'ici, n'ont été le théâtre d'aucun désordre et que la police ne surveille pas, ainsi que les noms de leurs dirigeants et d'autres bonzes comprenant et parlant le français...

Il s'interrompit et but un peu de vin, comme s'il eût cherché ses mots. Puis il reprit :

« Je me croyais bien préparé pour cette mission, monsieur, mais je me trompais... En entrant dans la première pagode, j'ai eu l'impression d'être un luthérien pénétrant dans une église catholique en Sicile. Tout y était étrange, baroque, surchargé d'images, de soie, d'encens, de fleurs. Après le Japon, où règnent la parcimonie et l'ordre, j'ai trouvé cette atmosphère déplaisante et même vulgaire... Le premier bonze qui s'est occupé de moi était très jeune, mais il avait l'esprit éveillé et il m'a dit exactement ce que je voulais savoir. Le gouvernement exerce des persécutions et une discrimination religieuse. Les catholiques peuvent se rassembler quand il leur plaît, alors que les bouddhistes doivent obtenir une autorisation officielle. Ils sont tenus à l'écart des postes importants dans le gouvernement. Les morts de Hué ont été des meurtres délibérés et non point la conséquence d'émeutes et de troubles. Les bouddhistes, qui ne demandaient qu'à mener une vie de bonnes œuvres et de contemplation, ont été contraints de s'organiser pour assurer leur propre protection. Plusieurs centaines de bonzes et de bonzesses sont encore en prison et beaucoup ont été abattus ou torturés, pour qu'ils avouent leur allégeance communiste... Je dois dire que mon interlocuteur avait l'air convaincant, encore qu'il me parût plaider sa cause avec un peu trop de chaleur : je n'ai trouvé en lui ni la tolérance ni la compréhension qu'on pourrait attendre d'un religieux. Pourtant, lorsqu'il a vu que je l'écoutais attentivement, il m'a conduit dans une salle où les membres de la communauté imprimaient des tracts et des lettres au moyen d'une armée de machines à écrire et d'un duplicateur de fabrication française. J'ai demandé à voir le supérieur, un homme très âgé et très frêle, dont on entendait à peine la voix. Le jeune bonze ne nous a pas quittés et tout ce que j'ai réussi à apprendre, c'est que le vieil homme était engagé sur la voie du Nirvana et souhaitait que lui fût épargnée toute distraction terrestre... Cette entrevue n'a duré que cinq minutes et j'ai rejoint les autres. J'ai demandé s'il y avait une part de vérité dans l'accusation suivant laquelle la *Sangha* était noyautée par des agents communistes, et j'ai eu l'impression d'avoir donné un coup de pied dans un nid de guêpes : ils étaient furieux, outragés, horrifiés — et bien décidés à ne pas me laisser partir avant de m'avoir convaincu qu'ils étaient tous de loyaux Vietnamiens opprimés par un mandarin catholique se voulant mandaté par le Christ pour les gouverner... Lorsque j'ai réussi à m'en aller, ils m'ont fait accompagner par un autre bonze manifestement chargé de veiller à ce que je ne sois pas contaminé par des pensées impures !

— Quelques questions, George... Se sont-ils montrés hostiles à l'égard des Américains ?

— Non, monsieur. Ils ont insisté sur le fait qu'ils approuvent ce qu'ils appellent notre lutte contre la tyrannie, ils ont souligné leurs bonnes relations avec la presse américaine et il m'a paru évident qu'ils ont des contacts suivis avec la plupart des journalistes étrangers. Il est certain aussi que leurs contacts avec les autres pagodes sont bien organisés, rapides et efficaces.

— A-t-il été question du neutralisme des Français ?

— Pas dans la première pagode, non. Mais dans la seconde j'ai pu avoir un entretien privé avec le supérieur, un homme d'une bonne cinquantaine d'années celui-là. Il s'est montré très courtois. Nous avons pris le thé ensemble et il m'a longuement interrogé sur ma propre recherche de l'illumination. Il était tout disposé à parler de l'influence de l'expansion communiste sur l'avenir du bouddhisme. Il m'a déclaré que ceux qui acceptent les Quatre Grandes Vérités doivent considérer le marxisme comme un phénomène transitoire, qui sera marqué puis transformé par l'enseignement de Bouddha. Il reconnaît l'existence dans le système monastique de bonzes « jeunes et agités », mais eux aussi, selon lui, seront graduellement transformés par l'expérience et la méditation. Quand je lui ai parlé de ceux qui se sont suicidés, il m'a repris : le suicide est une notion que le bouddhisme réprouve. Pourtant, il m'a cité le *Soutra du Lotus,* qui invite tous les bouddhistes à se sacrifier si leur religion est en danger. Je lui ai demandé si, dans sa pagode, il y avait des martyrs possibles. Il m'a répondu qu'une très vieille bonzesse était disposée à s'immoler mais qu'il le lui avait déconseillé... Lorsque je lui ai demandé s'il approuvait le neutralisme, il m'a dit que le neutralisme est implicitement contenu dans l'enseignement de

Gautama, puisque toutes les solutions matérielles aux maux de l'homme sont aussi transitoires que l'homme lui-même.

— Y avait-il du matériel de propagande dans cette pagode ?

— On ne m'en a pas montré. J'ai eu l'impression que le supérieur était un homme fort, désireux de préserver son autonomie. Mais cette fois encore, vous le voyez, il m'a été très difficile d'aboutir à une conclusion ferme. J'ai finalement demandé s'il pouvait me recommander un monastère où je pourrais partager la vie des bonzes pendant vingt-quatre heures, afin de tirer au moins un bénéfice spirituel de ma visite. Il m'en a indiqué un et m'a donné une lettre pour son supérieur. C'est là que j'ai passé le reste de mon temps, et c'est là que je crois avoir enfin mis le doigt sur quelque chose de louche... Il y avait là un Français, qui m'a dit avoir fait la bataille de Dien-Bien-Phu et avoir ensuite perdu toute illusion sur l'Occident. A l'en croire, il s'est converti au bouddhisme par conviction spirituelle et a passé neuf ans dans cette même pagode.

— C'est un agent secret, d'après vous ?

— Peut-être bien, oui. J'ai partagé sa chambre. Nous avons assisté ensemble à la lecture des textes sacrés, qu'il a traduits à mon intention. Nous avons prié ensemble et nous avons beaucoup parlé. Il était très informé et très instruit. Il m'a raconté les derniers jours de Dien-Bien-Phu avec les accents d'un témoin oculaire, ainsi que son évasion après trois mois de captivité chez les Viets. Ce n'est pas un intellectuel, mais il a incontestablement saisi et adopté les principes fondamentaux du bouddhisme. Il m'a parlé d'une renaissance bouddhiste en Asie, mais lorsque j'ai fait allusion aux dessous politiques du mouvement, il a protesté, affirmant que cette renaissance est un phénomène spirituel fondé sur le besoin que tous les hommes ont de la paix et sur la phrase du Canon Pali : « *Le Seigneur Bouddha a atteint la paix et l'a prêchée à toute l'humanité.* » Lorsque je lui ai parlé des émeutes, il m'a dit qu'il fallait y voir « des manifestations spontanées d'un peuple encore imparfait mais qui cherche la perfection ». L'action du gouvernement est, d'après lui, agressive, brutale et stupide au-delà de toute expression. Je lui ai parlé de la subversion dans les pagodes et, à ma grande surprise, il m'a dit être d'accord avec moi; mais il considère la question comme sans importance, car « la perfection du chemin doit faire passer sur l'imperfection de ceux qui le suivent ». Il tient le président Cung pour « un descendant des vieux militants chrétiens qui sont venus avec une croix dans une main et une bourse dans l'autre ».

— C'est un point de vue facile.

— Trop facile pour l'homme qui le formulait ! dit Groton avec un geste brusque... C'était la première fausse note. L'homme lui-même — il s'appelle Armand Leroux — était beaucoup trop passionné, beaucoup trop français, si vous voulez, pour ce rôle d'apôtre du quiétisme. J'ai essayé alors de lui poser des questions précises. Les bouddhistes ont-ils des griefs légitimes ? Oui, ils en ont... Comment pourrait-on y remédier ? Seul le pourrait un gouvernement bouddhiste avec une représentation proportionnelle de la minorité catholique... Comment pourrait-on mettre en place un tel gouvernement ? En cessant les hostilités, en neutralisant le Sud-Vietnam et en négociant une coexistence pacifique avec le Nord... Sur quelles bases ? Sur la base d'un accord économique mutuel — et, bien sûr, du rôle primordial du bouddhisme... Là-dessus, parce qu'il s'était trop avancé pour revenir en arrière — ou peut-être par calcul ! — il a abattu son atout. Il m'a dit... Attendez, je l'ai noté parce que cela m'a paru très important... »

Groton fouilla dans ses poches et en sortit une enveloppe chiffonnée sur laquelle il avait griffonné les mots qu'il me lut :

— « Ce que les Américains ne comprennent pas, « c'est que le Nord et le Sud-Vietnam ont en com- « mun une crainte et une haine ancestrales de leurs « conquérants, les Chinois. Peu importe que Ho Chi « Minh soit armé par eux : il ne les aime pas plus « que Phung Van Cung. C'est pour cela qu'il ne « veut pas voir la guerre se généraliser : si elle le « faisait, les Chinois envahiraient le Nord et l'utili- « seraient comme une voie militaire. Dès lors, même « si le Vietnam entier était communiste, il serait « uni contre la Chine — et c'est pourquoi les Amé- « ricains sont des idiots : ils gaspillent les dollars « et le sang pour créer un Etat-tampon contre la « Chine, alors qu'ils pourraient l'avoir pour rien, « en s'accommodant du marxisme et en se faisant des

« amis des bouddhistes d'Asie. C'est en cela que « Cung est un réactionnaire : un catholique qui veut « préserver l'Eglise aux dépens de la nation. Mais « si les Américains le poussent à bout, il pourrait « très bien essayer de s'entendre tout seul avec Ho « Chi Minh — auquel cas nous aboutirions au même « résultat par un chemin légèrement plus long... »

— C'est tout, George ?

— C'est tout, monsieur. Il a eu l'air de penser qu'il en avait dit assez et a recommencé à me parler de la méditation en tant que voie d'accès au Nirvana... J'ai pas mal médité moi-même, et puis j'ai estimé qu'il était temps de venir vous voir.

— Tout cela est fort intéressant. Pouvez-vous me rédiger un rapport ?

— Certainement, mais il sera incomplet. Quand je l'aurai fait, j'aimerais retourner dans les pagodes pour le compléter.

— Très bonne idée... Maintenant essayons de résumer. Primo, y a-t-il un mouvement de subversion dans la *Sangha ?*

— Oui. Encore qu'il me soit, jusqu'ici, difficile de connaître son extension.

— Le président Cung marque donc un point. Deuxièmement : y a-t-il lieu de croire à l'existence d'un pan-bouddhisme ?

— Probablement, mais ce n'est pas prouvé.

— Et d'une forte tendance neutraliste ?

— C'est indubitable.

— Encore un point pour Cung ! Selon vous, la conviction existe-t-elle que le bouddhisme peut s'entendre avec le marxisme et finalement le transformer ?

— Cette conviction, à mon sens, est profonde et largement répandue. D'autant plus que le Viet-Cong n'attaque jamais les pagodes ni les bonzes. Au contraire, il participe souvent aux prières et aux offrandes dans les villages.

— Dernière question : quelle est votre impression personnelle à la suite de ce premier contact avec le Mahayana ? »

Il mit un certain temps à me répondre mais le fit avec netteté :

« Une impression de confusion, de dégoût et de méfiance... Mais il est vrai que j'ai été habitué à une forme de bouddhisme plus raffinée et plus intellectuelle. Je suis donc enclin à me méfier de mon propre jugement, monsieur.

— C'est notre lot à tous, George. L'ennui, c'est que les autres voudraient que nous fussions sûrs de nous, comme si nous détenions la pierre philosophale ! »

Il me regarda soudain en face, et ses yeux intelligents scrutèrent mon visage avec une espèce d'anxiété et peut-être de crainte :

« On dirait que vous avez traversé des moments difficiles, monsieur ?

— Très difficiles, George. Et ceux qui viennent seront encore pires. »

Je lui rapportai brièvement les événements des quarante-huit heures écoulées et lui parlai de mes douloureuses incertitudes. Il m'écouta en silence et, lorsque j'eus fini, resta un long moment sans rien dire.

« Deux choses me semblent évidentes, monsieur, dit-il enfin. Il vous en coûtera beaucoup plus d'être patient que d'agir. Il y a tant de points de vue différents et d'informations contradictoires que vous ne pouvez pas vous permettre de vous laisser bousculer, si critique que soit la situation... Le second problème est celui de notre propre politique. Parce que nous sommes engagés dans une action militaire, nous sommes en même temps obligés d'envisager des solutions à court terme, qui peuvent se révéler historiquement n'être pas les bonnes. Soutenir Cung ou provoquer un coup d'Etat ? Satisfaire les bouddhistes sans léser les catholiques ? Refouler le Viet-Cong au Nord de la frontière et fermer celles du Laos et du Cambodge ? Même si nous faisons tout cela, nous n'aurions rien résolu. On ne peut pas emprisonner des idées comme un lutin dans une bouteille. On ne peut pas combattre le Viet-Cong et ignorer la Chine, ce géant millénaire, avec sa démographie explosive et, pour la première fois dans l'Histoire, un objectif unique. En quels termes vivrons-nous avec elle dans les cent années qui viennent ? En quels termes vit avec elle le reste de l'Asie ? Et les bouddhistes ? Subversion ou non, ils existent, comme l'Islam, la Catholicité et l'Hindouisme. Là non plus, il n'y a pas de solution à court terme... On peut empêcher ou même faire avorter une révolution, mais on ne peut pas arrêter le processus évolutionniste qui la provoque. On peut sans doute rire de tous ces crânes rasés bavardant dans une pagode autour d'un vieux duplicateur, on peut aussi les juger assez dangereux pour les matraquer et les jeter en prison — mais ils existent ! Ils existent en tant qu'hommes, en tant que société et en tant que symboles d'un changement inévitable. Si nous disons que nous voulons influencer ce changement, notre cause vaut bien celle de la Chine, de la Russie ou de Ho Chi Minh. Mais si nous disons, comme nous avons parfois l'air de le faire, que nous voulons décider sa nature et garantir ses objectifs, alors nous sommes condamnés à un échec coûteux... Pardonnez-moi, monsieur. Je suis fatigué et énervé, mais tout cela me préoccupe. Et vous aussi, vous me préoccupez... »

Je lui étais reconnaissant d'avoir parlé ainsi et j'éprouvais une profonde pitié pour sa jeunesse et son idéalisme. Mais comment aurais-je pu lui dire l'amère vérité — à savoir que le « changement » dont il parlait n'était pas seulement le résultat d'une évolution naturelle, mais aussi celui d'une bataille, que les chrétiens y vissent un combat entre le Bien et le Mal, les communistes un conflit dialectique ou les bouddhistes l'image de Gautama faisant s'incliner Mara sous la paume de sa main ? Comment aurais-je pu lui dire à quel point j'étais moi-même l'esclave de l'action et des solutions à court terme ?

Je l'envoyai se coucher et travaillai tard. Je travaillais encore lorsque Anne Beldon revint de sa soirée. Nous nous rendîmes ensemble à la cuisine pour nous faire du café et nous bavardâmes de choses sans intérêt jusqu'à minuit.

VII

Le lendemain matin, on essaya de me tuer. L'attentat avait été grossièrement conçu et maladroitement exécuté, mais il faillit bien réussir. Il était un peu plus de neuf heures et Bill Slavich me conduisait en voiture de chez moi à l'ambassade. Comme nous tournions le dernier coin de Ham Nghi, on jeta sur la chaussée, devant la voiture, un objet rond enveloppé dans un journal. Slavich donna un brusque coup de volant pour l'éviter — et l'instant d'après la chose fit explosion, réduisant en miettes les vitres des portières. La voiture fut soufflée de l'autre côté de la rue, renversa un lampadaire et s'écrasa contre un camion arrêté.

Bill Slavich fut blessé au visage et je m'en tirai moi-même avec quelques écorchures aux mains et aux poignets ainsi qu'une bosse de la grosseur d'un œuf de pigeon à la tempe. La foule s'amassa, des policiers me conduisirent à l'ambassade, et ce fut fini. Tout cela n'avait pas duré plus longtemps qu'une brève séquence de film télévisé. Bill Slavich se concerta avec les policiers et Harry Yaffa, tandis qu'Anne Beldon s'employait à me rendre présentable pour ma visite au ministère des Affaires étrangères.

Je ne cacherai pas que j'étais très secoué. Une phrase d'une prière d'enfant me vint à l'esprit : « Epargnez-nous, Seigneur, une mort soudaine qui nous prendrait au dépourvu... » La mort m'avait frôlé et, en vérité, avait failli me prendre au dépourvu. Je bus coup sur coup deux whiskies et me rendis compte que je pouvais à peine tenir mon verre. Le miroir de la salle de bain me renvoya l'image de mon visage blafard. Et puis ce fut la réaction, et je me sentis à la fois furieux et ravi — furieux contre ceux pour qui nous risquions notre vie et qui ne nous en savaient même pas gré, ravi de pouvoir me présenter au ministère en portant les traces d'une tentative d'assassinat.

Au moment où je fus prêt à partir, le salon de réception de l'ambassade grouillait de journalistes et de photographes. C'était pour eux une nouvelle sensationnelle, et j'étais tout disposé à les en faire profiter : c'était tout à mon avantage. Harry Yaffa y avait ajouté une note spectaculaire en demandant à la police de m'escorter jusqu'au ministère et de faire protéger ma maison et les abords de l'ambassade. C'est dans ces conditions que je me rendis au ministère des Affaires étrangères sous la protection d'hommes en armes, alors que j'avais moi-même en poche une bombe à retardement...

Mon entrevue avec le ministre fut brève et orageuse. Je lui remis notre note. Il la lut, et me dit avec une colère froide que l'application des sanctions était une ingérence inadmissible dans les affaires intérieures d'un Etat souverain. C'était exact, bien sûr — encore que je ne pusse le reconnaître. Je lui rappelai sèchement qu'on pouvait difficilement attendre de nous que nous financions une politique de répression qui nous brouillerait avec tout le monde bouddhiste. Cela augmenta sa colère et il s'écria que c'était pire encore que si nous avions accordé une aide financière directe au Viet-Cong. C'était là l'ouverture que j'espérais et j'en tirai cyniquement avantage :

« S'il en est ainsi, monsieur le ministre, peut-être n'est-ce pas le Viet-Cong qui a essayé de me tuer ce matin ? »

Cette insinuation le scandalisa et il se lança dans un plaidoyer passionné :

« Vous dites là une chose monstrueuse, monsieur l'ambassadeur ! Une insulte personnelle pour mon président et pour moi ! Nous avons des différends et des difficultés, je vous l'accorde, mais nous n'en sommes pas moins des alliés, luttant contre un ennemi commun. Je vous en prie, écartez de votre esprit de telles pensées ! Je vous donne ma parole que nos services de sécurité effectueront une enquête approfondie et que nous n'aurons de cesse que les responsables de cet attentat aient été jugés.

— Je suis heureux de vous l'entendre dire, monsieur le ministre, mais je vous rappelle que c'est votre gouvernement qui prête le flanc à d'aussi affreux soupçons.

Ces accusations formulées devant l'Assemblée nationale, votre absence ostensible aux funérailles de nos *marines*, vos propres insinuations que notre politique favorise le Viet-Cong — comment ne pas voir là des manifestations publiques d'hostilité envers mon pays et moi-même ? »

C'était là l'habituel langage aigre-doux des diplomates mécontents, et, bien sûr, cela ne changeait rien à la situation. Nous tenions le bâton et nous en frappions le gouvernement. Aussi bien, en dépit de ma victoire verbale, je ne me sentais pas très fier de moi en regagnant l'ambassade.

Les rues étaient pleines de monde, dans cette matinée ensoleillée, et les gens manifestaient une animation réconfortante, comme si, malgré leurs soucis, les complots et la subversion, ils étaient bien décidés à manger, à boire et à s'amuser autant qu'il leur était possible sous le régime puritain de Phung Van Cung. Si j'avais été tué, ils n'en auraient pas moins vaqué à leurs occupations, sans en être émus. Seuls les chrétiens auraient prié pour moi, obligés qu'ils étaient de croire à notre fraternité dans la communion des saints. Pour le reste, ma mémoire eût été, dans l'heure suivante, ensevelie sous la vaste indifférence de l'Asie... Cette pensée déprimante me ramena à une réflexion qu'avait faite George Groton la veille au soir : à quoi bon tout ce gaspillage d'argent, de diplomatie et de sang humain ? Je me rappelai une fois encore ce que m'avait dit Muso Soseki : « On attend de vous conseils et avis. C'est donc à vous de suggérer les objectifs qui vous seront ensuite assignés... »

J'avais déjà vu cela se produire — mais dans tout ce que j'avais suggéré je m'étais limité aux solutions à court terme et au transitoire. Je n'avais pas encore été en mesure d'examiner par moi-même les points de vue qui étaient en conflit avec la politique courante des États-Unis. Pourtant cela faisait certainement partie de mon rôle et, si je ne m'y employais pas, le soudain et brutal déchaînement des événements risquait de me prendre à l'improviste.

A l'ambassade régnait une grande agitation. Le standard était débordé par les appels d'autres ambassades, demandant des détails sur l'attentat manqué. Les journalistes réclamaient des précisions et des commentaires et d'étranges personnages ne cessaient d'entrer et de sortir pour prendre ou exécuter les instructions de Harry Yaffa et de ses acolytes. Je donnai l'ordre que les éléments de cette affaire soient éclaircis aussi vite que possible et que chacun reprenne ses occupations habituelles. J'invitai mes principaux collaborateurs à se réunir à deux heures et me mis à dépouiller les dépêches quotidiennes.

Les nouvelles de l'O.N.U. étaient intéressantes. Une motion soviétique, proposant l'envoi au Sud-Vietnam de la vieille Commission de contrôle de l'Indochine, avait été repoussée. En revanche, le président de l'Assemblée avait désigné les pays chargés de mener l'enquête sur le problème bouddhiste : l'Afghanistan, le Brésil, Ceylan, Costa-Rica, le Dahomey et le Maroc. Les membres de la commission arriveraient dans une semaine. Je trouvai d'une drôlerie amère l'idée d'un Dahoméen soudain mis aux prises avec les subtilités asiatiques et d'un délégué de Ceylan convié à juger impartialement les fautes de ses coreligionnaires... Toutefois cette histoire de commission d'enquête était l'affaire de Cung, non la mienne, et j'étais assez heureux de le laisser s'en débrouiller.

Le câble de Festhammer était court, mais il contenait un dard empoisonné :

« *Approuvons votre action et sanctions. Approuvons contacts officieux avec opposition. Toutefois, sanctions financières devant finalement affaiblir effort de guerre, devons envisager délais convenables dans limites desquelles nécessaire arriver à réconciliation avec Cung ou action de rechange. Sénat et Congrès dans l'ensemble favorables aux sanctions, mais sénateur Golding a pris nettement position en faveur neutralisme. Pourrait réclamer réduction budget d'assistance et rallier opinion isolationniste. Administration apprécierait toute note de confiance que pourriez glisser dans déclarations publiques et dépêches ambassades.* »

C'était bien là la manière de Festhammer, qui voulait toujours avoir son gâteau, le manger, et recevoir ensuite une pilule pour guérir son indigestion... J'avais déjà assez de soucis sans me préoccuper par surcroît des maux d'estomac d'un gros sénateur à Washington ! Il n'en restait pas moins que si un nombre suffisant de sénateurs unissaient leurs éructations, cela pourrait déplacer assez d'air pour agiter les palmes et soulever les eaux du Mékong...

Là-dessus, entre un résumé de la situation et une

demande de précisions sur les rentrées financières de la Mission d'opérations américaine, je trouvai un autre dard empoisonné, sous la forme d'une courte note émanant du Secrétariat d'État :

« *La coupure jointe nous a été envoyée par notre ambassadeur à Paris. La chose pourrait être une simple invention de journaliste : elle ne nous a été confirmée par aucune de nos sources de renseignements au Sud-Vietnam. Veuillez pourtant faire une enquête et nous envoyer d'urgence commentaires.* »

La coupure en question était extraite d'un quotidien socialiste français et elle datait de près de quinze jours. L'article, signé Claude Gemelle, prétendait rapporter un entretien privé et exclusif de son auteur avec Cung. Les dernières lignes en étaient entourées à l'encre rouge :

« *Enfin, le Président, avec une évidente amertume, m'a déclaré :*

« *— Les Américains prétendent que je poursuis une politique qui profitera finalement au Viet-Cong et au parti communiste du Nord-Vietnam. Je leur réponds qu'au contraire ce sont eux qui me poussent dans les bras de Ho Chi Minh et me forcent à envisager des mesures désespérées pour mettre un terme au malheur de mon pays...*

« *Je l'ai pressé de s'expliquer mais il a refusé, en disant que ses propos étaient très clairs pour quiconque connaît la situation au Sud-Vietnam. Ainsi s'acheva notre entretien.* »

C'était là un de ces morceaux de style pleins de sous-entendus sur lesquels certains journalistes bâtissent une réputation de sagacité et de profondeur, et il avait manifestement été publié pour troubler le lecteur. D'un autre côté, il me rappelait curieusement la conversation que George Groton avait eue à la pagode avec Armand Leroux. Tout cela pouvait faire partie d'une campagne d'intoxication destinée à préparer l'opinion publique à une action politique, et dès lors la chose méritait d'être vérifiée. Je décidai d'en parler à Harry Yaffa et à Mel Adams. Je demandai également à Anne Beldon de téléphoner chez moi pour inviter Groton à se joindre à notre conférence en y apportant ses notes relatives à ses conversations dans les pagodes.

Lorsque j'eus parcouru les documents les plus urgents et rédigé les câbles quotidiens, il était deux heures moins le quart, ce qui me laissait juste le temps d'avaler un sandwich, une tasse de café, et de préparer en hâte l'ordre du jour de la conférence. Je savais ce que j'en attendais : un examen concerté de toutes les possibilités qui s'offraient à nous et une franche discussion des politiques en présence, même de celles qui, à première vue, pouvaient sembler contraires à nos intérêts. Obtiendrais-je qu'il en fût ainsi ? C'était une autre affaire. Le Service est notoirement sans pitié pour les hommes à l'esprit original et aux convictions solides, et il est difficile de demander à quelqu'un de jouer toute sa carrière sur une déclaration impopulaire. Je n'étais pas sûr non plus qu'un seul de mes collaborateurs, Groton excepté, eût assez confiance en moi pour mettre son sort entre mes mains. Le premier coup que je jouerais était donc capital, et je le préparai avec beaucoup de soin...

« Messieurs, dis-je, je voudrais vous faire participer à un exercice théorique. Je vais vous soumettre un certain nombre de propositions et vous demander d'examiner leurs conséquences au cours d'une libre discussion. Notre conférence ne sera pas enregistrée et personne ne sera appelé à prendre la responsabilité personnelle de ce qu'il pourra dire, si loin qu'il aille. Si quelqu'un veut prendre ouvertement la défense de Ho Chi Minh ou de Chou En Lai, libre à lui. L'objet de cet entretien est d'éclairer mon esprit et de me permettre d'avoir une vue aussi large que possible de la situation où nous nous trouvons. J'ajoute qu'il n'y aura aucun ordre de parole; si vous voulez intervenir, faites-le quand bon vous semblera... Première question : les Français proposent que le Sud-Vietnam opte pour le neutralisme. Admettons que nous soyons d'accord. La chose est-elle faisable ? Comment pourrait-elle être réalisée et quelles en seraient les conséquences ? »

Il y eut un silence embarrassé. Tout le monde se regardait et attendait que quelqu'un ouvrît le débat. George Groton parla enfin :

« Je suis le plus jeune, monsieur. Je parlerai donc le premier, si vous voulez bien... Le Sud-Vietnam pourrait opter demain pour le neutralisme par une simple déclaration de principe et en demandant à l'O.N.U. de garantir sa neutralité. On nous demanderait dès lors de nous retirer, et on négocierait avec Ho Chi Minh la fin de la guerre et la cessation des infiltrations d'hommes et de matériel militaire. Le gouvernement du Sud-Vietnam serait alors libre d'avoir des relations diplomatiques et économiques avec l'Est comme l'Ouest...

— Sur quoi, dit l'attaché militaire, Ho Chi Minh déclinerait toute responsabilité dans ce qui pourrait se passer, tout en fomentant secrètement une rébellion. Le Viet-Cong entrerait pendant quelque temps dans la clandestinité et en ressortirait sous la forme d'une révolte locale contre une tyrannie locale. Résultat : la guerre civile, comme au Laos.

— Examinons cette hypothèse plus avant, dit calmement Mel Adams. La rébellion réussit. Cung est renversé — ce qui pourrait bien arriver de toute manière. Il n'est pas du tout certain que le prochain gouvernement serait marxiste. Il ne serait en tout cas pas pro-chinois, parce que le Vietnam ne veut pas devenir une marionnette dont la Chine tirerait les ficelles. Les deux moitiés du pays auraient des armées bien entraînées, qui pourraient certainement s'unir contre une agression chinoise. Même avec un régime marxiste ou approchant, au Cambodge, au Laos et au Vietnam, rien ne dit que ces pays pratiqueraient une politique expansionniste, par exemple à l'encontre de la Thaïlande. J'imagine que ce serait l'inverse. Le peuple est las de la guerre. Je crois qu'il choisirait plutôt une amélioration de ses conditions de vie, même sous un régime marxiste.

— Vous êtes donc prêts à abandonner trois millions

de chrétiens ! s'écria le second secrétaire, un type dur et cassant, avec des cheveux coupés en brosse et de grosses lunettes. Trois millions de réfugiés qui ont demandé asile au Sud après le partage du pays ! Vous renoncez au programme d'autodéfense et d'instructions dans les hameaux et vous laissez la confusion se réinstaller ?

— Je ne crois pas qu'il soit question d'abandonner qui que ce soit, dit Mel Adams d'un air entêté. Il y aurait de la confusion, oui, mais il y aurait au moins la possibilité de ce que nous souhaitons ou disons souhaiter : une possibilité d'autodétermination. A mes yeux, les éléments militaires sont d'une force à peu près égale et il existe de solides bases pour une coopération économique entre le Nord et le Sud.

— Tout cela est très joli en théorie, dit sèchement Harry Yaffa. Considérez deux facteurs : un mouvement révolutionnaire local et l'énorme pression extérieure de la Chine. Voyez l'étendue et la force de cette pression de la mer du Japon au golfe du Tonkin, la Mongolie extérieure, l'Himalaya et le désert du Takla-Makan... Pensez-vous qu'elle puisse être contenue par une déclaration de neutralité et quelques casques bleus sur le 17e parallèle ?

— Pensez-vous qu'elle puisse l'être davantage par quelque vingt mille conseillers militaires au Sud-Vietnam ?

— Bien sûr que non. Elle l'est par les Russes au Nord, par la 7e Flotte et la menace de la bombe atomique.

— Tout cela continuerait d'exister.

— Sans le point d'appui que nous avons aujourd'hui sur le continent asiatique... »

L'antagonisme latent entre les deux hommes se manifestait à nouveau et menaçait de compromettre la réunion. Je les interrompis :

« Pourrions-nous nous-mêmes neutraliser cette pression par une reconnaissance diplomatique de la Chine, la fin de l'embargo commercial et en votant son admission à l'O.N.U. ? Pourrions-nous alors considérer toute révolution locale comme un phénomène indigène qu'il faudrait accepter pour ce qu'il est ?

— Non ! dit Yaffa. Le marxisme est une philosophie expansionniste.

— On ne peut tuer une philosophie.

— Alors, que faire, monsieur l'ambassadeur ? L'accepter ?

— On peut avoir à s'en accommoder.

— La coexistence pacifique ? C'est le pari de Khrouchtchev, mais la Chine ne l'accepte pas. Elle s'en tient à la vieille théorie stalinienne de la guerre inévitable.

— Staline est mort. Mao Tsé Toung et Chou En Lai sont des hommes âgés.

— Mais la Chine a toujours besoin de riz et elle veut un accès maritime à l'Afrique.

— Ne peut-elle les obtenir en commerçant librement avec les pays neutres de l'Asie ?

— Etes-vous certain que cela lui suffise ?

— Hong-Kong semble représenter un arrangement satisfaisant... »

La discussion se poursuivit pendant une vingtaine de minutes sur ce ton et sans qu'elle parût devoir nous mener nulle part. Je posai donc une question plus précise :

« Supposons que nous restions au Sud-Vietnam — ce qu'il incombe d'ailleurs à Washington de décider ! Étant données nos présentes difficultés avec Cung et les bouddhistes, à quel moment devons-nous favoriser un changement de gouvernement ?

— Le plus tôt sera le mieux, dit nettement Yaffa, à moins que vous ne vouliez voir les bouddhistes déclencher eux-mêmes leur révolution. On parle déjà d'un « éclatement » possible de l'armée et de la formation d'une troisième force qui combattrait à la fois le Viet-Cong et le président. C'est une histoire de fou, bien sûr, parce que cette troisième force serait à court d'argent et de munitions en un mois — et elle s'allierait inévitablement au Viet-Cong.

— Je suis d'avis de ne soutenir personne, dit Mel Adams. Nous forçons ainsi l'opposition à prouver sa cohésion et nous nous réservons le droit de reconnaître ou non un nouveau gouvernement *de facto.* »

Ces propos provoquèrent un nouvel assaut d'arguments et, une fois de plus, il m'apparut que mes collaborateurs étaient partagés entre Adams et Yaffa. Si l'un des deux marquait un léger avantage, c'était peut-être Yaffa, l'homme le mieux informé et qui devait dès lors se montrer le plus réaliste — mais c'était là, au mieux, un argument douteux et il m'ennuyait de voir tant des nôtres disposés à le prendre pour argent comptant. Là-dessus, George Groton intervint à nouveau, en mettant Yaffa en face d'un sérieux dilemme :

« Il y a une chose que j'aimerais éclaircir, dit-il. Nous sommes d'accord pour penser qu'un nouveau gouvernement s'appuierait solidement sur les bouddhistes et serait probablement composé d'une majorité de généraux bouddhistes. C'est bien cela, monsieur Yaffa ?

— A peu près, oui.

— Il me semble pourtant que l'opinion bouddhiste, dans les pagodes, incline fortement du côté du neutralisme. N'appuyez-vous pas dès lors ce que vous avez commencé par condamner : un régime neutraliste ou qui pourrait le devenir ? »

Yaffa rougit de colère et répondit :

« Un régime militaire neutraliste ? Il y a contradiction dans les termes !

— Mais le bouddhisme est naturellement enclin à la conciliation des points de vues opposés.

— En théorie ! La pratique est très différente.

— Croyez-vous ? Si le régime actuel est instable, c'est parce que les bouddhistes font osciller le bateau. Ne pourraient-ils pas aussi bien faire osciller le leur, généraux ou non ? »

L'argument était de poids et je voulus malicieusement laisser le dernier mot à Groton. Aussi intervins-je à nouveau en faisant circuler autour de la table la coupure du journal français, sans la commenter mais en invitant simplement les autres à dire ce qu'ils en pensaient. La plupart se contentèrent d'y voir une vague provocation, mais Harry Yaffa fronça les sourcils, la relut attentivement et dit enfin :

« J'aimerais y réfléchir, monsieur, et consulter mes propres fiches. Nous en avons, en principe, sur tous les journalistes de passage et j'ai probablement quelque chose sur ce Gemelle... Quelque chose m'a frappé, ces temps derniers : depuis le début de l'agitation bouddhiste, les correspondants locaux se sont montrés très hostiles à Cung. Il a donc commencé à réserver ses commentaires à des journalistes extérieurs : des représentants de la presse catholique étrangère, collaborateurs de magazines et envoyés spéciaux de journaux en marge, qui cherchent du « sensationnel ». Cung est un homme qui parle librement mais pèse toujours ses mots. S'il a dit cela ou quelque chose d'approchant, je voudrais connaître la teneur exacte de ses propos... »

Je demandai ensuite à Groton de rapporter ses visites aux pagodes et en particulier sa conversation avec le Français Armand Leroux. La chose fit à nouveau froncer les sourcils à Yaffa et parut intéresser Mel Adams, mais tous deux attendirent que Groton eût terminé. Sur quoi Mel Adams dit en hochant la tête :

« C'est intéressant, mais incomplet. Je ne crois pas que nous puissions baser une stratégie là-dessus.

— Je sais que mon information est incomplète, dit Groton, mais il me semble que nous devrions en savoir davantage au sujet des bouddhistes, surtout si l'on nous demande de remplacer le gouvernement pour favoriser leurs intérêts. J'ai lu tous les rapports qui existent. Ils contiennent trop de trous et d'imprécisions graves.

— Pour un novice, M. Groton a fait du bon travail, dit Yaffa d'un ton sciemment neutre. Je pense qu'il pourrait continuer à recueillir des informations utiles, en raison de ses références particulières... Toutefois, monsieur l'ambassadeur, si vous le laissez poursuivre, il devrait être averti des risques de la chose.

— A quels risques pensez-vous, monsieur Yaffa ?

— Prenez le cas de cet Armand Leroux... Il parle comme un Français, mais en fait il est géorgien et travaille depuis longtemps comme agent secret dans cette partie du monde.

— Comment se fait-il que le gouvernement le laisse faire ?

— Parce qu'il travaille pour moi, monsieur l'ambassadeur... Mais il est aussi payé par les Français et les Russes. Il partage ses renseignements et ramasse l'argent d'où qu'il vienne. Dès lors, lorsqu'un non-professionnel comme M. Groton se met de la partie, Leroux pourrait essayer de gagner de l'argent sur son dos également.

— De quelle manière ?

— En le kidnappant... C'est un sport qui se pratique volontiers ici. Vous imaginez la victoire morale que cela représente pour le Viet-Cong : la victime est promenée en cage ou ficelée à un poteau, comme un cochon, pour impressionner les paysans... Je n'exagère pas. Je ne vous dis pas non plus de renoncer à ce projet. Mais à mon avis, si M. Groton doit continuer, mieux vaudrait lui faire subir un certain entraînement — et assurer sa protection. Après ce qui s'est passé ce matin, nous ne pouvons écarter l'hypothèse d'un meurtre. »

C'était le bon sens même et je ne songeai pas à discuter, tout en me disant d'ailleurs que cela pourrait m'apporter quelques lumières sur les activités secrètes de Harry Yaffa. Une question se posait encore. Je la formulai :

« Y a-t-il un rapport quelconque, monsieur Yaffa, entre l'article du journal de Paris et les vues exprimées par Armand Leroux ?

— Je n'en sais rien, dit Yaffa, mais je compte bien le découvrir. Accordez-moi quelques jours pour tirer cela au clair. »

Là-dessus, après quelques mots de remerciement, je déclarai la réunion terminée. Elle m'avait seulement confirmé que Yaffa et Mel Adams étaient les plus brillants de mes collaborateurs, que George Groton deviendrait probablement leur égal — et que je ne pourrais jamais échapper moi-même à la dure solitude de celui qui prend la décision de l'action...

*

Les cocktails d'ambassade sont un mal nécessaire du métier. Ils mettent à l'épreuve la mémoire, la courtoisie, l'estomac et les pieds, engendrent le scandale et les jalousies féminines. Je n'ai jamais recontré un diplomate qui les goûtât vraiment, mais personne n'a encore trouvé de meilleur cadre pour ce curieux échange d'allusions, de sous-entendus, d'avertissements discrets et de négociations marginales qui constituent le langage secret de la diplomatie. Parce qu'on est censé s'ennuyer, on peut ignorer ce qu'on n'a pas envie d'entendre. On est tenu de se déplacer, donc il est toujours possible de se dérober à une discussion gênante. Ce genre de réunion ayant toujours lieu au terme d'une journée de travail, on a le droit d'être fatigué et de se retirer dans un coin tranquille pour conclure un marché ou régler une querelle.

Pourtant, ce rituel de coutumes et de conventions se prête à certaines variantes intéressantes. Les Français, par exemple, y pratiquent le mot d'esprit et l'élégance vestimentaire, mais ils engloutissent volontiers sandwiches et boissons. Les Indiens servent une nourriture immangeable et leur conversation est ou bien agressive, ou bien d'une gravité embarrassante. Les Suédois, quand ils n'ont pas trop bu, sont d'une solennité appliquée et les Japonais qui boivent avec dignité à une réunion de geishas, peuvent transformer en un clin d'œil un cocktail-party en drame *kabuki*. Les Thaïs sont souples, souriants et diaboliquement fuyants, tandis que les Américains sont diserts, volubiles mais, à l'occasion, sourds comme des pots. Les Sud-Américains sont si incroyablement élégants qu'on se demande si notre aide financière sert à autre chose qu'à habiller leurs femmes et leurs maîtresses. Seuls les Anglais ont réussi à faire un art de la stupidité, du bredouillement et de la litote polie. Leur nourriture est généralement médiocre, leurs alcools faibles et leur accueil tiède. On n'*arrive* pas à leurs réunions, on y *tombe*. On n'y parle pas, on bavarde. On n'y est jamais choyé, mais jamais non plus mal à l'aise, en sorte que, vers la fin de la soirée, il n'est que trop facile de céder à une illusion de familiarité et de confier des secrets d'État à une charmeuse impassible, au sein noble et au sourire de Mona Lisa.

Les Anglais des Tropiques ont un charme particulièrement séduisant. Par quelque étrange réaction génétique contre leur triste climat natal, ils s'épanouissent là où d'autres se fanent. Leur urbanité s'accorde avec la subtilité de l'Asie et l'anglicisme incontestable de leur cadre a un caractère bien à lui, comme les hallebardiers de la relève de la Garde. Aussi bien, après une journée fort agitée, ne me déplaisait-il pas de goûter l'hospitalité de mon collègue britannique. Ce n'était manifestement pas un as, sans quoi il n'eût jamais été nommé dans un pays où l'influence anglaise était minime, mais il était très averti et très fin. Il fit rapidement les présentations, me mit un verre dans la main, me murmura qu'il aimerait me dire un mot en particulier un peu plus tard et me laissa aux prises avec un Chinois de Taiwan au visage impassible et un Italien qui ressemblait à Dante Alighieri.

Je m'aperçus que j'étais une espèce de célébrité. On faisait peut-être (sûrement, même) de multiples réserves au sujet de ma mission diplomatique — mais le fait d'avoir été attaqué à la bombe sur la voie publique, voilà qui asseyait une réputation ! C'était aussi un titre à la faveur des dames, dont quelques-unes étaient belles mais dont aucune ne me paraissait accessible... Sur quoi, tout soudain, mon euphorie se dissipa et les souris se mirent à mordiller le gâteau.

L'ambassadeur de Malaysia me questionna avec

intérêt sur l'attitude de l'Amérique à l'égard de l'Indonésie et de sa politique de confrontation. Le Thaï fit un commentaire prudent sur le problème bouddhiste et exprima franchement ses craintes au sujet des tendances neutralistes qui se faisaient jour au Sud-Vietnam. L'Allemand me demanda comment il fallait interpréter le retrait du personnel militaire et s'il devait conseiller aux capitalistes de son pays de ne pas s'intéresser à Saigon. Le Japonais avait des inquiétudes d'ordre financier, parce que son pays construisait des navires pour la flotte sud-vietnamienne. Le Laotien en avait gros sur le cœur à propos de Harry Yaffa et du C.I.A. tandis que le Danois, qui n'avait qu'une légation, me parlait de plumes de canard destinées aux oreilleurs d'Europe et des mines qui, dans le canal de Saigon, pourraient le décider à arrêter l'expédition desdites plumes.

Le Français, qui essayait de ressembler au *Grand Charles* [1], se tenait à l'écart, l'air ironique, attendant que les autres aient fini — sur quoi il me prit à part et me fit une petite conférence sentencieuse sur les fautes commises à Dien Bien Phu et sur l'impossibilité d'une solution militaire pour le Sud-Vietnam. S'il s'était montré plus subtil et moins prétentieux, je l'eusse peut-être mieux écouté. Au lieu de quoi je lui tins à mon tour un discours de mon cru sur les méthodes commerciales françaises, les activités des agents secrets français et le danger qu'il y avait à financer une nouvelle révolution après le lamentable gâchis qu'ils

1. En français dans le texte. (N. du T.).

avaient fait de la première. A ma surprise, il m'écouta calmement et entreprit ensuite de me faire mon propre horoscope :

« Mon cher collègue, laissez-moi vous dire ce qui va se passer. Mieux : je suis prêt à vous parier cent dollars que cela arrivera... Vous croyez que le président Cung cédera à vos pressions ? Certainement pas. C'est un saint janséniste qui s'est voué à la défense du dernier bastion chrétien en Asie. Il se méfie des bouddhistes, non sans raison. Il ne peut donc même pas s'entendre avec eux — et d'ailleurs ils s'y refusent. Alors quoi ? Vous serez forcé de vous joindre à ceux qui veulent le liquider. Ils vous feront de belles promesses — l'unité, la discipline et le reste — mais ils seront incapables de les tenir. Pourquoi ? Parce qu'ils seront trop occupés à se partager le gâteau. La guerre s'éternisera, six mois, un an, et votre propre Congrès vous obligera à en finir. Vous serez quand même forcé de neutraliser le pays, mais dans des conditions bien pires qu'aujourd'hui, bien pires que celles auxquelles Cung pense déjà, croyez-moi !

— C'est curieux : j'ai déjà entendu cette histoire trois fois en trois jours — et c'était toujours un Français qui parlait !

— Cela vous semble suspect, n'est-ce pas ?... *Eh bien* [1], mon pari tient toujours.

— Je l'accepte.

— Vous le perdrez, mon cher. C'est inévitable. Oh ! je sais, nous aussi nous avons commis des erreurs, et

1. En français dans le texte. (N. du T.).

nous les avons chèrement payées. Mais vous êtes encore plus lents à comprendre que nous. Personne ne peut arrêter la révolution en Asie. Elle pousse du sol comme les arbres d'Angkor Vat, ces arbres qui ont détruit la ville. Vous pouvez retarder un peu les choses, mais en fin de compte vous devrez bien vous en accommoder... Rappelez-vous : « *Les armées ont péri, les éléphants aussi, les armures se sont rouillées et, pour finir, les arbres ont dévoré la ville !* »

Il me laissa là-dessus, et je regardai par la fenêtre le jardin et les ombres hostiles des manguiers. La voix aimable de mon hôte interrompit ma rêverie :

« Un garçon intelligent, n'est-ce pas ? Très agréable quand il veut. Mais peut-être un peu trop véhément, ne trouvez-vous pas ? »

*

Pendant les cinq jours qui suivirent, je vécus dans un autre monde : celui du combattant, du fantassin, du pilote de bombardier ou d'hélicoptère et des vétérans solitaires et efflanqués des opérations spéciales. Je me déplaçai en camion, en hélicoptère et en jeep. Je pataugeai dans la boue rouge, les détritus des cours de fermes et le sable des rivières de montagne. Je survolai le 17 e parallèle et, par-dessus la crête des montagnes, entrevis la forteresse de Ho Chi Minh. Je longeai les frontières du Laos et du Cambodge, où les rivières coulent vers l'Ouest pour rejoindre le puissant Mékong qui, lui, se déverse à l'Est dans la mer de Chine. Les noms de lieux composaient, au rythme des moteurs d'avion, une étrange mélodie orientale : Huon Hoa, Bau Don, Budop, Quan Loi, Tan Chau, Chau Doc, Mui Ca Mau...

Partout où j'allais, j'étais protégé par une puissante armure : des avions de combat dans le ciel, l'infanterie, les camions blindés et les hélicoptères au sol. Le général Tolliver ne prenait pas de risques : j'étais le représentant des États-Unis, l'homme choisi par le Président — une proie tentante pour un chef de maquis assez audacieux pour tenter sa capture. En hélicoptère, on me faisait porter un gilet pare-balles et des plaques d'acier protectrices m'empêchaient d'être atteint par d'éventuels coups de feu tirés du sol.

Je visitai un poste viet-cong investi par l'armée sud-vietnamienne. J'y vis les armes saisies, en provenance de Chine, de Tchécoslovaquie, de Russie et — pire encore — de nos propres usines. Je vis les cadavres des hommes du Viet-Cong abandonnés au soleil et aux mouches. Ils étaient petits, jaunes, en guenilles, mais musclés et bien nourris. Les rapports trouvés sur eux étaient précis et sérieux. C'étaient des soldats endurcis, très au fait de la tactique de cette guerre de l'ombre.

Dans un village de montagne, entouré d'indigènes primitifs et de femmes aux seins nus, je m'entretins avec un jeune lieutenant qui les entraînait à des opérations d'éclaireurs contre les envahisseurs du Nord. Toujours accompagné par Tolliver, je visitai des villages fortifiés entourés de remparts de boue séchée et de murs hérissés de bambous pointus. Dans leurs dispensaires de fortune, on vaccinait les enfants contre la variole et le choléra, tandis que de jeunes Américains, à peine sortis du collège, enseignaient aux villageois à enterrer leurs détritus, à drainer leurs marais, à faire pousser des patates douces et à cultiver la scille rouge pour tuer les rats qui infestaient leurs champs.

Je me rendis compte par moi-même des problèmes que posent un commandement militaire divisé, les jalousies existant entre chefs locaux et gouverneurs de province, les rancœurs d'officiers dont le champ de bataille était le terrain d'à côté et qui avaient parfois à attendre dix heures les renforts nécessaires parce que la radio du village ne fonctionnait pas ou parce que la milice locale refusait de se déplacer la nuit, par crainte des Esprits errants...

A Cai Nuoc, je vis les affreux vestiges d'une attaque viet-cong : un monceau de cadavres brûlés, hommes, femmes et enfants, et les vingt-cinq survivants épuisés d'une garnison de cent hommes. C'était là une illustration cruelle de la nature de cette guerre et une terrible mise en accusation des intrigues et de l'absurdité politiques. Quoi d'étonnant si les villageois et les paysans étaient prêts à s'accommoder de n'importe quoi et à envoyer au diable généraux et mandarins ?

Mais ce n'était là qu'un aspect de la question. Malgré toutes ses fautes, Phung Van Cung avait en moins de dix ans posé les fondations de la reconstruction du pays. Même aujourd'hui, en dépit de la guerre, ces fondations tenaient bon. L'agriculture s'était améliorée, le commerce et l'industrie étaient en expansion. La médecine sociale était enseignée dans chaque hameau et la radio, les journaux, les duplicateurs de village assuraient le contact entre les paysans et le siècle. Bien sûr, les méthodes de Cung étaient rudes — mais pas plus que celles de son ancien collaborateur, l'Oncle Ho. Bien sûr, en haut lieu régnaient la corruption et la concussion, mais l'administration publique, au niveau municipal, était solidement basée sur le système familial et se révélait, pour l'Asie, remarquablement efficace. Bien entraînés, bien équipés, commandés par des officiers disciplinés, les Vietnamiens étaient de bons soldats. Ils ne manquaient pas de courage, mais seulement de confiance en leurs généraux et de foi en leur état-major. C'étaient aussi des hommes débrouillards : je vis des carabines, des pistolets et même un mortier fabriqués par des forgerons de village. J'éprouvai quelque fierté de constater la valeur de nos propres combattants, le dévouement des membres de nos équipes de Secours aux civils et de notre mission d'opérations, qui partageaient la vie du peuple et leur inculquaient non sans mal et à grands risques une technologie plus évoluée.

Chaque soir, après le mess, je passais en revue avec Tolliver et ses adjoints locaux les événements et les impressions de la journée. Il y avait pour moi quelque chose de rassérénant à écouter ces hommes — tous d'anciens combattants — à sentir leur sympathie et leur compréhension à l'égard du peuple qu'ils étaient venus servir. Ils n'étaient pas désabusés — et Dieu sait pourtant qu'ils avaient des raisons de l'être ! Ils se plaignaient que les opérations militaires fussent entravées par des pressions politiques, que le président Cung n'aimât pas les listes de pertes et fût hostile aux offensives d'envergure, que les opérations nocturnes fussent déconseillées et les gouverneurs provinciaux peu disposés à collaborer avec les commandants militaires — mais ils parlaient avec chaleur et amitié de la population et se dépensaient beaucoup plus que ne l'exigeait leur mission.

Tolliver lui-même s'était d'abord montré réservé, ayant une saine méfiance de tout ce qui touchait à la politique. Mais à mesure que le temps passait, nos rapports se faisaient plus cordiaux. Il se plaignit à moi, en particulier, d'avoir été trop souvent forcé de jouer les prophètes pour complaire au Pentagone ou à quelques sénateurs de passage. A ses yeux, toutes les prophéties militaires étaient absurdes. Aussi longtemps que nous serions disposés à fournir des hommes et du matériel, aussi longtemps que nous disposerions de l'aviation et de la 7 e Flotte, nous pourrions poursuivre les opérations au Sud-Vietnam. Mais la fin n'était pas en vue, aucune action décisive ne pouvait être entreprise et il n'y avait surtout aucune perspective de victoire. Il me tint même un soir des propos très instructifs :

« Les gens oublient un peu que nous sommes aux prises avec un des plus grands stratèges des temps modernes : le général Vô Nguyen Giap. C'est l'homme qui a orchestré — oui, littéralement mis en scène — la défaite de Dien Bien Phu. Il connaissait les traditionnelles faiblesses des Français pour les batailles spectaculaires. Il laissa donc Castries rassembler douze mille hommes dans une vallée dotée de deux terrains d'aviation. Ils avaient tout : la maîtrise de l'air, de l'artillerie lourde, des tanks. Ils savaient aussi que Giap n'avait pas d'artillerie et était à court de ravitaillement. La chose semblait donc dans la poche : une opération unique, classique, décisive — et boum ! tout était terminé... Mais ils comptaient sans les Chinois. Ceux-ci donnèrent à Giap deux cents canons de campagne. Giap les fit démonter et transporter à travers la jungle par des hommes qui parcoururent dans certains cas soixante-quinze kilomètres en une journée ! Pour ravitailler ses troupes, il mit sur pied une chaîne de coolies chinois montés sur bicyclettes et transportant chacun deux ou trois cents kilos de riz en sacs. Ses hommes installèrent les canons sur les crêtes qui entourent Dien Bien Phu, ils creusèrent des tunnels sous les avant-postes français et furent bientôt soixante mille autour de la vallée. Là-dessus vint la saison des pluies, et les Français furent immobilisés. En cinquante-six jours, tout était fini... C'est le même Giap qui mène aujourd'hui la guerre contre le Sud-Vietnam, et pour lui c'est la *même* guerre, car Phung Van Cung n'est qu'un chien de garde de l'Amérique impérialiste. Mais Giap est trop malin pour revenir à son ancienne stratégie. Il sait d'ailleurs que nous ne nous y laisserions pas prendre. Il a été jusqu'à annoncer ses nouvelles méthodes. Vous l'avez entendu, hier soir, à la radio d'Hanoï : « L'ennemi passera peu à peu « de l'offensive à la défensive et se trouvera devant un « dilemme sans issue : il lui faut faire durer la guerre « pour la gagner, mais il n'a ni les moyens psycholo- « giques ni les moyens politiques d'affronter une

« guerre de longue durée... » Vous remarquerez les termes qu'il emploie : il sait que nos moyens *matériels* sont presque illimités — mais que le pays est politiquement à bout de forces !

— Et voilà pourquoi Cung parle toujours de la psychologie du peuple...

— Exactement. La vraie tragédie, c'est que nous pouvons très peu de chose sur le plan psychologique et le plan politique, parce que nous les comprenons mal.

— Et Cung, lui, les comprend ?

— La psychologie, oui — mais la politique aura sa peau...

— Alors qui pourrait quelque chose sur ce plan-là ?

— Pas les politiciens, en tout cas, dit Tolliver en ricanant. Regardez ce qui se passe chez nous ! La guerre de Sécession se poursuit toujours à propos de la déségrégation raciale ! Et qui la fait durer ? Le même genre de types que vous avez rencontrés ici : des politicards, des tripoteurs et des aventuriers... Allons nous coucher, monsieur l'ambassadeur. Nous devons regagner Saigon demain à l'aube. »

Cette nuit-là, j'écoutai sans pouvoir m'endormir le coassement des grenouilles dans les rizières voisines et le piétinement lent, rassurant des sentinelles. J'avais espéré que ma tournée d'inspection me donnerait une nouvelle optique de la crise — au lieu de quoi tout me ramenait encore une fois à la même personne : Phung Van Cung, et au même problème : pourrait-il conserver le pouvoir assez longtemps pour achever l'œuvre qu'il avait si bien commencée ?

A présent, j'avais vu de près les problèmes qui

étaient les siens. J'avais compris aussi l'ampleur de son projet. C'était un bâtisseur et il était beaucoup plus facile d'admirer son travail dans les campagnes que dans les murs d'une ville sophistiquée et désabusée. Le conflit opposant bouddhistes et chrétiens était également moins apparent dans ces campagnes : en certains endroits il n'y avait même pas de conflit du tout, en raison de la simplicité, de l'ignorance des gens et parfois de l'identique charité des bonzes et des missionnaires. Une chose pourtant m'était devenue très claire : si Cung lui-même ne se décidait pas à se faire connaître de son peuple, à susciter un mouvement de loyalisme centré sur sa personne, il n'aboutirait à rien. Il pourrait paralyser pendant quelque temps les hommes forts qui s'opposaient à lui, mais il ne pourrait rien faire en s'appuyant sur des collaborateurs de second rang qui n'avaient la sympathie ni des communautés locales ni des races disparates dont était faite la population.

Alors, quoi ? J'étais l'homme qui tenait les plateaux de la balance. J'étais prêt à appuyer Cung de tout mon poids — mais il n'avait pas confiance en moi et rejetait mes conseils, tandis que planait sur nos têtes l'ombre du général Giap, le champion du jeu d'échecs qui observait la partie de son repaire du Nord, sachant qui étaient les pions, qui les fous, et quand les tours tomberaient entre ses mains, grâce à sa patiente stratégie.

Légalement, ma position était claire. Je n'avais aucun droit de juger Phung Van Cung ni de décider de son avenir politique. En fait, la pression des événements et des circonstances faisait pourtant de moi un arbitre de son destin. J'étais à la fois le juge, le jury, l'avocat général et le défenseur. J'étais aussi le banquier de Cung, oui — mais un banquier peut-il exiger autre chose qu'un juste emploi de son argent ? J'étais son conseiller — mais s'il ne gardait pas la liberté de rejeter mes avis, je devenais un usurpateur... Et pourtant, et pourtant... je n'étais rien non plus de tout cela. J'étais le serviteur appointé de mon pays, l'agent de sa politique, bonne ou mauvaise — mais mon Président m'avait dit : « Vous êtes plus qu'un serviteur et plus qu'un agent. Vous êtes mes yeux, mes oreilles et ma langue : vous êtes mon vice-régent. Je vous désigne pour agir à ma place et pour accentuer les honneurs de la réussite et les conséquences de l'échec... » J'étais donc bien le responsable du procès, avec le destin d'un homme et d'un pays suspendus à mon verdict.

Au loin dans les marais, j'entendis crépiter quelques coups de feu, et ce fut à nouveau le silence, uniquement troublé par le coassement des crapauds-buffles et le va-et-vient tranquille des sentinelles le long des barbelés.

VIII

Je rentrai à Saigon avec un stock de notes et plein d'une confiance nouvelle. Maintenant, au moins, je pourrais peser les informations qui me seraient données et les hommes qui me les donneraient...

Il ne s'était rien passé d'important pendant mon absence mais le couvre-feu avait été levé et un nombre important d'étudiants et de bonzes arrêtés avaient été remis en liberté. Radio-Saigon et la presse gouvernementale avaient attaqué nos sanctions, mais ce n'étaient là que des échos du discours de Cung à l'Assemblée nationale et je ne songeais pas à y répondre. L'évacuation par avion du personnel administratif avait commencé et devait être achevée dans les quinze jours.

Le président Cung avait tenu sa promesse : il m'avait envoyé un long document sur la subversion communiste dans les pagodes. Je le lus très attentivement et le trouvai intéressant, sinon pleinement satisfaisant. Il mentionnait assez de faits précis pour justifier la prudence et la surveillance, mais il faisait place à trop de conjectures pour justifier une répression élargie contre toute la *Sangha*. Il insistait trop sur les émeutes et les désordres publics, qui étaient aussi explicables par la brutalité de la police que par une activité subversive. Les accusations contre Harry Yaffa et le C.I.A. y étaient largement développées, mais elles s'appuyaient sur des preuves pour le moins fragiles et certaines étaient manifestement basées sur des aveux soutirés par la violence.

Je soumis le rapport à Mel Adams, qui arrivait aux mêmes conclusions. Harry Yaffa le lut également, mais son opinion fut différente :

« Tout cela a été truqué, Excellence ! Cung et ses gars en savent beaucoup plus qu'ils ne veulent l'admettre. Ils restent délibérément dans le vague à propos de nos activités et les agents dont ils parlent sont les moins importants.

— Mais alors pourquoi s'être donné la peine de m'envoyer ce rapport ?

— C'est assez clair : Cung vous l'avait promis et il devait tenir sa promesse, au risque de perdre la face. A mon avis, ses Services secrets ont fait des histoires parce qu'un rapport complet, dans vos mains et les miennes, pourrait compromettre certains de leurs hommes. Leur système de sécurité est également très complexe, et ils auraient plus à perdre qu'à gagner en faisant état de toutes leurs informations.

— J'ai promis, comme vous le savez, d'envoyer une copie de ce document à Washington. Vous y voyez une objection ?

— Aucune. Mais j'aimerais ajouter quelques commentaires. »

Je n'y vis pas d'objections, moi non plus; il m'intéressait beaucoup d'apprendre ce que Yaffa avait à me dire de neuf. Il n'avait d'ailleurs pas perdu son temps :

« D'abord, le lendemain de votre départ, George Groton s'est rendu à Hué. Je lui avais obtenu une introduction auprès du principal supérieur de pagode de l'endroit — par l'entremise, chose curieuse, du recteur de l'Université de Hué, un prêtre catholique, qui a démissionné après les premières fusillades et est à présent en résidence surveillée, ici, à l'archevêché de Saigon. Groton a passé deux jours dans cette pagode et y a entendu parler à mots couverts d'une organisation appelée Front de Libération nationale du Sud-Vietnam. Cela recoupe certaines informations nouvelles que j'ai eues du Cambodge. Nous savions d'ailleurs depuis quelque temps que Sihanouk est en contact avec des Vietnamiens exilés à Paris et qu'il a essayé, avec l'aide des Français, de former un parti neutraliste. A présent nous savons son nom...

— Encore les Français ?

— En effet. Aussi longtemps qu'ils restent dans l'ombre et laissent les Cambodgiens mener le jeu, un mouvement neutraliste pourrait bien prendre quelque importance.

— Et qu'en est-il de l'influence communiste à Hué ?

— C'est assez vague. Groton fait état d'un nationalisme puissant, ce qui est assez naturel, Hué étant la vieille capitale intellectuelle du pays. Il y a pourtant une opposition très bien orchestrée au régime actuel et une propagande très active en faveur d'un coup d'État.

— Menée par qui ?

— Le général Khiet, qui commande le corps d'armée du delta. Il est né à Hué, d'une vieille famille bouddhiste très respectée.

— Groton se débrouille bien, me semble-t-il ?

— Très bien.

— Où est-il à présent ?

— Au Cambodge. Nous lui avons donné un passeport civil, un visa de touriste, en lui suggérant de visiter Angkor Vat, puis de bavarder un peu avec les bouddhistes de Pnom Penh. Il pourrait mettre le doigt sur l'une des filières qui aboutissent ici. »

Cela dépassait les limites de mes instructions, mais je pouvais difficilement protester sans avoir l'air de porter à Groton un intérêt excessif. Je laissai donc tomber la question et Yaffa poursuivit :

« J'ai aussi vérifié l'histoire de cet article de journal parisien. Claude Gemelle est un journaliste indépendant qui a passé huit jours ici, il y a un mois, et y a interviewé diverses personnes. Ce n'est apparemment pas un agent secret. Certaines des personnes qu'il a interrogées sont de nos amies et ses articles sur elles sont dans l'ensemble fidèles. On peut donc en déduire que son article sur Cung l'était aussi.

— Fidèle, mais vague.. A votre avis, pourrait-il signifier que Cung est disposé à négocier avec le Nord si nous le poussons trop loin ?

— C'est possible.

— Y aurait-il un moyen, en dehors d'une véritable mise en demeure, de lui faire répéter ses déclarations ?

— J'y ai pensé aussi — mais il refusera certainement de le faire à un journaliste d'ici... et moins encore à un diplomate, soyez-en sûr.

— Je n'en suis pas tellement sûr, justement.

— Que voulez-vous dire, monsieur l'ambassadeur ? »

Je lui rapportai ma conversation avec le Français, au cocktail de l'ambassade britannique, et il fronça les sourcils.

« Ça ne colle pas, dit-il... Ça ne colle pas avec ce que nous savons des Cambodgiens, des exilés et du Front de Libération nationale.

— Pourquoi ? Considérez la position de Cung : il est menacé d'une révolte des généraux; il est beaucoup question d'une troisième force capable de faire éclater l'armée; il y a d'autre part un mouvement neutraliste amorcé au Cambodge et à Paris... Devant cette triple menace, Cung pourrait très bien, en désespoir de cause, faire des avances au Nord tant qu'il en a encore le pouvoir.

— Mais si les Français le savent et l'approuvent, pourquoi soutiennent-ils les exilés et les Cambodgiens ?

— Une manœuvre, une feinte, si vous voulez ! Plus Cung se sentira menacé, puis il sera enclin à agir. Et une entente quelconque entre le Nord et le Sud donnerait aux Français un avantage économique et diplomatique... Je ne crois pas que nous devions écarter cette hypothèse.

— S'il en est ainsi, dit Yaffa d'un air songeur, si Cung médite un marché, que faisons-nous ? Le laissons-nous faire ou précipitons-nous un coup d'Etat ?

— C'est là une question de haute politique, dont j'aurais à référer à Washington. J'imagine qu'on y opterait pour le coup d'État. Nous avons dépensé trop d'argent et nous nous sommes trop engagés pour accepter cet éventuel accord entre Cung et l'Oncle Ho.

— Dans ce cas je ferais aussi bien de mettre tous nos gens au courant du projet...

— Faites-le, monsieur Yaffa. Mais insistez bien auprès d'eux sur le fait qu'il me faut des informations sûres. Je ne peux plus rien faire ni recommander à partir de conjectures...

— Je le sais, monsieur. Nous ferons de notre mieux. »

Les choses en restèrent donc là, par force. Il y avait sur mon bureau les papiers des cinq derniers jours et j'avais à rédiger un rapport détaillé sur mon voyage. Je passai l'après-midi et la soirée à travailler avec Anne Beldon, et la montagne de papier n'avait diminué que de moitié lorsque nous en eûmes fini.

Il m'est difficile, après tout ce qui est arrivé, de décrire la nature des rapports qui se nouaient entre Anne Beldon et moi au cours de ces longues séances de travail en tête-à-tête. Elle est toujours attachée au Service et je ne voudrais pas l'exposer au scandale ou aux ragots. Pourtant, elle a sa place dans cette chronique. Il y a des femmes à qui, même dans le plaisir, on n'ose jamais se montrer tel qu'on est parce qu'elles se veulent aussitôt des droits sur notre âme aussi bien que sur notre corps et que, lorsque ces droits leur sont refusés, elles deviennent amères et acariâtres, car elles n'ont en elles aucune douceur. Il y en a d'autres pour qui aimer vraiment, c'est donner — et ce sont les seules avec qui il soit possible de goûter un commerce intime tout en conservant des rapports professionnels. Les cyniques peuvent sourire et les cancaniers se livrer à leur jeu favori, mais lorsqu'on a connu un amour profond et heureux — ce qui était le cas pour Anne Beldon et pour moi — on hésite à affronter les conséquences d'une soudaine attirance. En public, nous étions l'un avec l'autre d'une correction presque froide. En tête-à-tête, nous étions plus libres et nous savions goûter l'agrément de la camaraderie. Nous ne nous laissions pas aller au flirt ni aux gestes d'affection : cela présentait pour tous les deux un risque trop grand, même si nous n'en parlions jamais.

Depuis la mort de Gabrielle, j'étais devenu avare de ma confiance, mais je me livrais à Anne Beldon et elle répondait sans hypocrisie à ma sincérité. Je lui disais mes hésitations, ma crainte de moi-même; elle était assez lucide pour reconnaître qu'elle-même avait peur pour moi. Je lui parlais de mon affection pour George Groton et elle y voyait l'expression de la nostalgie qu'ont les hommes sans enfant, du désir qu'ils éprouvent de se prolonger dans un autre être. Elle connaissait cela, elle aussi, bien qu'elle eût appris à le dominer, se sachant encore plus vulnérable. C'était cette maturité généreuse du cœur et de l'esprit qui m'attachait le plus à elle. Elle avait ce que les moralistes appellent une conscience formée, une acceptation tolérante et conciliante des folies des hommes, mais une vue très claire de celles qu'elle avait elle-même commises et auxquelles elle était décidée à ne plus se laisser aller. Elle avait un esprit rapide et un tempérament vif, qu'elle réussissait la plupart du temps à contrôler. Elle n'était jamais timide, mais jamais non plus elle ne cédait à cette grossièreté de langage qu'affectent beaucoup de femmes du monde.

Avait-elle eu des amants après la mort de son mari ? Je ne le lui demandai jamais. Était-elle amoureuse de moi ? Oui — bien que je l'ai découvert trop tard. Étais-je amoureux d'elle ? Je sais aujourd'hui que je l'étais et je me maudis pour toutes les heures perdues, les mots jamais dits, les souvenirs pâles et bienséants qui sont tout ce qui me reste d'elle. Et pourtant, comment m'imaginer dans le rôle d'un veuf de cinquante-huit ans, ambassadeur, envoyé spécial de son Président, engagé dans les entreprises hasardeuses de la haute politique et fricotant avec sa secrétaire dans le salon de l'ambassade ? Pas mon genre, Messire ! Mais des personnages plus nobles que moi, des envoyés plus éminents et de brillants présidents eux-mêmes l'avaient fait... Mes lauriers seraient-ils plus verts ou mes échecs moins grands parce que j'ai refusé de cueillir les roses du chemin ? Un homme de mon âge ne devrait jamais flirter avec l'amour mais le prendre ou le laisser, parce que le temps perdu ne se rattrape jamais...

*

Immédiatement après mon retour à Saigon se produisit une série d'événements sans rapports entre eux, dont chacun entraîna une chaîne de conséquences fatales.

Le dimanche matin, c'est-à-dire la veille de l'arrivée de la commission des Nations Unies, un vieux bonze se fit brûler devant la cathédrale, sous les yeux des fidèles sortant de la messe de dix heures. Résultat : de nouveaux désordres, de nouvelles arrestations et la fin de la trêve précaire conclue entre Cung et les bouddhistes.

Le lundi matin, à Cholon, on jeta une grenade dans un bar fréquenté par des soldats vietnamiens et américains. Trois filles du bar furent tuées, ainsi que deux *marines* et un para vietnamien — sans rien dire d'une douzaine de blessés. Un *marine* blessé au ventre réussit à se traîner dans la rue. Transporté en hâte dans une maison chinoise, il y reçut à temps des soins qui lui sauvèrent la vie. Résultat : un coup de téléphone des services de Tolliver, demandant que l'ambassade eût un geste de remerciement. La maison en question était celle du Numéro Un chinois, ce personnage anonyme et mystérieux dont Mel Adams m'avait parlé le jour même de mon arrivée à Saigon.

En raison de l'importance de sa famille et dans l'espoir de pouvoir ainsi pénétrer, fût-ce occasionnellement, dans l'hermétique communauté des Chinois, je décidai de faire moi-même le geste demandé. J'écrivis une lettre, qui fut remise par porteur, dans laquelle j'exprimais ma gratitude et celle de mon gouvernement pour cet acte de charité. J'y demandais aussi la permission de rendre visite au chef de famille et de lui offrir un présent en signe de remerciement. Le porteur me rapporta la réponse, un merveilleux morceau de calligraphie au pinceau : dans le plus pur style des mandarins, on m'y invitait à prendre le thé le lendemain à quatre heures.

Je choisis mon présent avec soin. Il devait être simple, précieux, mais pas trop somptueux, pour ne pas provoquer la réprobation, l'embarras et une réciprocité trop coûteuse. J'optai finalement pour une pièce de ma propre collection, un très beau bol de faïence orné de joyaux, œuvre de Nomura Ninsei, un artiste japonais du XVIIe siècle. Après avoir passé deux heures à étudier les documents de l'ambassade relatifs aux minorités chinoises du Vietnam, je me mis en route avec un nouveau chauffeur, tandis que Bill Slavich, armé d'une mitraillette, prenait place à côté de lui : il ne voulait pas affronter seul le risque d'un nouvel attentat contre ma vie dans le quartier surpeuplé de Cholon.

Le Numéro Un chinois me reçut avec une politesse cérémonieuse. C'était un homme âgé, vêtu d'une robe d'érudit. Il était grave, serein et avait la dignité naturelle d'un patriarche. Il me fit le laïus traditionnel sur l'honneur que je faisais à son indigne demeure et accepta mon présent avec une tranquille approbation. Il me présenta ses fils, ses petits-fils, puis les renvoya. On apporta le thé et on le servit selon le rite. Puis, avec force compliments et précautions oratoires, nous nous mîmes à parler.

Mon hôte déplora la violence et le désordre des

temps, l'attentat dont j'avais failli être victime et les coups portés à des innocents par les terroristes. De là, nous en vînmes aux problèmes particuliers de ses compatriotes et il me les exposa dans leur contexte historique :

« Pendant un millier d'années, Excellence, ce pays a été une province de la Chine. Bien que sa culture soit d'origine chinoise, nous y sommes toujours considérés comme des ennemis traditionnels. La première histoire du Vietnam a été écrite par les Chinois. Nous y avons introduit la charrue et le buffle d'eau. Nous y avons enseigné notre langue et notre savoir. Nos officiers ont épousé des Vietnamiennes. Lorsque Lé Loï a fondé la dynastie vietnamienne, qui a duré trois siècles et demi, il a adopté notre système du mandarinat, fondé sur le modèle chinois, et ce système a été conservé jusqu'à la conquête française... Pendant la guerre contre le Japon, près d'un demi-million de Chinois sont venus ici comme réfugiés ou comme immigrants et beaucoup de nos femmes s'y sont mariées. Nous sommes devenus, comme nous le faisons d'ordinaire, commerçants et banquiers. Sous l'occupation française, nous avons gardé la nationalité chinoise et le droit de faire appel à la Chine pour nous protéger. En 1956, le gouvernement nous a accordé à tous la nationalité vietnamienne; mieux vaudrait dire qu'il nous l'a imposée : si nous ne l'acceptions pas, nous ne pouvions plus nous adonner au commerce, à l'industrie ou à l'agriculture. Nous avions pourtant toujours une certaine autonomie sous la forme d'associations administratives régionales — mais celles-ci furent abolies en 1960. Nos écoles passèrent alors sous le contrôle gouvernemental et furent obligées d'enseigner le vietnamien... Ces choses m'apparaissaient comme une conséquence naturelle de la poussée du nationalisme en Asie. Des faits similaires se sont produits en Thaïlande, en Indonésie et en Birmanie. Je ne vois aucun avantage à les combattre, mais j'ai eu du mal à les faire accepter par mes compatriotes. Il y a eu beaucoup de critiques, de mécontentement, on essaie aussi d'échapper à la loi — et parce que la Chine est aujourd'hui un Etat communiste, notre loyalisme est sans cesse mis en question... »

C'était là un exposé honnête, même s'il était incomplet, d'un problème de minorité qui est la plaie de tout le Sud-Est asiatique. Il ne faisait pas mention de l'attitude politique de jeunes étudiants chinois mécontents et de la puissante séduction d'une Chine unie et renaissante. Il ne disait rien de l'immigration illégale et de l'infiltration d'agitateurs communistes, des pressions, de la prévarication et des extorsions qui se pratiquaient un peu partout. Mais je connaissais tout cela et le Numéro Un le savait, en sorte que la face était sauvée et qu'il m'était possible de poser une question moins gênante mais non moins importante :

« Vous êtes le chef de cette communauté. D'après tout ce qu'on m'a dit, vous avez rendu un grand service en la maintenant unie, disciplinée et libre d'un engagement politique trop dangereux. J'aimerais connaître votre opinion personnelle sur le président Cung et sa politique. »

Il réfléchit un instant et me répondit :

« Nous prenons le thé sous mon toit. Notre entretien est donc privé et confidentiel, n'est-ce pas ?

— Bien entendu.

— Dans ce cas, Excellence, laissez-moi vous dire que si notre président était moins français et plus chinois dans sa façon de voir les choses, il ferait beaucoup mieux... Comme les Français, il goûte fort l'exercice de l'autorité. Nous aussi. Mais nous savons que cette autorité apparente vaut ce que valent les hommes qui l'exercent, et qu'en fin de compte, c'est le peuple qu'il s'agit de convaincre. J'ai, moi aussi, mon appareil : les groupes familiaux, les sociétés secrètes, les associations de charité; mais si moi, qui suis un vieil homme, je suis toujours en mesure de faire la loi, c'est parce que les gens savent qu'ils peuvent toujours me toucher... C'est là, voyez-vous la faiblesse du président : il n'est pas connu. N'importe quel coquin de fonctionnaire prétend parler en son nom : comment le peuple ferait-il la différence ?

— Est-il honnête ?

— Il l'est, je le sais. J'ai passé des accords avec lui et il a respecté ses engagements. Il lui est arrivé de s'asseoir où vous êtes et nous avons mis au point ensemble des projets très utiles à mes compatriotes : des hôpitaux, des améliorations du système scolaire, leur protection contre le chantage policier, leur accès à certains postes dans l'administration civile. Je l'ai aidé à constituer l'Association culturelle Chine - Vietnam et à jeter les bases d'une coopération économique avec Taiwan. Je ne lui ai jamais demandé plus qu'il ne pouvait promettre, je ne lui ai jamais fait de promesses que je ne pouvais tenir. Nous nous respectons mutuellement, sans être des amis, mais il est toujours le bienvenu dans ma maison.

— Que pensez-vous de son action contre les bouddhistes ? »

Il haussa les épaules et enfouit ses longues mains dans les manches de sa robe.

« Je suis un vieil adepte de Confucius. Je me méfie de toutes les religions parce que j'estime que toutes, sans exception, portent en elles des germes de discorde et de violence. Elles produisent parfois des saints, mais ceux-ci sont toujours des hommes qui se vouent au service d'autrui, aux bonnes œuvres et non à la discussion. Je pense que le président a commis beaucoup d'erreurs, mais il y a été poussé par ceux qui y voyaient un profit politique. Je pense aussi qu'il pourrait en commettre d'autres, parce que l'isolement engendre le soupçon et que le soupçon pousse aux actions désordonnées.

— Et que pensez-vous de *notre* politique en Asie ? »

Pour la première fois il sourit, et il répondit à ma question par une autre :

« Voulez-vous que je sois poli, Excellence, ou que je vous dise la vérité ?

— Je préfère la vérité.

— La voici, telle que je la vois... On ne peut

ignorer un peuple de sept cent millions d'hommes. On ne peut non plus le mettre en cage et lui interdire d'avoir des rapports normaux avec le reste du monde. Il est d'ailleurs trop vieux pour cela, trop averti et trop fier. Mes ancêtres sont venus dans ce pays au temps des Mings. Ils ont servi comme mandarins sous le règne de Lé Loï — et je suis toujours ici, le Numéro Un chinois, en cette seconde moitié du xxe siècle. Il s'agit là d'une extraordinaire continuité, qui ne peut être brisée ni de l'intérieur par une révolution, ni par une pression extérieure. Ce n'est pas une question politique, une querelle momentanée entre disciples de Confucius, marxistes et démocrates américains — c'est toute l'histoire de l'Asie qui s'écrit et se récrit chaque jour, comme la mer écrit sur le sable... »

Nous bavardâmes encore un peu; mais tout ce qui pouvait être dit l'avait été. Lorsque je me levai pour partir il m'offrit son propre présent : un petit disque de jade translucide reposant sur un nid de soie dans un coffret de bois de santal. Il portait des idéogrammes délicatement gravés et entremêlés, que le Numéro Un traduisit par cet axiome de Confucius : *« Celui à qui est dévolu un devoir moral ne devrait jamais céder, même à son maître... »*

*

Deux jours plus tard, j'allai dîner avec mon collègue australien, « sans façons » comme il disait lui-même. Je m'attendais à une soirée maussade, mais je lui devais une politesse et je m'y étais résigné. A ma surprise, je me trouvai parmi un petit groupe de gens spirituels et irrévérencieux dont la bonne humeur me mit tout de suite à l'aise et me fit me sentir à nouveau humain. Il y avait là mon Danois de l'ambassade britannique (celui à qui l'exportation des plumes de canard posait des problèmes); le chef de la Mission militaire australienne (qui avait passé plus de dix ans à guerroyer contre les rebelles de Birmanie et de Malaisie, mais s'intéressait surtout aux pierres précieuses, aux manuscrits pâlis et aux plantes exotiques); une séduisante brunette d'une trentaine d'années, qui entretenait un futur Picasso (lequel peignait les portraits des notables de Thaïlande) et la femme de mon collègue, une Suissesse qui, à en juger d'après le repas qu'on nous servit, était un cordon bleu. A table, je fus placé entre la femme du Danois et l'épouse anglaise du spécialiste de la guerre des maquis. En face de moi se trouvait un personnage joufflu et jovial, grand voyageur et romancier à succès, dont je n'avais d'ailleurs jamais lu les livres.

Pour une fois, il fut peu question de diplomatie et je dus sortir de mon silence pour participer à une conversation qui porta successivement sur la cuisine française, la porcelaine, Karl Barth, le prix exorbitant de la mauvaise peinture et les extravagances d'un couple de vedettes de cinéma. Mon hôte laissa la soirée suivre son cours avec un plaisir visible. Le romancier excellait à lever les lièvres et à laisser ceux qui parlaient les poursuivre dans une douzaine de directions à la fois. Je lui demandai ce qu'il faisait dans ce pays sans agrément : il s'était embarqué, me dit-il, dans une étude sur le mouvement œcuménique et les relations entre les religions chrétienne et non-chrétienne. Lui-même était catholique et les récents événements du Sud-Vietnam l'avaient profondément troublé, en sorte qu'il y était venu pour mener sa propre enquête. Il était australien de naissance et l'ambassade lui facilitait les choses. Il était aussi très connu en France et le président Cung avait accepté de le recevoir et de lui ouvrir d'autres portes. Cette courtoisie le touchait mais il était assez lucide pour se rendre compte que Cung souhaitait probablement se servir de lui pour faire pièce au rapport de la commission des Nations Unies. Je lui demandai s'il avait l'intention de publier ce qu'il avait pu apprendre. Il me répondit qu'il n'était pas journaliste mais romancier et qu'il lui fallait deux ans pour écrire un roman. En outre, il avait peu de goût pour le reportage et n'était pas disposé à signer des déclarations sommaires touchant une situation complexe. Dégoûté des reporters internationaux et des oracles à la petite semaine, je trouvai son point de vue rafraîchissant. Je l'attirai dans un coin, à l'heure du café, et lui demandai s'il voulait me faire une faveur.

« Certainement, si je le peux, dit-il.

— Quand devez-vous voir le président Cung ?

— Demain matin à dix heures et demie. Pourquoi ?

— Accepteriez-vous de lui poser une question que je vais vous dire ?

— Oui.

— Et de me faire connaître sa réponse ?

— J'ai peur que non, dit-il avec un sourire poli... Voyez-vous, ajouta-t-il, je tiens à ce que je suis. Je ne suis pas un agent secret. Je suis un ami des Etats-Unis. J'y ai vécu, j'aime le pays et j'aime les Américains. Mais ce que vous me demandez là me met dans une position fausse... Maintenant, si je pouvais en parler à mon propre ambassadeur...

— Pourquoi pas ? Je crois que Manson s'intéresse autant que moi à la chose. »

Je fis signe à Manson, qui se joignit à nous. Je lui rapportai notre conversation et il dit aimablement :

« C'est une question qui nous intéresse l'un et l'autre. La réponse est importante pour nous tous.

— Parfait, dit l'écrivain. Quelle est cette question ?

— Cung a-t-il l'intention, maintenant ou à quelque moment et dans quelques circonstances que ce soit, d'entrer en relations avec le Nord-Vietnam ? »

Il y eut un silence, puis Manson hocha la tête d'un air approbateur, mais il ajouta :

« Peut-être devriez-vous expliquer la portée de votre question, monsieur Amberley.

— Et aussi de la réponse, dit tranquillement l'écrivain. Je suis tout disposé à prendre la responsabilité que vous me demandez — mais encore aimerais-je en savoir les conséquences possibles. Puis-je vous demander d'être tout à fait franc avec moi ? »

Il était trop fin et trop bien informé pour s'en laisser conter; aussi, misant sur le jugement de Manson, lui racontai-je toute l'affaire, jusqu'à ma conversation au cocktail de l'ambassade britannique. Manson abonda dans mon sens en disant qu'il avait entendu des propos du même genre et qu'il serait heureux d'en avoir confirmation. Le romancier nous écouta en silence et réfléchit un moment, puis il nous fit une réponse prudente :

« Je vois ce que vous voulez, et pourquoi vous en avez besoin. J'ai des devoirs envers mon gouvernement et de l'amitié pour le gouvernement américain, mais il me semble que si j'obtiens une *certaine* réponse, cela pourrait précipiter une *certaine* action. Est-ce exact ?

— Oui.

— Et si je rapportais ma conversation en la modifiant délibérément ?

— Je me refuse à le croire.

— Ou si je l'interprétais de travers ?

— Je vous crois trop intelligent pour cela... En tout cas, aucune action ne pourrait ni ne saurait être entreprise sur le seul témoignage d'un informateur non-américain. Le C.I.A. commencerait par vérifier ce que vous me rapporteriez.

— Dans ce cas, je poserai votre question à Cung et j'essayerai de vous rapporter fidèlement sa réponse. Vous aurez demain soir vers cinq heures une relation écrite de notre entretien.

— Je vous en remercie d'avance. »

Il haussa les épaules, but une gorgée de cognac et nous dit avec un sourire ambigu :

« Quand j'étais plus jeune, je croyais volontiers au total détachement de l'artiste. A présent que je suis assez averti et assez riche pour être vraiment détaché, je découvre chaque jour que je dois prendre quelque décision morale. Celle-ci est scabreuse. Si je fais une erreur, je ne me la pardonnerai pas facilement...

— Vous vous êtes pourtant décidé rapidement...

— J'ai certains avantages, monsieur l'ambassadeur. Je sais ce que signifient les mots et je les respecte. Je suis un cavalier solitaire. Je regarde le monde avec mes propres yeux, je prends mes risques, je paie mes fautes, et je sais aussi ce que signifie la damnation : on ne peut faire absoudre un autre à sa place, ni réciproquement. »

*

Le lendemain matin, les Cambodgiens vinrent me présenter une vive protestation et une demande de réparations. Une unité du Viet-Cong avait été poursuivie au-delà de leur frontière par l'infanterie et les hélicoptères, un village cambodgien avait été détruit par des roquettes et un certain nombre de ses habitants tués ou blessés. Je promis de faire une enquête et ils me quittèrent après quarante minutes d'un échange de vues assez vif.

C'était encore un des paradoxes amers de cette guerre empoisonnée : en fait, la neutralité du Cambodge avait bien été violée; mais en fait également les Cambodgiens violaient eux-mêmes, chaque jour, leur propre neutralité, en laissant des hommes et des armes descendre le Mékong et en offrant un abri aux hommes du Viet-Cong qui franchissaient la frontière comme ils le voulaient, dans les deux sens. Les vraies victimes de tout cela étaient les villageois, vieilles femmes, enfants, fermiers, à présent enterrés et dont la seule épitaphe serait une pile de coupures de presse et de dossiers diplomatiques. Encore une fois, dans un petit village on avait semé les dents du dragon — et inévitablement elles germeraient sous la forme d'hommes en armes...

A midi, Harry Yaffa m'apporta deux rapports. Le premier provenait du C.I.A. à Hong-Kong. Un Vietnamien de Hong-Kong, ancien attaché du Palais et partisan connu de la « troisième force », depuis quelque temps tenu à l'œil, avait pris contact avec des personnalités de la Banque de Chine et, aussitôt après, avait ouvert à la Banque française de Commerce un compte d'un demi-million de livres sterling. Deux jours plus tard, il avait fait à un journaliste américain un exposé détaillé des intrigues du Palais et des dissensions du haut-commandement, et il lui avait offert quinze mille dollars pour faire sortir sa femme et ses enfants de Saigon dans les six semaines.

Le second rapport venait de Vientiane, au Laos, où un fonctionnaire de second rang du ministère des Affaires étrangères sud-vietnamien avait rencontré un agent connu du Nord-Vietnam. On ignorait l'objet de leur entretien, mais, deux heures plus tard, l'agent avait quitté la capitale à bord d'un avion affrété par un trafiquant d'opium français.

Dans une situation aussi complexe, ces deux incidents pouvaient donner lieu à une douzaine d'interprétations, mais Yaffa était convaincu qu'ils recoupaient nos propres conclusions, qu'une action était en cours en vue de faire éclater l'armée, de constituer et de financer une troisième force qui serait par la suite forcée de rallier le camp du Viet-Cong, et que Cung était engagé à tout le moins dans des tentatives de pourparlers avec le gouvernement d'Hanoï.

Lorsque je lui fis part de ma conversation au dîner de l'ambassadeur australien, il se montra passionné et me demanda de l'avertir dès que j'aurais le rapport promis.

Notre romancier-voyageur se révéla aussi ponctuel que je l'avais espéré. A cinq heures précises, il m'apporta lui-même une copie du texte de son entretien avec Cung. L'original, me dit-il avec un sourire, était entre les mains de son ambassadeur, de sorte que les règles de la courtoisie internationale étaient sauves. Lorsque je lui demandai d'attendre que j'eusse pris connaissance du document afin d'y ajouter quelques commentaires, il déclina poliment ma suggestion : il s'était chargé d'enregistrer un dialogue, son texte comprenait un commentaire et un résumé, il ne pouvait faire davantage... Cette position était très raisonnable, je le remerciai et le laissai partir, tout en enviant son indépendance et la liberté qu'il avait de limiter ainsi ses propres responsabilités : les miennes étaient presque illimitées et je n'avais pas le droit de m'y soustraire.

Son texte était un document remarquable, simple,

concis, ne contenant que l'indispensable. Je le reproduis sans rien y changer, ne serait-ce que pour montrer la clarté avec laquelle les conclusions se présentèrent à moi.

« *Question :* Il est manifeste que la question bouddhiste n'est pas encore réglée. Prévoyez-vous d'autres manifestations bouddhistes et d'autres martyres volontaires ?

« *Réponse :* S'il y en a, nous saurons comment y faire face. C'est l'attitude américaine qui provoque ce genre de fanatisme... Les Américains minent la psychologie de notre peuple. Ils ne nous comprennent pas. Nous comprenons notre peuple, sa façon de penser et ses réactions. Les Américains parlent de démocratie, mais celle dont ils parlent ne convient pas à ce pays.

« *Q :* Quelle est, selon vous, la meilleure forme de gouvernement possible pour le Sud-Vietnam ?

« *R :* Celle que nous avons actuellement : un pouvoir central fort, capable de faire la guerre et de développer le pays. Si c'est là une dictature, c'est que nous avons besoin de la dictature — mais nous posons les fondations de la démocratie dans les campagnes. La ville (Saigon) ne signifie rien pour nous. Si c'est nécessaire, nous l'abandonnerons et la transformerons en hameaux stratégiques comme nous avons fait dans les campagnes. Les habitants de cette ville sont insatisfaits, gâtés, intoxiqués par l'individualisme occidental. Notre peuple doit se développer dans le cadre de la famille et de la communauté, sur les bases et dans les limites de son histoire, de son économie et de l'ordre social. C'est cela que nous entendons par « personnalisme ».

« *Q :* Même si l'on accepte les limitations *naturelles* imposées par l'histoire et l'ordre social, n'êtes-vous pas en train d'imposer des limitations *artificielles,* notamment par les mesures de répression à l'encontre des bouddhistes et des étudiants ?

« *R :* Nous imposons, bien sûr, certaines limitations. Les bonzes ne veulent pas combattre — pourquoi dès lors auraient-ils le droit d'influencer le cours de la guerre ? La *Sangha* ne représente qu'une petite partie de la nation — pourquoi aurait-elle le droit de décider du cours de notre histoire ? Les étudiants des deux sexes devraient être prêts à prendre part à notre lutte contre le Viet-Cong — pourquoi auraient-ils le droit de la contrarier par des manifestations déloyales ? Ce sont les Américains qui fomentent tout cela. Si nous voulons vaincre, le peuple doit être désintoxiqué.

« *Q :* Il est évident pour tout le monde que, bien que des soldats américains se fassent tuer dans votre guerre et bien que vous la fassiez grâce à l'argent et aux armes américains, il y a aujourd'hui une franche hostilité entre le régime et les Etats-Unis. Qu'est-ce qui pourrait ou devrait être fait pour remédier à cette situation ?

« *R :* C'est très simple. Que les Américains nous donnent des armes, de l'argent, des hélicoptères et des transports militaires, et nous ferons la guerre nous-mêmes. Cette guerre est la nôtre, non la leur. C'est moi qui en règle la stratégie. C'est moi qui ai décidé la création de huit mille hameaux stratégiques. Mais chaque fois que je veux utiliser un hélicoptère, il faut que j'en demande la permission aux Américains.

« *Q :* Vous voulez qu'ils quittent le pays ?

« *R :* Exactement.

« *Q :* Si vous obteniez tout ce que vous voulez — des armes, de l'argent, des moyens de transport et le départ des Américains — combien de temps vous faudrait-il pour gagner la guerre ?

« *R :* Deux ou trois ans, tout au plus.

« *Q :* Et si les Américains restent ici ?

« *R :* Dieu seul le sait.

« *Q :* Quand vous aurez gagné la guerre, quelle sorte de relations envisagez-vous d'avoir avec le Nord-Vietnam ?

« *R (avec colère) :* Dans cette pièce même, des officiels américains m'ont accusé d'entretenir des relations avec Ho Chi Minh. Je leur ai dit que les Américains ont tout fait pour me pousser dans ses bras mais que je suis resté fidèle à mes objectifs et à mon pays.

(Ici une autre longue tirade sur les méthodes et la politique des U.S.A.)

« *Q :* Voyons les choses sous un autre angle... En tant que responsable de la stratégie, vous devez être intéressé par ce qui se passe au Nord, ne serait-ce que du point de vue de l'espionnage ?

« *R :* Bien entendu.

« *Q :* Comment voyez-vous la situation de Ho Chi Minh et du Nord-Vietnam ?

« *R :* Il y a trois groupes principaux au sein de son parti communiste. Il y a l'armée, qui dépend de la Chine en matière d'armement, de ravitaillement et en ce qui concerne son entraînement. Il y a ceux qui suivent la ligne modérée de Moscou, mais ils ont peu d'importance. Il y a enfin ceux qui sont devenus communistes par nationalisme, avant et après Dien Bien Phu.

« *Q :* Il est évident que ce troisième groupe est celui qui vous intéresse le plus ?

« *R :* Evidemment.

« *Q :* Avez-vous réussi à vous introduire parmi eux ? Avez-vous des contacts avec eux, sur le plan des services secrets ou autrement ?

« *R :* Oui, mais ce n'est pas moi qui en ai pris l'initiative.

« *Q :* Supposons que les Américains ne vous accordent pas ce que vous voulez, qu'ils continuent d'appliquer leurs sanctions et de s'opposer ouvertement à votre politique. Que se passera-t-il ?

« *R :* Je devrais alors prendre les dispositions nécessaires, quelles qu'elles soient, pour mettre fin aux souffrances de mon pays.

« *Q :* Cela impliquera-t-il une négociation avec Ho Chi Minh ?

« *R :* La politique est l'art du possible. Je dois envisager toutes les possibilités — et c'est ce que je fais actuellement.

(Commentaire : *A ce moment, le président Cung a brusquement abandonné ce sujet pour se lancer dans une nouvelle et longue dissertation sur le personnalisme et sur les erreurs et les machinations des Américains. Je me suis arrangé, avant de prendre congé, pour poser encore une question.)*

« *Q :* Que pensez-vous de M. Maxwell Amberley ?

« *R :* Il n'y a pas trace de moralité dans ce qu'il fait. Son prédécesseur, au moins, avait un point de vue moral. Cet homme n'a ni éthique ni l'ombre d'une pensée religieuse.

(Résumé : *Mon impression finale a été que Cung souhaitait me voir rendre publics ses sentiments violemment anti-américains. Il m'a paru évident aussi que la question de ses possibles relations avec le Nord était pour lui une menace à peine voilée de ce qui pourrait arriver si le régime était mis en cause : la neutralisation du Sud-Vietnam par un marché avec le Nord, du genre : « Si vous mettez un terme à la guerre, nous chasserons les Américains. » Je n'ai pas la possibilité de juger si Cung croit vraiment possible un tel marché ou s'il croit pouvoir lui survivre s'il le concluait.) »*

Je fis venir Harry Yaffa et lui fis lire le document. Lorsqu'il en eut pris connaissance, il le reposa sur mon bureau d'un air entendu.

« Je pense que c'est clair, monsieur l'ambassadeur !

Cela confirme toutes nos informations. Nous avons tous les éléments nécessaires : des généraux révoltés, une mutinerie possible de l'armée et une menace sans équivoque de Cung de jouer son propre jeu tant qu'il le peut encore... Je crois que nous devons agir, et vite.

— Je crois en effet que nous pourrions avoir à le faire; mais c'est à Washington d'en décider.

— Vous allez lui adresser un rapport ?

— Dans quarante-huit heures. Auparavant j'ai deux choses à faire. D'abord, je veux que ce document soit communiqué à tous les services de l'ambassade ainsi qu'à Tolliver et à ses collaborateurs. Ensuite, je veux que nous ayons une conférence plénière, ici, demain soir. Entre-temps, je verrai Cung et le mettrai au pied du mur.

— Est-ce très indiqué ?

— C'est indispensable. »

Il haussa les épaules et me dit aigrement :

« Dans ce cas, monsieur, nous ferions bien de protéger l'auteur de ce document. Nous devrions lui faire quitter rapidement le pays.

— A vous d'en décider, monsieur Yaffa.

— J'avertirai aussi les généraux, pour le cas où Cung déciderait une action brutale. Leur tête est en jeu...

— Je le sais. Faites ce que vous jugerez nécessaire. »

Lorsqu'il fut parti, je songeai malgré moi aux mots gravés sur le talisman de jade, tandis que la lumière s'estompait rapidement pour faire place à l'obscurité...

*

Ce soir-là, je travaillai tard — après quoi je dormis mal. Je rêvai que j'étais assis, seul et nu, dans un lieu désert et plat. Il y avait de la lumière, venant je ne savais d'où et, au loin, de grandes formes rectangulaires et noires, pareilles à des décors de théâtre. J'entendais une faible musique d'instruments à cordes, *samisens* ou *biwas*. Les formes noires se mirent à bouger, à danser, à se déplacer. La musique se fit plus forte. Les formes se rapprochèrent de moi, et mon angoisse croissait, jusqu'à ce qu'elles finissent par m'entourer et par se joindre les unes aux autres, m'enfermant dans une espèce de cellule sans plafond (je voyais toujours la lumière au-dessus de ma tête). La musique se tut. J'étais toujours assis, les jambes croisées, et je regardais la lumière. Puis, insensiblement, les murs se mirent à se rapprocher. Je crus d'abord que c'était une idée que je me faisais, mais non, les murs avançaient vers moi et la lumière au-dessus de ma tête diminuait. Je me sentis envahi par une indicible terreur. La lumière diminuait de plus en plus et je finis par sentir contre mon dos, mes coudes et mes genoux la pression des murs, de plus en plus forte. Alors je poussai un cri d'épouvante — et je m'éveillai, inondé de sueur, dans ma chambre baignée par le clair de lune. Je regardai ma montre. Il était quatre heures du matin. Encore effrayé par ce cauchemar, je m'habillai, gagnai mon bureau et travaillai jusqu'à l'heure du petit déjeuner.

Je n'avais pas besoin d'un Joseph pour interpréter mon rêve : je savais exactement ce qu'il signifiait. Moi, juge, procureur et avocat de la défense, j'allais avoir à passer en jugement. Bientôt, très bientôt, les pièces à conviction seraient présentées, les plaidoiries et le réquisitoire formulés, et le verdict prononcé. Maxwell Amberley, envoyé extraordinaire, dépouillé du costume de sa charge, aurait à se lever pour entendre un jugement impartial — après quoi viendrait la sentence : un emprisonnement à vie dans la solitude de son « moi » secret... C'était absurde, bien sûr — une absurdité dont aurait raison la lumière du soleil et la première tasse de café. Maxwell Gordon Amberley n'était pas l'accusé. Il occupait le siège du Pouvoir, il était le satrape, le tétrarque, le vice-régent, il avait l'autorité, le droit de vie et de mort. Il serait juste, bien sûr, et même miséricordieux — mais il était aussi un homme chargé de décider, sans céder à la peur ni au favoritisme. Il devait être magnanime, mais prudent; il devait admonester, mais sans rancœur. On lui avait confié une haute mission et il devait se comporter avec grandeur, en arbitre du passé et en architecte de glorieux lendemains. *Amen !*... Et une autre tasse de café, Anne, je vous prie : j'ai devant moi une journée importante !

Ma rencontre avec Cung devait avoir lieu à onze heures. A neuf heures et demie je me confiai pour une heure aux mains fortes et douces de mon masseur, qui chassèrent la tension de mes muscles tandis que je mettais de l'ordre dans mes idées en vue de cet entretien décisif. Je *savais* qu'il serait décisif. Le temps nous échappait à tous les deux. La roulette tournait déjà, le croupier jetait son cri de perroquet : *« Rien ne va plus* [1] *! »*, la bille passait du rouge au noir, du noir au rouge — nous jouions tous les deux contre la banque et l'un contre l'autre.

J'avais en tout cas décidé d'une chose : je serais absolument franc. Je ne recourrais pas au langage prudent du métier. Je dirais tout ce que je savais être vrai. Je reconnaîtrais mes erreurs. J'avouerais, lorsque ce serait justifié, mon ignorance et mon incapacité. Et lorsqu'il conviendrait de feindre, je ne m'y déroberais pas non plus — tant pis pour ma droiture puritaine ! Il n'y avait qu'une chose que je ne pourrais accepter : mon enjeu était sur le tapis, mais j'étais aussi le banquier, et la maison devait gagner, sinon sur le zéro, en tout cas sur le pourcentage. Que voulez-vous, messieurs les joueurs ? Vous avez expulsé les Français. Les Japonais ont fait faillite. Vous n'aimez pas le *fantan* chinois. Je suis donc le seul casino de la ville !...

Ma peau bien huilée, mes muscles assouplis, je me sentis l'esprit clair. J'avais oublié mon cauchemar. C'est dans cet état de courageuse disponibilité que je me rendis au Palais.

Cung me reçut avec du thé vert et une froide courtoisie. Cette fois, il ne perdit pas de temps en préambules mais ouvrit tout de suite le jeu.

1. En français dans le texte (N. du T.).

« Vous avez quelque chose à me dire, monsieur l'ambassadeur ? Je suis prêt à l'entendre. »

Ma propre entrée en matière était bien préparée et je la récitai aussi calmement que je pus :

« Monsieur le président, notre dernier entretien a abouti à une impasse. A présent, nous avons chacun à affronter une crise. Je désire y mettre un terme si je le peux et j'irai aussi loin que possible pour y arriver. La semaine dernière, j'ai visité les zones de combat. J'y ai vu de mes propres yeux ce que vous avez fait pour ce pays. Je reconnais volontiers votre réussite et je l'admire sans réserve. Je vous admire, vous aussi, bien que nous ayons eu des différends. Je respecte votre obstination et votre intégrité personnelle. Je reconnais les erreurs de notre politique et j'avoue ma propre étroitesse de vues en plusieurs domaines. D'autre part, je vous demande de reconnaître les difficultés de notre rôle et les problèmes que pose notre position équivoque, dans ce pays où nous pouvons conseiller mais non combattre, payer mais non contrôler, où nous n'avons pas voix au chapitre dans votre gouvernement mais où nous devons pourtant partager la responsabilité de ses fautes. J'espère que je me fais bien comprendre, monsieur le président ?

— Admirablement, monsieur l'ambassadeur. Poursuivez, je vous en prie.

— Reconnaître tout cela ne change pourtant rien à ma situation actuelle, ni à la vôtre. Laissez-moi vous montrer le véritable aspect des choses... Vos principaux généraux sont en révolte et complotent contre vous. Votre armée, ou du moins une partie de votre armée est au bord de la mutinerie. Vos administrateurs sont prêts à vous abandonner. Les bouddhistes vous sont hostiles, les catholiques partagés entre leur allégeance à Rome et les espoirs qu'ils ont mis en vous comme libérateur de la nation. Vous n'avez pas réussi à rallier le peuple à vos objectifs ou à votre personne. Vous nous avez insultés et éloignés de vous, nous qui sommes vos amis — et pourtant vous ne voulez faire aucune concession, pas même un geste, en vue d'un rapprochement. Pire encore, vous sachant isolé, vous avez menacé — à plusieurs reprises, monsieur le président — de vous embarquer dans une autre dangereuse aventure : un pacte avec Ho Chi Minh, dont vous espérez qu'il vous assurera une sécurité que vous n'avez pu obtenir par les armes, la diplomatie ou la simple loyauté !... Je suis ici, aujourd'hui, pour vous dire que nous sommes presque au bout de la route que nous avons suivie ensemble. Il est encore temps de faire demi-tour et de prendre un autre chemin. Mais si vous refusez, il vous faudra poursuivre seul — et il est peu probable que vous y surviviez ! »

Je dois dire en sa faveur qu'il prit la chose très calmement. Il resta un long moment silencieux, les yeux baissés, le regard fixé sur ses mains manucurées. Lorsqu'il parla enfin, ce fut du ton sans passion d'un conférencier soucieux seulement de convaincre par la force de sa logique :

« Monsieur l'ambassadeur, j'apprécie la franchise de vos propos et je crois à la sincérité de vos compliments comme de vos intentions. J'essaierai donc à mon tour d'être franc avec vous... Vous me parlez de révolte, de complots et de dissensions. Je sais qu'ils existent, et je sais mieux que vous qui y est mêlé. Mais regardez autour de moi : qui contrôle la situation ? Moi ! Non sans peine, je le reconnais, ni sans angoisse — mais je le fais. Et sur les champs de bataille, quels sont les ordres auxquels on obéit ? Les miens ! Je pense que vous me l'accorderez...

— Je vous l'accorde, mais il y a... »

Il m'interrompit du geste.

« Un instant, je vous prie... Vous me dites être convaincu de mon honnêteté et de la rigueur de mes vues. Pouvez-vous dire la même chose du général Dao, ou du général Khiet, ou de mon ami Tho, là-haut, dans le Nord ? Que savez-vous de ces hommes en dehors de ce qu'ils vous ont dit eux-mêmes ou de ce qu'on vous a dit sur eux ? Ce sont de bons soldats, oui. Mais sont-ils des économistes ? Des administrateurs ? Des financiers ? Des éducateurs ? J'ai vécu avec eux, j'ai moi-même comploté avec eux contre les Français et les Japonais. Je les connais ! Et je vous dis, moi, que Giap vaut cinquante d'entre eux. Vous pensez pouvoir en faire des hommes de gouvernement ? Laisseriez-vous le général Tolliver faire votre travail ou l'éliriez-vous président des Etats-Unis ? Comparez leur compte en banque au mien : je suis moins riche qu'eux, croyez-moi ! Vous ne trouverez pas un de vos dollars collé à mes doigts... mais aux leurs vous en trouverez beaucoup ! Que voulez-vous donc, monsieur l'ambassadeur ? Que voulez-vous ?

— Un règlement de vos différends avec les bouddhistes et avec les généraux ! Si vous le souhaitez, je suis prêt à offrir mes services comme médiateur.

— Je voudrais vous faire comprendre que c'est là une méthode occidentale, monsieur l'ambassadeur. Ce n'est pas la nôtre. Ils seraient ravis de votre médiation, ils se montreraient conciliants et raisonnables — et en même temps ils se répéteraient : « Cung est déjà « battu. Il a dû faire appel aux Américains. Dès lors, « demandons son petit doigt, et demain nous lui « arracherons le bras ! »

— Même cela pourrait être préférable à la mutinerie et à la rebellion !

— Non.

— Pourquoi ?

— Parce qu'une concession entraîne une nouvelle menace et encore une autre ensuite. Mieux vaut une épreuve de force qu'une lente défaite !

— Vous pourriez ne pas l'emporter.

— Si je suis abattu, monsieur l'ambassadeur, l'Amérique devra quitter le Sud-Vietnam. Pas immédiatement, peut-être, mais tôt ou tard. Vous êtes des gens étranges... Vous mangez vos amis comme des grains de raisin et vous crachez leur peau parce que vous leur trouvez un goût acide...

— Dans ce cas, monsieur le président, dites-moi ce que vous comptez faire.

— C'est très simple. Je compte me battre, mettre fin à la guerre et bâtir la paix pour mon peuple.

— Nous sommes ici pour vous y aider.

— C'est ce que vous croyez. En fait, vous nous donnez une arme et ensuite vous détruisez notre volonté de combattre. Vous intoxiquez le peuple avec vos idées occidentales sur l'individualisme et avec une conception de la liberté à laquelle nous ne sommes pas préparés.

— Je répète ma question : que voulez-vous ?

— Donnez-moi les armes, l'argent, les moyens de transport, les avions, et je mettrai très vite fin à la guerre. Mais vos gens et vous, allez-vous-en !

— Nous ne le pouvons pas, vous le savez. Nous nous sommes trop engagés.

— En fin de compte, vous êtes comme les Français, qui veulent garder un pied dans le living-room pour prouver qu'ils sont des amis... N'est-ce pas là du colonialisme à l'ancienne manière ?

— Il y a autre chose, monsieur le président : j'ai vu les armes que nous vous avons données tournées contre votre propre peuple. Pouvons-nous fermer les yeux là-dessus ?

— Ne les fermerez-vous pas lorsque les généraux viendront me tuer avec ces mêmes armes américaines ? Ou bien M. Harry Yaffa sera-t-il là pour presser la détente ?

— Cette discussion est stérile, monsieur le président. Vous ne pouvez survivre sans concessions, mais vous refusez de négocier, d'accepter une médiation. Vous voulez nos armes et notre argent, mais vous ne voulez pas de nous... Cela ferme toutes les portes — sauf une.

— Laquelle ?

— Vous pourriez démissionner — ou accepter un comité gouvernemental que vous présideriez.

— Démissionner ? s'écria-t-il d'un air sincèrement stupéfait. Demandez-vous à votre Président de démissionner parce que le Parti républicain est en désaccord avec sa politique ?

— En fait, oui — tous les quatre ans !

— Je ne le ferai pas ! Jamais ! Je ne me retirerai pas, comme Bao Daï, pour voir ce pays détruit !

— Toutes les portes sont donc fermées... sauf celle que vous essayez d'ouvrir secrètement : une porte qui donne sur le Nord !

— Cela vous scandalise, monsieur l'ambassadeur ?

— Profondément. C'est une monstrueuse folie !

— Pourquoi ? dit-il avec un sourire aimable et condescendant. J'ai survécu aux Américains. Je survivrai à mes généraux vénaux. Pourquoi ne survivrais-je pas à une alliance avec Ho Chi Minh ? Du moins parlons-nous la même langue...

— Pour l'amour de Dieu, est-ce donc là ce que vous souhaitez ?

— Non. C'est ce que vous pourriez me forcer à accepter... »

Je discutai encore avec lui pendant une heure sans arriver à l'ébranler : il ne céderait rien, ne modifierait rien, ne négocierait rien. Pour conclure il me demanda :

« Et maintenant, qu'allez-vous faire, monsieur l'ambassadeur ?

— Faire mon rapport à Washington et attendre des instructions. »

Il haussa les épaules, alla vers un rayon de livres, caressa du doigt le dos des volumes et en prit un. Il le feuilleta et se tourna vers moi en souriant :

« Vous aimez le Japon, monsieur l'ambassadeur... Voici une chose qui pourrait vous intéresser : *« Trois samouraïs rencontrèrent un coucou silencieux. Nobunaga dit : « Je tuerai ce coucou s'il ne veut pas chanter. » Hideyoshi dit : « Je vais l'inviter à chanter. » Iyeyasu dit : « J'attendrai jusqu'à ce qu'il chante... »* Je vous le demande, monsieur l'ambassadeur : lequel des trois avait raison ? Et lequel des trois êtes-vous ? »

IX

A SEPT heures, ce soir-là, une réunion capitale eut lieu à ma demande dans la salle de conférence insonorisée de l'ambassade. C'était une représentation de gala, où chacun devrait connaître sa partition et la jouer note par note, sans s'esquiver, jusqu'à la dernière mesure. Quant à moi, le chef d'orchestre, je devrais connaître par cœur le morceau tout entier, chaque note, chaque pause et chaque cadence. Je devrais diriger, harmoniser et interpréter ce qui, autrement, ne serait que cacophonie. J'avais déjà affronté cet orchestre, le jour de mon arrivée. Il s'était montré prudent et réservé. A présent c'était autre chose. Ses musiciens m'avaient vu diriger la difficile partition de la symphonie de Saigon. Ils savaient qu'elle était mauvaise et son exécution maladroite, mais du moins en avais-je saisi le rythme et l'avais-je respecté, malgré les sifflets, les huées et les pommes cuites du public. Ce soir, plus que jamais, ils comptaient sur moi.

Tandis qu'ils s'asseyaient et arrangeaient leurs

papiers, je m'amusai à caresser cette idée d'orchestre et de chef d'orchestre. Comme toutes les métaphores, elle contenait une part de vérité et une part d'inexactitude. L'inexactitude était la suivante : même si j'exécutais la partition avec une précision parfaite, je ne pouvais garantir la fidélité de mon interprétation, car elle demeurait toute personnelle et subjective. Que je fasse ressortir ici les bois, que je retienne là les cuivres, que j'impose un vibrato aux violons, une intervention de trop aux cymbales, un changement de rythme au triangle, et le compositeur s'agiterait dans sa tombe... Mais qui peut dire que le maestro triomphe, dès lors qu'il suit la partition ? Et d'ailleurs les auditeurs sont incapables de distinguer à la lecture un *pizzicato* d'un *glissando*... Tapons donc sur le pupitre, faisons taire les murmures — et en route pour le premier accord !

« ... Vous savez, messieurs, pourquoi nous sommes ici. Nous sommes aux prises avec une crise politique, et nous pourrions bientôt avoir affaire à une crise militaire. Je dois adresser un rapport à Washington, recommander une méthode d'action et, ensuite, il me faudra exécuter les ordres, qu'ils soient ou non en accord avec mes suggestions... Tout ce qui sera dit ce soir sera transmis à Washington. Vous avez le devoir de formuler vos opinions, comme Washington a le droit d'en tenir compte ou de les rejeter... A présent, laissez-moi vous dire où nous en sommes. »

Je leur exposai les faits, en leur rapportant mon dernier entretien avec le président Cung. Les experts de l'état-major de Tolliver analysèrent la situation militaire et Bœttiger, de la Section politique, précisa celle de la Thaïlande, du Laos, du Cambodge et du Sud-Vietnam. Yaffa parla au nom du C.I.A. Hennebury, de la Mission opérationnelle, exposa le point de vue de ceux qui étaient engagés dans les entreprises d'aide aux civils en collaboration avec le gouvernement. Enfin, je résumai le problème :

« ... Il semble donc que nous soyons en face d'une alternative très claire : ou bien nous ne bougeons pas et nous laissons les événements suivre leur cours; ou bien nous intervenons en faisant nettement entendre que nous souhaitons un changement de gouvernement et que nous sommes disposés à soutenir le compétiteur qui l'emportera. En termes plus simples : il s'agit de choisir entre Cung et une junte militaire. J'attends vos avis, messieurs... Général Tolliver ?

— S'il s'agit de choisir entre l'attente et l'action, monsieur l'ambassadeur, je me prononce pour l'action. J'ai plus de vingt mille hommes et un sacré tas de matériel stratégique disséminé dans tout le pays. Une mutinerie de l'armée ou une révolte des généraux les exposerait aux entreprises du Viet-Cong, voire même à celles des factions adverses sud-vietnamiennes. Je ne pense pas que nous puissions prendre ce risque. Si vous me forcez à choisir entre le président Cung et les généraux, je devrai choisir les généraux, parce qu'à mon avis l'influence de Cung diminue chaque jour. Tôt ou tard il sera renversé. Mieux vaut que ce soit maintenant, alors que l'armée est encore intacte, plutôt que lorsqu'elle sera peut-être déchirée par une mutinerie.

— Merci, général... Monsieur Hennebury ?

— J'ai peur de devoir me rallier au point de vue du général Tolliver, même si c'est pour des raisons légèrement différentes. Nous avons passé près de dix ans à mettre sur pied l'économie de ce pays, à aider son peuple à organiser une industrie, une agriculture, un commerce, des travaux publics, une éducation nationale et le reste. Nous avons, nous aussi, beaucoup de collaborateurs dans les campagnes, et ils doivent être protégés. Plus encore, je ne crois pas que nous puissions prendre le risque de sacrifier tous ces progrès, toutes ces preuves de la coopération et de la bonne volonté américaines, toute cette capacité de production à une alliance boiteuse entre le président Cung et Ho Chi Minh. Si un nouveau régime nous assure moins de risques et plus de temps pour compléter notre œuvre, je crois que nous devons opter pour lui.

— Monsieur Bœttiger ?

— De mon point de vue, ce choix semble trop catégorique et trop rigide. Sur le plan purement politique, le régime de Cung est loin d'avoir fait faillite — si seulement Cung acceptait de discuter. Malheureusement, nous ne pouvons savoir quel sens politique manifesterait une junte de généraux. Donc, sur le plan purement politique encore une fois, mieux vaut avoir affaire à celui que nous connaissons déjà... Le revers de la médaille, c'est bien entendu que Cung ne veut pas discuter et que la rébellion se dessine. Dès lors, même si c'est à contrecœur, nous sommes réduits à souhaiter un changement de régime.

— Monsieur Yaffa ?

— Le rôle du C.I.A. est de peser les risques de toute action politique. A notre avis, les risques du régime Cung sont graves et ils le deviennent un peu plus chaque jour. Une junte militaire conduite par le général Khiet aurait, au départ, le soutien des bouddhistes, des syndicats et de l'armée — ce qui représente beaucoup plus que ce dont dispose Cung. Nous conseillons donc de soutenir le général Khiet.

— Monsieur Adams ? »

D'ordinaire, Mel Adams était un orateur éloquent, toujours prêt à sortir ses arguments avec l'habileté d'un prestidigitateur manipulant un jeu de cartes. Ce soir, pourtant, il paraissait hésiter à se lancer. Je remarquai qu'il avait le visage jaune et tiré, et je me demandai s'il souffrait du foie ou d'une crise de paludisme. En temps normal, sa voix était claire et nette. Ce soir, elle était râleuse et je crus y déceler une trace de colère contenue :

« Vous nous avez dit, monsieur l'ambassadeur, que nous avons le devoir de formuler notre opinion. La mienne, j'en ai peur, sera mal accueillie, mais je tiens néanmoins à faire mon devoir. Voici donc ce que j'ai à dire. Je me permettrai de lire mes notes, pour qu'il n'y ait aucun malentendu sur ma pensée... Premièrement : je pense que l'ambassadeur commet une grave erreur lorsqu'il nous parle d'un choix net à faire entre le régime de Cung et un coup d'Etat que nous provoquerions. Nous ne devons pas faire un tel choix et Washington non plus, parce que nous n'en avons ni moralement ni légalement le droit... »

En cinquante mots, il avait fait régner dans la pièce un silence mortel et une tension presque physique. Tous les regards étaient fixés sur lui. Du même ton dur et décidé, il poursuivit :

« Deuxièmement : notre position est claire. Nous avons été invités à donner notre aide militaire et civile, à entraîner et à conseiller l'armée. Nous l'avons fait. Nous n'avons pas demandé et on ne nous a pas donné le droit d'intervenir dans les affaires intérieures d'un Etat souverain. Si nous le faisons en accordant des garanties tacites ou formelles à un groupe de comploteurs militaires, nous devenons des conspirateurs. Même si un changement de régime paraît être à notre avantage, en fin de compte ce n'est pas le cas car nous affaiblissons ainsi notre position et nous mettons en cause l'intégrité de notre objectif national. Troisièmement : nous traversons une crise, oui — une crise pleine de risques et de dangers. Mais si nous nous faisons les complices silencieux du renversement du gouvernement, nous risquons encore beaucoup plus. Si Cung lui-même ou n'importe lequel de ses ministres était tué à l'occasion d'un coup d'Etat, nous deviendrions par le fait même les complices et les responsables d'un assassinat politique. Cela, l'Histoire ne nous laisserait pas l'oublier. Quatrièmement : si un coup d'Etat a lieu sans notre intervention et si un gouvernement stable est ensuite constitué, alors nous serons libres de le reconnaître *de facto* sans nous déshonorer — nous-mêmes ou le pays que nous représentons. Dernier point : il y a longtemps que j'appartiens au Service; néanmoins, si notre ambassadeur recommande l'intervention, je suis personnellement résolu à demander mon changement de poste. Si Washington approuve cette intervention, je quitterai le Service, car je ne puis envisager d'appliquer une politique qui, à mes yeux, serait moralement condamnable, historiquement erronée et en tout état de cause déshonorante... »

Ce n'était peut-être pas le discours le plus sage, mais c'était certainement le plus courageux que j'eusse entendu durant toute ma vie. Je savais ce qu'il en avait coûté à Mel Adams de le faire, et je savais aussi de quel prix il aurait à le payer : toute une carrière et tout un mode de vie. Et pourtant, soudain, je me sentis envahi par la colère — contre lui, contre moi-même, contre le silence et l'embarras de nos collègues. Mais n'était-ce pas ce que j'avais demandé : des propos libres, une opinion sincère ? Pourquoi alors faisais-je la grimace, comme s'il se fût agi d'une potion amère ?

Mais la douceur et la dissimulation étaient mes armes et je ne voulais pas perdre la face en me livrant à des commentaires ou à une contre-attaque. Je passai donc à l'orateur suivant :

« Abordons la question de la sécurité de nos compatriotes et de leurs familles dans l'éventualité d'une action militaire dans la ville. Monsieur Lanker... ? »

Les exposés se poursuivirent encore pendant une heure et demie, mais sans apporter rien de nouveau. Le pointage final montra que la majorité était favorable à l'action et à un nouveau départ. A neuf heures et demi, je mis fin à la conférence et regagnai mon bureau pour dicter à Anne Beldon mon rapport destiné à Washington. Il ne fut pas long, mais il me fallut près de trois heures pour en venir à bout.

J'en ai une copie sous les yeux tandis que j'écris ces lignes. La première partie est un rappel des faits. Même aujourd'hui, je la trouve précise et juste. La seconde partie est un résumé des opinions de mes conseillers, fidèle, lui aussi, au compte rendu de la conférence. Pourtant, il contient un passage qui, lorsque je le relis aujourd'hui, me donne mauvaise conscience :

« ... *M. Mel Adams a déclaré de la manière la plus formelle qu'une intervention de notre part constituerait un acte illégal et mettrait en cause l'intégrité de notre objectif national; elle pourrait aussi faire de nous les responsables et les complices d'un assassinat politique. En théorie, je pourrais défendre moi-même ce point de vue. Toutefois, dans le dur contexte d'une épreuve de force, j'estime que nous ne pouvons pas nous offrir le luxe de l'idéalisme ou prendre le risque d'une inaction calculée...* »

La fin de mon rapport est un résumé de mes conclusions et de mes recommandations :

« ... *Il est évident, en conséquence, que toute décision que nous prendrons comporte une part d'incertitude, de risque et de danger, tous nos calculs étant basés sur une connaissance incomplète et un équilibre instable des forces en présence. Pourtant, si nous retardions cette décision, les événements pourraient échapper à notre contrôle. C'est pourquoi, avec une profonde inquiétude mais à défaut de toute autre solution, je me vois forcé de vous soumettre les termes de l'alternative : continuer à soutenir le régime et risquer la mutinerie, le désordre, l'isolement tactique — ou appuyer les généraux et donner au pays la possibilité de mettre fin à ses dissensions internes et de retrouver un semblant d'unité.*

Mon opinion personnelle est que le président Cung ne veut plus désormais écouter nos conseils et que nous ne pouvons plus travailler avec lui; nous ne pouvons non plus, en aucune façon, être liés à sa politique actuelle ni à celle qu'il projette de suivre. Le général Khiet et ses collègues ont donné à Harry Yaffa l'assurance qu'ils auront à cœur de protéger la personne de Cung et celle de ses ministres dans l'éventualité d'un coup d'Etat — mais ils n'ont fait aucune promesse formelle et je ne pense pas qu'ils le puissent, parce que Cung lui-même pourrait décider d'opposer une ultime résistance avec les forces qui lui restent fidèles. Dès lors, dans une situation déjà pleine de risques, je crois qu'il nous faut accepter également celui-là.

« Enfin, je tiens à répéter ce que j'ai dit dans mes précédents rapports. Je suis, moi aussi, un de ces risques. Mes conclusions peuvent se révéler erronées — mais elles sont fondées sur toutes les informations que j'ai pu recueillir.

« J'attends vos instructions et je les exécuterai dans toute la mesure de mes moyens.

MAXWELL GORDON AMBERLEY
ambassadeur. »

J'en avais enfin terminé. Je relus soigneusement la copie finale et la signai. Je regardai ma montre pour noter l'heure sur le bordereau d'expédition : il était un peu plus d'une heure du matin — cette treizième heure qui n'en est pas une mais une sinistre suspension du temps, une syncope entre l'illusion et la réalité...

Je remis le message à Anne Beldon en faisant une plaisanterie sans joie :

« Ce qui est écrit est écrit... Envoyez cela, Anne, et foutons le camp de cet endroit ! »

Elle me regarda d'un air inquiet et étonné et quitta la pièce. J'allumai une cigarette, mais lui trouvai un goût fade et déplaisant et je l'écrasai dans le cendrier.

Puis j'allai dans la salle de bain, et je me lavai les mains.

*

Cette nuit-là, je rêvai à nouveau. Le décor était le même : une plaine plate et déserte, inondée de lumière. Cette fois, pourtant, il n'y avait ni formes dansantes ni murs, mais seulement le ciel éclatant, la terre nue et moi. J'étais vêtu d'un *yukata* et de *tabi;* j'étais assis, les jambes croisées, les mains jointes dans mon giron, dans l'attitude du disciple. Je savais que j'attendais Muso Soseki et que, lorsqu'il viendrait, il aurait à me confier un grand secret. Peu m'importait d'être seul, peu m'importait qu'il se fît attendre. La patience et la discipline étaient un bien modeste prix à payer pour acquérir la connaissance d'un secret... Je fermai les yeux et me fis en esprit pareil à un vase vide, attendant d'être rempli. Je savais que mon maître approuverait cette attitude, qu'il l'attendait de moi. Au bout d'un long moment, j'ouvris les yeux, pensant voir Muso assis devant moi. Le paysage était toujours vide — à l'exception d'un petit oiseau brun qui se tenait près de moi et me regardait de ses petits yeux tristes, pareils à des perles éteintes. Nous nous regardâmes l'un l'autre pendant une interminable minute, et l'oiseau penchait la tête tantôt d'un côté, tantôt de l'autre, comme s'il eût essayé de comprendre ce qu'était ce personnage en peignoir et en chaussettes blanches. Je me sentis seul et j'essayai de parler à l'oiseau — mais il ne me répondit pas. Je savais que c'était normal, soit qu'il ne comprît pas mon langage, soit qu'il n'eût rien à me dire. Alors je lui demandai de chanter. Pour l'y inciter, je sifflai un petit air en me frappant dans les mains en cadence — mais il ne voulut ni chanter ni danser. A bout de souffle, je cessai de siffler et me mis à plaider ma cause, ce qui est une très grande chose pour un personnage aussi important qu'un ambassadeur. L'oiseau ne voulut toujours pas chanter. Je décidai donc de l'oublier et de me plonger à nouveau dans la contemplation — mais lorsque je rouvris les yeux, il était toujours là, silencieux et ironique. Alors, excédé, je levai la main et l'abattis sur sa tête penchée. Je sentis ses os se briser et son corps se tordre entre ma main et la terre plate. Pourtant, lorsque je levai la main, il n'y avait rien dessous, pas même une plume — et je me mis à pleurer, doucement, tristement, parce que j'étais tout seul et qu'il n'y avait même pas un oiseau prêt à chanter pour moi...

Je descendis déjeuner, les yeux rouges et le corps douloureux. Anne Beldon était déjà partie pour l'ambassade, mais la gouvernante me dit que Mel Adams m'attendait dans le salon. J'étais trop fatigué pour lui en vouloir. Je lui demandai de partager mon petit déjeuner. Lui aussi paraissait avoir mal dormi, mais il avait l'air calme et maître de lui.

« Je tiens à ce que vous sachiez, me dit-il, qu'il n'y avait rien, dans mes propos d'hier, qui fût dirigé contre vous. Je vous estime et vous m'avez toujours traité avec une gentillesse dont je vous suis reconnaissant. Mais hier soir, les circonstances étaient particulières. On nous demandait de prendre officiellement position. Je n'avais pas le choix : il me fallait parler selon ma conscience.

— Je le sais, Mel. Mais je n'ai pas beaucoup aimé la façon dont vous l'avez fait et j'en suis encore affecté. Il me semble que vous auriez pu me laisser tomber plus gentiment...

— C'est pour cela que je suis ici ce matin, monsieur

l'ambassadeur : pour vous demander d'excuser ma brusquerie. J'aurais pu vous dire les choses plus élégamment, j'aurais pu aussi commencer par vous préparer à ce que j'allais dire — mais je crois que j'avais peur...

— Peur de moi, Mel ?

— Non, monsieur : plutôt de moi-même, des subtilités et des ronds-de-jambe de notre métier, qui permettent si facilement de se mettre à l'abri et de jouer les dissidents en toute sécurité. Dans cette affaire, voyez-vous, je ne voulais plus penser à ma sécurité. Je devais brûler mes vaisseaux, couper les ponts et m'en tenir à ce que j'étais sûr de croire.

— Et vous le croyez sincèrement, Mel ?

— Oui.

— Voulez-vous que nous en discutions ?

— Non, monsieur. Je suis désormais comme Martin Luther :« *Telle est ma position; je ne puis en changer...* » Mais je voudrais que vous acceptiez mes excuses.

— Je les accepte. J'espère que vous me croyez également sincère dans mes convictions.

— J'en suis sûr.

— Et maintenant, Mel ?

— Consentiriez-vous à me dire ce que vous avez conseillé à Washington ?

— De soutenir les généraux.

— Dans ce cas, vous comprendrez que je demande mon transfert ?

— Je pense que c'est indispensable pour votre propre bien. J'appuierai votre demande.

— Merci, monsieur... Vous allez avoir fort à faire pendant quelque temps. Je ne veux pas me soustraire à mes responsabilités. Je suis tout disposé à poursuivre mon travail.

— Tout bien pesé, Mel, je crois qu'il vaudrait mieux que vous tombiez malade... Je suis sûr que vous pourriez vous trouver une maladie diplomatique qui vous retiendrait chez vous pendant un certain temps...

— Si vous pensez que c'est nécessaire, monsieur...

— Je pense que ce serait... opportun, comme dirait Harry Yaffa. »

Cette allusion le fit rire et nous nous détendîmes. Pendant un moment, nous restâmes silencieux, à fumer une cigarette et à regarder les oiseaux qui picoraient dans le gazon humide. Puis Adams me dit d'un ton hésitant :

« Si je ne suis pas encore tout à fait hors du jeu, j'aimerais pouvoir faire une suggestion.

— Allez-y.

— Si Washington décide d'appuyer les généraux, je crois que vous devriez faire un marché avec eux : que le président Cung soit pris vivant et confié à notre ambassade pour être conduit sans encombre hors du pays. »

Je réfléchis un instant et rejetai cette suggestion :

« Nous ne pouvons pas faire cela, Mel. Le soulèvement deviendrait alors une aventure parrainée par les Américains...

— N'est-ce pas le cas ?

— Mais personne ne peut le prouver, à moins de savoir tout ce que nous savons ! En revanche, si nous acceptons de prendre Cung en charge et de l'envoyer en exil, nous nous mettrons dans le cas des Anglais envoyant Napoléon à Sainte-Hélène. Impérialisme à l'ancienne mode et esprit de vengeance... Comment admettre cela ?

— Serait-ce plus pénible à admettre qu'un assassinat ?

— L'assassinat est un risque, ce n'est pas une certitude. Je ne crois pas que les généraux soient plus désireux que nous de tuer Cung.

— Ils préféreraient sans aucun doute le savoir mort.

— Encore une hypothèse !

— Je vous en prie, monsieur... Ce que j'essaie de faire, c'est vous prémunir, vous, l'ambassade et le pays, contre cette hypothèse.

— C'est impossible, de la manière que vous suggérez.

— Présentons les choses autrement : si Cung venait chercher refuge à l'ambassade, le lui accorderions-nous ?

— Oui.

— Insisterions-nous pour qu'il puisse quitter librement le pays ?

— Oui — mais nous ne pourrions le lui garantir.

— Très bien. Il me semble que c'est assez clair... »

Il repoussa sa chaise et se leva.

« Je vous remercie pour le café, monsieur, et je suis heureux que nous ne soyons pas devenus des ennemis. Je vais mettre de l'ordre dans mes papiers, à l'ambassade; après quoi, je verrai le médecin. Je suis sûr que je couve quelque chose... »

Lorsqu'il fut parti, je restai un long moment immobile, à penser à Mel Adams. Dans un sens, ceux qui le critiquaient avaient raison de le trouver trop sec pour faire un ambassadeur. Il lui manquait la décision, l'amoralisme et l'opportunisme qui font les négociateurs de grande classe. Il était trop lucide pour être séduit par les triomphes précaires de la profession. Il tenait trop à ses principes pour pratiquer avec bonheur l'art du possible. Il manquait aussi du détachement, voire du cynisme nécessaires pour mettre en balance les profits et les pertes d'une entreprise, leur montant se calculât-il en sang humain. Dans le monde flottant de la diplomatie internationale, il pourrait même se révéler dangereux — tel un saint reclus, ignorant la méchanceté, prêchant une croisade enfantine contre les puissances du Mal tandis que les mercantis et les détrousseurs s'amasseraient comme des vautours pour exploiter les innocents.

D'autre part, c'était un homme d'une espèce trop rare pour qu'on l'abandonnât. Les patriotes étaient dépréciés, en ces temps sans grandeur. Ils étaient des amants insensés, jaloux de ceux qui calomniaient l'honneur de leur Dame; des chevaliers passionnés qui, même si elle se montrait légère et vénale, continuaient à défendre le souvenir de son ancienne vertu. Sans ces amoureux-là, nous, les malins et les habiles, nous serions bien pauvres... Nous ne brûlions pas les vaisseaux, nous ne coupions pas les ponts, oh ! non — mais Dieu sait que nous les vendions volontiers ! Nous n'étions pas des martyrs, nous, parce que le martyre était toujours sale et jamais « opportun », sauf pour les marchands de reliques et de légendes. Nous ne clamions pas les vérités sur les toits, parce que, Pilates sarcastiques, nous nous détournions de la vérité, lui préférant les prophètes de quatre sous et ceux qui lisaient dans le marc de café... Notre seul regret était de n'avoir qu'une vie à donner à notre pays : pourquoi diable, dès lors, la risquer dans un jeu de dupes ?

Sur la pelouse, les oiseaux picoraient toujours, parce que plus tard, lorsque le soleil apparaîtrait, la terre se durcirait et la nourriture se ferait rare. C'était pour cela que l'oiseau le plus matinal était celui qui attrapait le plus de vers — et que les vrais patriotes posaient un problème dans le *demi-monde* [1] de la diplomatie...

Je me sentis plus que jamais un citoyen de ce demi-monde lorsque, en arrivant ce matin-là à l'ambassade, j'y trouvai un carton du ministre des Affaires étrangères m'invitant à assister à un dîner présidentiel à l'occasion de l'anniversaire de la Libération nationale du Sud-Vietnam. Il y avait une amère ironie dans le fait que, doyen du corps diplomatique, j'eusse à prononcer un toast en l'honneur du président Cung, tandis que son ministre des Affaires étrangères lèverait son verre en l'honneur du Président des Etats-Unis. C'était là du pur Toulouse-Lautrec, et je regrettai qu'il fût mort : quel tableau cela lui eût inspiré ! Peu importait que le

1. En français dans le texte. (N. du T.).

chirurgien vînt tout juste de partir et que les maquereaux jouassent du couteau dans les ruelles — les affaires devaient continuer dans le bordel des Nations ! Voyez le joli spectacle : nous nous bagarrons un peu, nous trahissons quand il faut, parfois quelqu'un est jeté par la fenêtre — mais nous sommes toujours des amis, n'est-ce pas ? La musique joue, les dames sont vêtues comme des princesses, il y aura du champagne, des discours, on dansera peut-être un peu avant d'aller se coucher... Du moins aurions-nous dansé s'il n'y avait pas la guerre, les bonnes manières et le souci de notre moralité. Mais les discours, eux, seraient de bonne qualité : « En dépit de nos différends occasionnels, nous sommes toujours amis et alliés dans ce combat contre la tyrannie communiste... Votre noble Président... Mon noble Président... Mon noble derrière ! » Et tout en faisant mon discours, je saurais que je mentais, Cung le saurait aussi, et le général Dao, constellé de décorations, sourirait dans son verre et me reconnaîtrait comme un des siens.

J'avais encore l'invitation à la main lorsque Harry Yaffa vint me demander s'il y avait des nouvelles de Washington. Je lui dis que c'était beaucoup trop tôt et qu'en tout état de cause ce que nous pouvions espérer de mieux serait un ordre d'attendre que mon rapport ait été étudié par le Département d'Etat, le Pentagone et la Maison Blanche. Il voulut néanmoins que nous nous mettions tout de suite d'accord sur un point : si Washington était disposé à appuyer les généraux, quand et comment le mot d'ordre serait-il donné ? Je jetai le carton d'invitation sur la table. Il le lut avec un sourire. Yaffa avait du goût pour ce genre d'ironies du sort — et je me dis que, puisqu'il me fallait les supporter, autant valait m'en amuser, moi aussi.

« Voilà le moment où le mot sera donné, s'il doit l'être, monsieur Yaffa, dis-je. Et ce sera un toast *« au vaillant peuple du Sud-Vietnam » !*

Il éclata d'un rire ravi !

« Merveilleux, monsieur l'ambassadeur ! Merveilleux ! Quelle belle occasion ! Il y aura au moins deux des généraux — peut-être tous les quatre, selon que Cung voudra les séduire ou les effrayer. Cela ne pouvait mieux tomber... »

Il riait encore lorsque Anne Beldon entra, manifestement de mauvaise humeur. Elle posa brutalement une pile de lettres devant moi, en prit une autre dans une corbeille et ressortit en claquant la porte. Yaffa haussa les épaules et me jeta un regard en biais :

« Elle n'a pas l'air de très bonne humeur, ce matin, dit-il.

— Elle a travaillé tard. Je pense qu'elle est fatiguée, comme nous tous. »

En réalité, je savais qu'elle était furieuse contre moi et j'aurais voulu trouver le temps et les mots appropriés pour lui dire à quel point j'avais besoin de sa compréhension. Mais Yaffa avait d'autres choses à discuter avec moi et, pour la première fois, sa compagnie m'était agréable. J'en avais assez des souffleurs, des confesseurs et des accusateurs. Je faisais à nouveau partie des professionnels, pour qui un homme n'était pas un Judas parce qu'il faisait la meilleure affaire possible sur un mauvais marché. Yaffa s'enfonça dans son fauteuil en époussetant le revers de sa veste.

« En ce qui concerne le sort du président Cung après le coup d'Etat, dit-il, je crois que nous avons eu gain de cause... Je n'en ai pas parlé hier, à la conférence, parce que, pour être franc, étant donné la manière dont vous m'avez mis au pied du mur, je ne suis toujours pas en mesure de garantir quoi que ce soit. Mais enfin voici comment cela se présente : j'ai parlé au général Khiet, à Dao, à Tho et au quatrième homme, Thuyen. Tous sont d'accord : ils ne veulent pas être accusés d'assassinat. Mieux : ils ont conclu un marché entre eux. Le général Thuyen, le spécialiste de l'artillerie, est un cousin de Cung du côté maternel. Lorsqu'il a été invité à se joindre à la conspiration, il a posé comme condition que la sécurité de Cung soit garantie par le reste de la junte.

— Harry, voilà la meilleure nouvelle que vous m'appreniez depuis trois fichues semaines ! »

Il eut un sourire satisfait mais l'accompagna d'un geste prudent.

« Je savais que cela vous ferait plaisir, dit-il, mais comprenez-moi bien : il n'y a rien de certain, étant donné que Cung lui-même n'est pas dans le coup. S'il décide de se battre, personne ne peut affirmer qu'il ne sera pas touché par une balle.

— Bien sûr. Mais l'ordre sera donné de le prendre vivant si c'est possible ?

— Les généraux sont d'accord sur ce point. Je ne sais pas — et ils ne me diront pas — quels ordres seront donnés et comment ils seront appliqués, mais je crois qu'il vaut mieux que nous n'en sachions rien.

— Sans doute. Etes-vous d'accord pour que je fasse savoir la chose à Washington ?

— Bien entendu.

— Bon. Faisons-le tout de suite. »

J'appelai Anne Beldon et lui dictai un nouveau message pour Festhammer :

« *Suite à mon rapport C.I.A. m'informe généraux disposés à faire tous efforts pour prendre président Cung vivant en cas de coup d'Etat. Cet accord obtenu à la demande général Thuyen, parent de famille Cung. N'en espérions pas autant, même si accident toujours possible. Tiens aussi à souligner Yaffa a fait de son mieux dans cette affaire et rempli efficacement mission.* Signé : AMBERLEY. »

Lorsque nous fûmes seuls à nouveau, Yaffa me dit d'un ton sérieux :

« Je vous ai sous-estimé, monsieur l'ambassadeur. Permettez-moi de vous dire que vous avez beaucoup plus d'envergure que je ne le pensais.

— Merci du compliment, Harry...

— Je le pense vraiment. Ce métier est dur. On y reconnaît très vite les hommes des petits garçons.

— Qu'est-ce qui *vous* l'a fait choisir, Harry ? »

Il me jeta un bref coup d'œil inquisiteur, haussa les épaules et reprit son attitude ironique :

« Je crois que je suis un intrigant-né. J'aime ce que je fais. Je n'ai pas beaucoup d'estime pour la nature humaine, ni d'ailleurs pour moi-même. L'homme est, au mieux, un animal à demi civilisé; il lui faut donc un agent de police pour l'obliger à bien se tenir dans la rue et des types comme moi pour tenir à l'œil les cartes qu'il cache dans sa manche lorsqu'il joue au poker international... Je suis un bon chien de garde, parce que je n'ai aucune illusion sur rien. Si votre meilleur ami ne s'intéresse pas à l'argenterie de la famille, il est probable qu'il a le béguin pour votre femme. Les gens sont aussi honnêtes qu'ils peuvent se le permettre — et quand il s'agit de fesses ou d'ambition, de goût du pouvoir ou de plaisir, ils ne le sont pas du tout. Je suis moi-même un drôle de numéro; dès lors rien ne me surprend, rien ne me choque et je suis toujours prêt à miser sur tous les tableaux. Ce qui fait de moi un bon agent secret, sinon tout à fait l'homme que vous aimeriez voir votre fille épouser...

— Avez-vous au moins confiance en vous-même ?

— Plus qu'en n'importe qui, parce que je me connais mieux que la plupart des autres — même si je m'aime moins.

— Voilà une philosophie bien froide, Harry.

— Nous vivons dans un monde froid, monsieur l'ambassadeur... Mais à ma manière, ça m'amuse. Quand ça ne m'amusera plus, j'abandonnerai la partie. (Il eut un petit rire sans joie.) C'est un des avantages de mon métier : je connais un tas de moyens faciles de mourir ! »

Lorsqu'il fut parti, Anne Beldon revint travailler. Elle avait le visage pâle et fatigué et son attitude était guindée. Nous travaillâmes pendant près d'une heure. Lorsque nous nous interrompîmes pour le café, je lui demandai ce qui la tracassait. Elle était trop franche pour se dérober :

« Vous ne devriez pas me poser cette question, monsieur l'ambassadeur, répondit-elle simplement. Cela me met dans une position fausse. Je suis une secrétaire : on me paie pour faire mon travail sans commentaires et en gardant mes opinions pour moi.

— C'est ce qui s'est passé qui vous ennuie ? Mon rapport à Washington ?

— Cela... et d'autres choses.

— Je voudrais connaître vos pensées.

— Vous n'y avez aucun droit.

— C'est exact. Mais laissez-moi vous dire quelque chose, Anne : je vous aime beaucoup. Je compte beaucoup sur votre aide et, je l'avoue, sur votre affection. J'aimerais penser que vous avez assez confiance en moi pour ne rien me cacher. »

Je crus un instant qu'elle allait fondre en larmes, mais elle se ressaisit et me dit :

« J'ai honte, c'est tout. J'ai honte de la manière brutale et sans ménagement dont nous disposons de la vie et de la destinée des gens, comme si... ma foi, comme si c'était du bétail. Oh ! je sais, il s'agit de politique, de diplomatie, de nécessités militaires et tout le reste ! Mais qui, dans tout cela, pense aux gens ou parle pour eux ?... Mon amie, qui a accouché la nuit dernière pendant que son mari se battait dans le delta, le petit garçon à qui j'apprenais l'anglais pour qu'il puisse lire nos livres scolaires et faire ses études de médecine en Amérique, la petite religieuse française à qui je donne mes vieux vêtements et qui les répare pour les prostituées hospitalisées : où étaient-ils, hier soir, quand vous parliez tous d'un marché avec les généraux ?

— Ils étaient là, Anne, croyez-moi...

— Mais qui a parlé en leur nom ? Mel Adams, seul — et personne ne l'a écouté, personne ne s'en est soucié.

— Vous êtes injuste, et vous le savez.

— Je me le demande... Nous sommes revenus ici, vous m'avez dicté votre message pour Washington et je n'ai toujours pas entendu un mot touchant les besoins du peuple, ses craintes, et ce qu'il désire : rien qu'un peu de calme et la possibilité pour ses fils de grandir sans entendre le canon tonner ou sans voir un homme armé à chaque coin de rue...

— Je vous ai déçue, Anne ?

— Oui. J'espérais... Oh ! Je ne sais même pas ce que j'espérais ! Mais vous étiez si ferme et vous paraissiez si patient, si sage, que je pensais que vous ne céderiez jamais à toutes ces pressions. Lorsque vous me parliez de l'Asie, le soir, de ce qu'il y a de permanent sous tous les changements, de la continuité qui se moque du temps, j'espérais tant — trop peut-être ! Quand vous m'avez montré le talisman de jade du Numéro Un et m'avez dit ce qu'il signifiait, j'ai pensé : « Voilà un homme qui comprend « vraiment et qui veut servir non pas une politique

« mais le peuple. » Mais vous ne l'avez pas fait ! Et maintenant que Mel est parti, il n'y a plus personne pour penser au bébé qui est né hier — il n'est plus question que de ces maudits généraux ! »

Elle pleurait, à présent, et je voulus la réconforter — mais elle s'écarta brusquement de moi.

« Non, ne me touchez pas ! Je ne pleurerai plus. Je vais me laver la figure et je serai une bonne secrétaire. Mais je haïrai toujours ces trente jours ! »

Je n'étais pas préparé à une discussion de ce genre, qui me laissa désemparé. D'ailleurs le temps des discussions était passé et je n'avais ni l'envie ni la force de m'enfoncer derechef dans le labyrinthe. Pourtant, l'éclat d'Anne me troubla profondément et réveilla en moi tous les doutes et les sentiments de culpabilité qui se cachaient au fond de l'eau du bassin. Qu'avait-elle attendu de moi ? Que je parte comme un fou à l'assaut des moulins à vent, pour pouvoir me relever, panser ma tête saignante et plaindre un héros crotté ? Etais-je un monstre parce que je comprenais la vraie nature de la société, où celui qui sait doit décider et le fort agir, faute de quoi un plus malin et un plus fort agiront à sa place et fermeront la bouche des innocents avec du foin au lieu de pain ? Etais-je plus coupable parce que j'acceptais les risques de la décision au lieu de me laisser aller aux craintes tremblotantes des scrupuleux ? Mel Adams m'avait attaqué durement, mais il ne m'avait pas mis en cause avec une telle amertume. Il est vrai que Mel Adams n'était pas une femme et qu'il me jugeait suivant d'autres critères.

Qu'elle l'avoue ou non, une femme juge toujours un homme comme l'amant qu'il pourrait être. Si ce visage repose sur l'oreiller près du sien, le regardera-t-elle avec amour ou avec aversion ? Si leurs corps s'unissent, leurs cœurs et leurs esprits le feront-ils aussi ? Si elle pleure, saura-t-il la réconforter, et rire avec elle si elle rit ? Lorsqu'elle se livrera à lui, saura-t-il lui donner confiance et tendresse, la défendre contre les terreurs de la nuit et la petite mort de chaque jour ? Etait-ce ainsi qu'Anne Beldon m'avait considéré ? Et en quoi m'avait-elle jugé décevant ?

Pendant toute la journée, cette question me tracassa comme l'eût fait un caillou dans ma chaussure. J'avais été heureux avec Gabrielle. Je savais, j'étais certain de l'avoir rendue heureuse, elle aussi : elle avait une âme trop libre et trop forte pour supporter une union malheureuse. Mais je me rappelais ce qu'elle m'avait dit quelques jours avant sa mort. Elle savait qu'elle allait mourir et elle était très calme. Un soir, alors que j'étais assis dans sa chambre et que je lui faisais la lecture, elle avait posé sur la mienne une main amaigrie et m'avait dit doucement :

« Tout a été parfait entre nous, Max... J'espère que tu n'auras pas à le payer trop cher. »

Je lui demandai ce qu'elle voulait dire par là, et elle me répondit avec une immense tendresse :

« Je t'ai été tellement nécessaire... C'est une chose merveilleuse, pour une femme. Tu m'as tant donné, tu m'as tellement fait confiance... Tu ne t'es jamais soucié que de moi. Je me suis souvent demandé si tu croyais en quelque chose en dehors de moi — en un dieu, en une foi, fût-ce en une autre sorte d'amour. Que te restera-t-il quand je ne serai plus là, mon chéri ? En quoi croiras-tu encore ? »

Eh oui, en quoi ? Et parce que je n'avais pas trouvé un autre objet de foi, ma vie n'était plus qu'une habitude, une servitude confortable envers un ensemble d'idées que je n'avais jamais discuté et un monde matériel dont je n'avais jamais exploré le mystère. Là-dessus, me regardant du fond du miroir d'eau, m'apparaissait le visage de mon être véritable : l'homme irrésolu que Cung méprisait, l'opportuniste que Yaffa avait fini par admirer, le chercheur sans conviction que le jeune Groton avait essayé d'entraîner sur le chemin de l'illumination, le satrape qui signait des arrêts de vie et de mort et qui, la nuit, rêvait d'oiseaux muets dans un désert brillant...

Ma rêverie fut interrompue par une feuille de papier jaune qu'Anne Beldon posa sur mon bureau. C'était une première réponse de Festhammer :

« *Votre exposé situation bien arrivé; actuellement en discussion. Président me charge de vous exprimer ses remerciements personnels pour lucidité et objectivité de votre rapport. Compliments de tous. Vous avertirai dès que décision sera prise.* FESTHAMMER. »

Lorsque je levai les yeux, Anne Beldon n'était plus là et j'étais à nouveau seul — ce qui était regrettable, car à présent une question se posait pour ma défense : si j'avais eu la foi de saint Jean de la Croix ou l'illumination sereine de Muso Soseki, aurais-je fait mieux ?

Il n'y avait plus personne pour me le dire...

*

Tard dans la soirée, George Groton revint du Cambodge. Il avait mauvaise mine, à cause d'une intoxication alimentaire, mais était surtout furieux contre Harry Yaffa, qui, disait-il, l'avait chargé d'une mission impossible. Pnom Penh était le lieu d'élection de la moitié des agents secrets amateurs et professionnels du Sud-Est asiatique et, pour un nouveau venu tel que lui, il était hors de question d'y accomplir un travail utile en quelques jours. Assez sagement, il avait donc décidé de se distraire et de passer quelques jours à visiter Angkor. Là-dessus il était tombé malade et avait dû passer le reste de son séjour dans sa chambre d'hôtel. Je ne pus m'empêcher de sourire de son échec et de l'astuce de Yaffa, qui l'avait habilement éloigné pendant la nouvelle crise bouddhiste.

Nous dînâmes ensemble — ou plutôt je mangeai pendant que Groton se contentait de boire du thé et de grignoter tristement un toast sans beurre. Je lui résumai les événements de la semaine, la conférence finale et mon rapport à Washington. Quand je lui parlai de Mel Adams et d'Anne Beldon, il me dit :

« Je sais ce qu'ils ressentent, monsieur, parce que c'est ce que je ressens moi-même. Je n'ai pas assez d'expérience ou d'informations pour formuler un jugement posé, mais d'instinct je me rallie au point de vue d'Adams. Les gens ont le droit de décider de leur avenir même s'ils le font par leur simple inaction. Je connais aussi l'autre point de vue, selon lequel ils sont en tout état de cause prisonniers de la politique des grandes nations, ils sont soumis chaque jour à des campagnes de subversion et d'intoxication politique et, qu'ils le veuillent ou non, le XXe siècle va plus vite qu'eux... Mais quoi qu'il en soit, cette méthode du pistolet sur la table et du fait accompli me semble dangereuse, ne serait-ce que parce que nous ne pouvons en mesurer les conséquences.

— Vous ne m'approuvez donc pas non plus, George ? »

Il rougit et me répondit d'un air embarrassé :

« Je vous ai dit que je manquais d'expérience et de connaissance, monsieur. Ce que j'exprime là est un point de vue tout personnel.

— Mettez-vous à ma place. Qu'auriez-vous fait ?

— C'est une question délicate, monsieur.

— Elle vous fait peur ?

— Non, mais je ne suis pas qualifié pour y répondre.

— Bon. Disons donc que vous avez le sentiment que je me trompe. Que croyez-vous que j'aurais dû faire ? »

Je m'en voulais de le harceler ainsi; mais j'avais désespérément besoin d'un appui, ou au moins d'une espèce d'absolution en échange de l'affection que je lui avais donnée, et j'étais irrité par son refus entêté d'accepter la discussion. Il y eut un long silence. Finalement, Groton releva la tête et me regarda bien en face.

« Vous voulez une réponse, monsieur ? La voici... Je crois que ce qu'il nous faut apprendre, c'est l'art de l'inaction prudente. Je ne pense pas que nous le connaissions déjà, parce que nous sommes trop vulnérables à la presse et à l'opinion publique. L'homme qui sauva Rome des Carthaginois fut surnommé « le Temporisateur ». J'espérais, comme beaucoup d'autres, que vous seriez assez fort pour être un tel homme... Vous en avez décidé autrement. La suite dira peut-être que vous avez eu raison. Ce qui m'amène à un second point. Je suis un fonctionnaire de second rang. Mes opinions, qu'elles soient justes ou fausses, n'ont pas de poids. Je ne suis donc pas obligé de faire un choix aussi catégorique que Mel Adams. Cela pourrait m'arriver un jour ou l'autre — qui sait ? Mais pour l'instant... »

Il s'interrompit d'un air gêné. Je le poussai :

« Pour l'instant, George ?

— Je suis engagé envers vous... Non, ce n'est pas le mot qui convient : disons que vous m'avez manifesté de la confiance, de la gentillesse et, je crois, une certaine affection. Je veux vous les rendre, et je ne peux le faire en me contentant d'approuver ce que vous faites — ou même ce que vous êtes. Je me sens obligé de vous dire qu'à mon avis vous avez tort, cruellement tort ! Je crois que vous vous êtes fait à vous-même une chose que vous ne pouvez pas encore définir. Mais si peu que je compte, je suis toujours à votre service. Je ne sais pas si je me fais bien comprendre. C'est un peu une affaire de famille, comme le fait de mettre son père au lit quand il a trop bu et de soigner sa gueule de bois le lendemain matin... »

C'était là une déclaration d'amitié bizarre et gauche; et je le lui dis lourdement :

« Pour un diplomate en herbe, George, vous utilisez un langage bien peu diplomatique...

— C'est parce que vous me poussez à bout, monsieur ! dit-il avec une amertume qui me heurta. Vous en demandez trop : une approbation sans réserve de tout ce que vous faites, une fidélité sans questions. Vous agissez comme un juge impitoyable et vous voulez ensuite que vos amis vous félicitent. Si vous voulez être pardonné, fort bien — mais alors c'est un confesseur qu'il vous faut et non pas un collègue ou un jeune assistant...

— En voilà assez, George !

— Non, monsieur ! c'est trop ou trop peu, du diable si je le sais ! Mais je ne trouve pas les mots...

— Dans ce cas, je vous suggère d'aller vous coucher et de vous calmer.

— Je ne suis pas de service, monsieur. J'ai l'intention d'aller boire un verre au Caravelle.

— Bonne idée. Demain matin, vous vous rendrez peut-être compte que vous me devez des excuses... »

Il se leva et resta un instant immobile, l'air mal à l'aise. Il avait l'air si jeune et si malheureux que je me sentis touché, mais ma colère m'empêcha d'avoir un geste de gentillesse. Il dit encore :

« Ces excuses, je vous les présente tout de suite, monsieur. J'ai manqué de respect à un supérieur. Je le regrette.

— C'est bien. Nous ne parlerons plus jamais de cela, George.

— Merci, monsieur. Bonne nuit. »

Je terminai seul mon dîner. Après quoi, avide d'une compagnie, je téléphonai au général Tolliver et traversai la ville pour aller faire une partie de billard avec lui et deux de ses collaborateurs. Nous jouâmes jusqu'à minuit. J'étais heureux de me retrouver parmi des hommes de métier et je me jurai de ne plus jamais leur préférer les rêveurs et les idéalistes.

X

A TROIS heures du matin, à la Polyclinique du boulevard Lé Loï, George Groton mourut dans mes bras.

Les circonstances de sa mort furent simples, brutales et si affreusement bêtes qu'aujourd'hui encore je ne puis y penser sans une poussée de colère et d'amertume. Après m'avoir quitté, il avait gagné à pied l'hôtel Caravelle et était monté au huitième étage, au bar Jérôme-et-Juliette, qui était — et est encore, je crois bien — le lieu de rencontre traditionnel des journalistes de Saigon. Il avait commencé à bavarder avec un photographe nommé Charles Kubrick, Leonard Garbutt, correspondant de l'U.P.I., et Gerry Avallone, du réseau radiophonique A.B.C. Un peu après onze heures, Kubrick leur avait proposé d'aller dans une boîte de nuit boulevard Tran Quy Cap, le Baccara. Ils avaient pris un taxi devant le Caravelle et traversé la ville. Rien n'indiquait qu'ils eussent été suivis et l'endroit où ils allaient n'avait rien de suspect : c'était un bar-restaurant bien connu, avec un chef français, un orchestre vietnamien et une troupe d' « hôtesses » ni plus belles ni plus vertueuses que les autres. Comme Gerry Avallone devait me le dire ensuite : « Le linge y est propre, la cuisine mangeable, les alcools convenables — et de toute manière où voulez-vous qu'on aille, dans cette saloperie de ville ? » En outre, comme toutes les autres boîtes de Saigon, le Baccara avait son équipe d'agents de la police secrète — trois jeunes « durs » qui s'asseyaient toujours à la même place, en face de la porte, se réservaient les plus belles « hôtesses » et surveillaient les clients avec un dédain cynique.

Les quatre hommes y avaient passé une heure à bavarder avec les filles et à écouter l'orchestre, puis Garbutt avait décidé de passer à son bureau pour déposer un article avant d'aller se coucher. Groton, qui était fatigué, était parti avec lui. En sortant, ils avaient demandé au portier de leur trouver un taxi. L'homme les avait laissés au bord du trottoir, et s'était éloigné d'une vingtaine de mètres, jusqu'au coin de la rue, pour appeler ledit taxi. Avant même qu'il eût atteint le coin, il avait entendu une voiture roulant à vive allure remonter le boulevard. Il s'était retourné et avait vu une Citroën noire arriver à la hauteur des deux hommes. Il y avait eu une explosion. Groton et Garbutt étaient tombés. Le portier s'était jeté par terre, la voiture avait filé et, quand il s'était relevé et avait couru jusqu'à l'entrée du Baccara, Garbutt était mort et Groton, la poitrine ouverte, vomissait du sang sur le trottoir. Ce n'était qu'un autre de ces attentats, apparemment absurdes mais froidement calculés, par lesquels le Viet-Cong maintenait la ville dans un état constant de tension et de terreur. N'importe quelle victime faisait l'affaire — une fille de bar, un parachutiste, un marchand de cacahuètes grillées. Ce soir-là, ç'avaient été deux étrangers à la sortie d'un bar...

Et George Groton reposait donc à la Polyclinique, pâle comme la cire et crachant une écume sanglante, tandis qu'une vieille religieuse disait son chapelet et que Mel Adams, Anne Beldon et moi-même, debout au pied de son lit, attendions, impuissants, qu'il rendît le dernier souffle. Son agonie fut longue et douloureuse. Je me surpris à prier désespérément quelque Dieu de mon enfance de le délivrer rapidement de ses souffrances et de m'accorder fût-ce le plus petit signe de réconciliation entre mon fils adoptif et moi-même.

Juste avant trois heures du matin, il ouvrit les yeux et je crus deviner qu'il me reconnaissait. Je lui pris la main et me penchai vers lui pour lui parler doucement, tendrement, comme à un enfant. Ses doigts se crispèrent sur les miens et j'en déduisis qu'il m'avait compris. Puis il se remit à tousser, à lutter douloureusement pour retrouver son souffle. J'entourai ses épaules de mon bras pour le soulever un peu, mais il poussa un cri étouffé et sa tête retomba sur sa poitrine. Il était mort.

La religieuse lui ferma les yeux, essuya ses lèvres sanglantes et s'agenouilla pour dire la prière des morts. D'instinct, nous nous agenouillâmes comme elle. Alors, quelque chose se brisa en moi et je me mis à sangloter comme un gosse, en pressant mon visage contre sa main sans vie.

Ce furent les dernières larmes que je versai. Même lorsque nous l'enterrâmes, au son des clairons et du canon, et lorsque je jetai sur son cercueil la première pelletée de terre, je ne pus pleurer. Mon cœur était devenu de pierre. Je haïssais cette terre boueuse où il était enseveli, cette ville malfaisante et dangereuse, les visages fermés de ses habitants — et par-dessus tout, je me haïssais moi-même.

La diplomatie est ce qui ressemble le plus au mouvement perpétuel : en dépit de la mort, du désastre, de la subornation, de la trahison, les rouages continuent à tourner, les engrenages à s'entraîner l'un l'autre, les ressorts à se tendre et à se détendre, et la tranquillité des ignorants exige que soit sauvée l'illusion de l'objectif à atteindre et du chemin suivi. Moins d'une heure après les funérailles, on posa sur mon bureau un message de Festhammer :

« *Rendez-vous quartier général U.S.A.F. Honolulu vendredi 27 dix heures pour instructions. Lieu et objet réunion* top secret. »

Le sens de cette convocation était clair : la pomme de terre brûlante avait passé de main en main et, à présent, on allait me la repasser. Personne ne me donnerait l'autorisation *écrite* d'appuyer un coup d'Etat qui pourrait échouer ou se transformer en une nuit en une révolution sanglante. Festhammer avait donc été chargé de me donner une autorisation verbale, qui pourrait toujours être désavouée, réinterprétée ou tranquillement passée sous silence par les historiens. Je ne pourrais même pas protester : cela faisait partie du jeu. Mais ce que Festhammer ignorait, c'était que, désormais, cela m'était égal. Dans mon cœur durci, il n'y avait plus que du mépris pour moi-même et pour mon sinistre métier, mais mon esprit était parfaitement lucide et j'étais au-delà des séductions du succès comme de la peur de l'échec. Ce détachement même faisait de moi un instrument politique presque parfait, car je jouerais le jeu aussi froidement que ceux qui avaient tué George Groton et que ceux dont les intrigues et la bêtise avaient permis sa mort.

Trente-six heures plus tard, j'étais à Honolulu avec Raoul Festhammer. Je crois que mon aspect le frappa un peu. Ses premiers mots furent :

« Bon sang, Max, vous en avez pris un coup ! J'espère que vous vous soignez ?... Sale histoire, ce qui est arrivé au jeune Groton.

— En effet.

— Je sais que vous l'aimiez beaucoup.

— Oui. »

Il me jeta un petit regard en coin, n'insista pas et poursuivit joyeusement :

« Nous allons nous installer chez Maggie Benton, à Diamond Head. Elle a tout ce qu'il faut : un personnel complet, une plage privée et un cottage pour ses invités, dont nous disposerons. Autant être à l'aise pour travailler.

— J'en serai ravi. »

Nous traversâmes en voiture une champignonnière de nouveaux hôtels et de magasins, envahie par une foule de touristes en muu-muus et en chemise à fleurs. J'étais bien en Amérique, terre des hommes libres et braves, et ces gens étaient bien de la noble espèce des contribuables américains, qui dépensaient allégrement leurs dollars, lisaient des magazines amusants et se baignaient à Waïkiki, ayant acheté le droit d'oublier George Groton et tous ceux qui reposaient sous la lointaine terre d'Asie. J'étais leur serviteur. Ce que je faisais, c'était en leur nom et avec leur bénédiction. Si je saignais un peu à leur place, je n'avais pas à me plaindre, parce qu'ils me payaient pour cela et m'avaient chargé de les représenter parmi les puissants... J'éprouvais un froid mépris pour eux et leurs occupations futiles, tel un ancien combattant soignant ses blessures, s'il évoque ceux qui n'ont jamais connu l'épreuve du feu. Mes pensées devaient se lire sur mon visage, car Festhammer me réprimanda doucement :

« Du calme, Max ! Ne prenez pas cet air pincé avec moi. Ouvrez la soupape de sûreté et lâchez un peu de vapeur. Le chemin est encore long, nous ne voudrions pas vous voir craquer avant l'arrivée.

— Je ne craquerai pas.

— Je sais. Mais vous aurez assez de soucis comme ça sans vous en inventer d'autres.

— C'est vrai. Accordez-moi seulement un peu de temps, Raoul, et je me calmerai... J'aimais ce garçon comme un fils, voyez-vous — et nous nous sommes disputés quelques heures avant sa mort. Je voudrais croire qu'il m'avait pardonné — mais je ne le saurai jamais.

— Disputés ? A quel sujet ?

— Cette histoire de coup d'Etat. »

Festhammer haussa les épaules et dit d'un air sombre :

« Ça ne m'étonne pas. A Washington aussi nous avons eu quelques bagarres. Mais que voulez-vous ? C'est une partie de poker entre « durs »; il ne s'agit pas de se laisser avoir... »

Je lui parlai de Mel Adams et il se mit en colère.

« Adams est une vieille femme ! dit-il sèchement. Il a toujours été trop à gauche pour mon goût. Je serai heureux de recevoir sa démission — mais pas tout de suite, Max. Arrangez-vous pour le tenir à l'écart jusqu'à la fin du feu d'artifice. Nous ne pouvons pas nous permettre d'avoir des soucis de ce genre en ce moment. »

Je lui dis que je ferais de mon mieux et il retrouva sa bonne humeur.

« Allons, Max ! Nous sommes de vieux professionnels, tous les deux. Au diable tous ces sacrés théoriciens ! Prenons un bain et buvons un verre. Maggie vous tiendra peut-être compagnie cette nuit : elle est encore en pleine forme et elle a toujours eu un gros béguin pour vous... »

C'était un bon conseil et j'essayai de le suivre. Je répondis à l'accueil chaleureux de Maggie, je me mis en maillot de bain et bus du punch au rhum sur la pelouse qui dominait la plage. Je nageai dans l'eau chaude et limpide, tellement différente du fleuve gris et des marais nauséabonds du Vietnam. Après le déjeuner, je me retirai avec Festhammer dans le cottage des invités et nous commençâmes à discuter. Je n'eus rien à redire à ses propos :

« Vous avez fait du bon travail, Max. Votre rapport était clair et honnête. Le président l'a particulièrement apprécié... Maintenant, avant d'entrer dans le vif du sujet, avez-vous quelque chose à y ajouter ou à en retirer ?

— Rien.

— Pas de doutes ?

— Des tas, mais ce sont toujours les mêmes.

— Parfait... Voici donc ce qu'on pense à Washington : il est possible que Cung survive à ce coup d'Etat et même à la menace d'une mutinerie de l'armée. Il l'a déjà fait. Il pourrait le faire cette fois encore.

— Il le pourrait, oui. C'est une hypothèse.

— ... A laquelle nous devons être préparés. S'il reprend ou conserve le pouvoir, nous devrons nous en accommoder.

— Exact.

— Si les généraux gagnent la partie, c'est d'eux que nous devrons nous accommoder.

— Egalement exact. Mais les généraux ne bougeront pas sans que nous leur donnions le feu vert, c'est-à-dire sans être certains que nous continuerons à soutenir leur gouvernement, financièrement et militairement.

— Telles sont donc les données du problème : de

l'argent pour les généraux et une porte de sortie pour Cung, au cas où... D'accord ?

— D'accord. Mais je ne vois pas où vous voulez en venir. »

Il eut un sourire oblique et me répondit d'un ton sardonique :

« Vous allez voir, mon vieux, vous allez voir... C'est Washington qui parle, n'oubliez pas. La démocratie en action, le gouvernement du peuple, pour le peuple, par le peuple. Et le peuple souhaite toujours manger son gâteau mais en garder un morceau au réfrigérateur, pour demain ! Le mot d'ordre est : « Allez-y. » C'est officiel, Max. Cela vient du sommet. Mais rien par écrit, pas d'instructions formelles. Vous agissez en vertu de vos pouvoirs discrétionnaires. Si les généraux gagnent nous n'y sommes pour rien. S'ils perdent, nous vous retirons du jeu et nous envoyons un nouvel homme pour prendre un nouveau départ avec Cung. C'est dur, je le sais, mais c'est comme ça. Pas d'objection ?

— Non. »

Il me regarda longuement, d'un air pensif, comme s'il allait dire quelque chose, mais parut se raviser. Il poursuivit d'un ton vif :

« Voilà donc pour la théorie. Dans la pratique, Washington estime très important que nous observions jusqu'à la limite du possible une attitude de total non-engagement dans la lutte entre Cung et les dissidents. Nous poursuivons les négociations en cours avec le régime et nos échanges de vues avec le ministère des Affaires étrangères. Quant à vous,

vous commencez à faire aux autres diplomates les visites de courtoisie que, d'après vos rapports, vous n'avez pas encore pu faire.

« Les journées ne comptent que vingt-quatre heures, Raoul !

— Je sais, je sais; mais c'est une question de tactique, maintenant : vous devriez inaugurer un hôpital, remettre des diplômes, présider des soirées — n'importe quoi, pour donner l'impression que tout est normal. C'est cela dont nous avons besoin.

— Personne n'y croira.

— Peu importe. Ce qu'il faut, c'est que personne ne puisse rien écrire qui permette d'établir un lien entre les généraux et vous... Et cela m'amène au point suivant : comment donnerez-vous le signal de l'action ? »

Je lui parlai du dîner présidentiel et il manifesta le même amusement que Harry Yaffa :

« Parfait, Max, parfait ! Et après, cela, combien de temps faudra-t-il aux généraux pour agir ?

— Je n'en sais rien et je doute d'ailleurs qu'ils nous le disent. C'est aux gars de Yaffa qu'il incombe de le découvrir.

— C'est aussi bien. Cela nous donnera l'air encore plus innocent.

— Une question à mon tour, Raoul : au bout de combien de temps Washington reconnaîtra-t-il un nouveau gouvernement — pour autant qu'il y en ait un ?

— Dès qu'il sera incontestablement au pouvoir. Mais bien entendu vous pourrez travailler avec lui dès avant cela. S'ils ont besoin d'argent frais, nous en débloquerons suffisamment pour leur permettre d'agir.

— Encore une question : que dit Washington au sujet de la sécurité de Cung ?

— S'il nous demande asile, nous le lui accorderons. Sinon... (il écarta d'un geste de la main toutes les autres possibilités)... *c'est la guerre* [1] ! Mais je vous dis cela aussi officieusement que le reste, Max.

— Evidemment. »

Mon indifférence était telle que Festhammer lui-même en fut étonné — car tel était le véritable objet de sa mission : m'amener à m'engager de telle manière que tout le monde garderait les mains propres, sauf moi. Pourtant, ayant obtenu ce qu'il voulait, il était trop astucieux pour me demander les raisons de mon acceptation. Ou peut-être savait-il — comme le savaient Cung et Yaffa, chacun sa façon — qu'un homme cesse d'avoir peur lorsqu'il a pris son parti de la mort et de sa propre damnation ?

Nous en eûmes fini en moins d'une heure. Nous nageâmes encore un peu et nous bûmes des cocktails sur la pelouse en regardant les bateaux de pêche regagner la terre dans le crépuscule, sur une mer couleur de sang. Festhammer, qui ne pouvait se passer de femme, téléphona à une amie et nous allâmes dîner à quatre au *Royal Hawaïan*.

Cette nuit-là, je partageai le lit de Maggie Benton. Parce qu'elle aimait le plaisir et que j'éprouvais un

1. En français dans le texte. (N. du T.).

besoin intense d'affirmer ma virilité, ce fut très agréable pour tous les deux. Lorsque vint pour moi l'heure du départ, elle me serra dans ses bras, pleura un peu, et nous nous fîmes de belles promesses. Mais avant même d'avoir perdu de vue les dernières îles, avant que mon avion ait été avalé par le ciel vide du Pacifique, je l'avais déjà oubliée.

*

Cette fois, mon arrivée à Saigon se passa très discrètement, sans garde d'honneur et sans cérémonies. Dès que l'appareil se posa sur la piste d'atterrissage, Bill Slavich y amena ma voiture, Harry Yaffa me salua brièvement et nous regagnâmes immédiatement ma maison.

Je rapportai à Yaffa mon entretien avec Festhammer et il eut un sourire cynique d'approbation : « C'est la meilleure manière de manœuvrer, monsieur l'ambassadeur, même pour nous. Le secret est aussi important pour les généraux que pour nous. Mais il y a quelque chose de beaucoup plus important encore. On vous a dit d'agir en vertu de vos pouvoirs discrétionnaires. Je suis donc habilité à dire aux généraux que votre approbation définitive dépend de votre connaissance complète de leurs projets. Ils ne nous diront pas tout, mais du moins nous en saurons assez pour observer les mouvements de leurs troupes et veiller à ce que nos propres unités ne soient pas exposées ou prises au dépourvu... Je vais me mettre immédiatement au travail et je vous communiquerai au moins les données de base de la situation avant le dîner présidentiel. En ce qui concerne le reste, vos activités... innocentes, vos apparitions en public et tout ça, je mettrai cela au point avec nos services de presse et de relations publiques. Nous organiserons les visites à des centres d'agriculture, des écoles techniques, des institutions médicales ou militaires, etc. Mais il reste un problème à régler : Mel Adams. Il a menacé de démissionner, rappelez-vous.

— Laissez-moi m'en occuper. Je lui parlerai. »

Mais que lui dire ? J'avais beaucoup d'estime pour Mel Adams — et c'était lui qui se tenait à mes côtés lorsque Groton était mort, c'était lui qui m'avait aidé à me relever, qui m'avait ramené chez moi, qui était resté près de moi au cours des heures affreuses qui avaient suivi. J'étais méprisable — Dieu me pardonne ! — mais je ne pouvais quand même pas m'abaisser jusqu'à trahir cet homme...

Je lui téléphonai pour lui demander de venir me voir. Je lui dis toute la vérité et plaidai ma cause :

« Je sais ce que vous ressentez, Mel. Je sais que vous n'approuvez pas ce que je fais. Si vous voulez me remettre votre démission tout de suite, je l'accepterai. Mais je vous demande de rester... Non pas de participer, ni d'approuver, mais simplement pour épargner à l'Administration les conséquences d'une décision que vous croyez regrettable. Je suis aussi honnête que cela m'est possible, Mel, croyez-moi ! »

Il réfléchit un long moment en marchant de long en large dans mon bureau, et me dit enfin, d'un ton froid :

« Très bien. Je resterai — à trois conditions. La première, c'est que je m'occuperai uniquement des affaires courantes et que je ne serai appelé à participer à aucune discussion, à aucune décision concernant le coup d'Etat. La seconde, c'est que s'il a lieu, je serai autorisé à agir librement pour convaincre Cung de nous demander asile. La troisième, c'est que, lorsque tout sera terminé — de quelque manière que ce soit — vous me signerez un ordre de voyage et vous lirez et parapherez mon compte rendu personnel des événements. J'adresserai ce document avec ma démission au secrétaire d'État. Vous êtes d'accord ?

— Vos conditions sont dures, Mel, surtout la seconde; elles vous mettent en conflit ouvert avec le C.I.A. et avec la politique du Département d'État.

— C'est le seul marché que je puisse accepter. Ma démission est déjà rédigée.

— Tout cela ne peut être officiel : c'est en contradiction avec les ordres que j'ai reçus.

— Un assassinat n'a rien d'officiel non plus, mais nous pourrions quand même y être impliqués.

— Soit. Dans ce cas, officieusement, entre vous et moi, marché conclu !

— Plût à Dieu que nous puissions en être tous les deux un peu plus fiers... »

*

Il n'y avait plus qu'à attendre et, ce faisant, à faire semblant que nous n'attendions rien... Je jouai mon rôle avec assez de talent mais sans grande conviction.

J'organisai un cocktail et mis sur pied une liste d'invitations à dîner. Je fis une causerie sur les méthodes de travail américaines à la Chambre de Commerce. Je visitai l'Institut Pasteur et lui fis un don de sérum au nom de la Croix-Rouge américaine. Je visitai aussi une ferme expérimentale où un Australien solitaire s'efforçait d'accoutumer des vaches laitières aux conditions de vie tropicales...

Personne ne s'y laissa prendre, parce que tout le monde observait la partie d'échecs que Cung jouait à Saigon et dans les provinces : des commandants étaient déplacés, des unités transférées d'une division à une autre, trois gouverneurs provinciaux démis de leurs fonctions et, dans différents départements du gouvernement, des fonctionnaires subalternes prenaient la place de leurs supérieurs hiérarchiques. La Commission des Nations Unies était repartie, mécontente et déçue par l'inexplicable absence, dans les pagodes, d'informateurs sérieux. L'archevêque de Hué quittait le pays pour assister au Concile œcuménique; le ministre de l'éducation nationale tombait brusquement malade et se retirait dans sa villa du cap Saint-Jacques. Par ordre supérieur, les comptes bancaires de fonctionnaires suspects étaient bloqués et leurs maisons placées sous la surveillance de la police. Bref, Cung jouait le jeu classique qui consiste à diviser pour régner — et quelques-uns de mes collègues étaient prêts à parier qu'il s'en tirerait.

Harry Yaffa, quant à lui, voyait les choses autrement. Le transfert du général Khiet était avantageux pour la conspiration, du fait qu'il le plaçait au centre névralgique des événements, à Saigon, où il était très estimé. Pour le reste, les généraux avaient profité des mouvements de troupes pour replacer leurs hommes parmi les jeunes officiers des formations d'élite de parachutistes, de l'artillerie et des unités blindées. Ils avaient la certitude que, le moment venu, ils seraient prêts à l'action. Combien de temps leur faudrait-il après le dîner présidentiel ? Dix jours. Quand serions-nous avertis de leur action ? Douze heures avant, au plus, quatre heures au moins... Ce fut une période d'énervement et de confusion, dont le Viet-Cong sut tirer profit. Il y eut de violentes attaques dans le delta, un navire de ravitaillement sauta dans les docks de Saigon et, comme pour nous rappeler qu'aucun homme n'est une île, au Laos le Pathet-Lao passa à l'action, en force, dans la plaine des Jarres.

Sur cette toile de fond d'intrigues et de violences, le dîner présidentiel fit figure d'anachronisme. Pour s'y rendre, les invités — vietnamiens ou étrangers — durent franchir plusieurs barrages d'hommes armés, où leurs invitations furent examinées avec autant de soin que s'il se fût agi de laissez-passer donnant accès à un arsenal — ce qui d'ailleurs était le cas. En quittant les voitures, il fallait y laisser chauffeurs et clefs de portières; les hommes et les véhicules étaient ensuite fouillés avec politesse mais efficacité. Pourtant, à l'intérieur du Palais, toutes les lumières brillaient et la fête se déroula dans les règles, sinon très joyeusement. Les femmes portaient de somptueuses toilettes en soie de Thaïlande et en brocart de Hong-Kong; les hommes, petits et vifs, luisaient comme du vieil ivoire;

les militaires arboraient toutes leurs décorations, aiguillette de grand-croix de l'Ordre national de la République du Sud-Vietnam, cravate de Commandeur, ruban de la Médaille du Mérite ou de la Croix militaire. Certains d'entre eux auraient pu porter également des décorations françaises, mais on n'en remarquait que sous la forme de rosettes discrètes, aux revers des Français eux-mêmes.

Le menu fut austère, parce que Cung était un homme austère et estimait que ceux qui jouissaient de la paix douteuse de la capitale devaient partager, au moins symboliquement, les privations des combattants. Chacun surveillant ses propos, la conversation manquait de piquant. Sur toute la compagnie pesait une ombre de méfiance et de malaise — mais Cung, assis à la tête de la table, plus mandarin que jamais, était souriant et tenait des propos aimables à ses voisins.

Vint le moment des toasts. Cung, le premier, leva son verre « à la République, fondée dans les larmes et le sang et défendue contre ses ennemis intérieurs et extérieurs par le courage de son peuple ». Pendant un moment la méfiance se dissipa, remplacée par une fierté qui s'adressait aussi à l'homme qui venait de parler, car — même si c'était pour la dernière fois — ses invités se rappelaient ce qu'il avait fait pour eux. Je m'en souvins aussi, et ma résolution en fut un instant ébranlée. Mais c'était déjà trop tard ; mon nom fut prononcé et je me levai pour faire mon petit speech.

« Cette République, comme la nôtre, est née d'une révolte contre le colonialisme (*Applaudissements discrets).* Les espoirs de son peuple sont identiques aux nôtres : la fin de la misère, de la crainte, la liberté d'expression et le droit de décider de son propre avenir sans avoir à redouter une invasion armée ou la subversion étrangère (*Nouveaux applaudissements).* Je représente ici une grande nation qui partage votre combat et offre son argent, son expérience, et le sang de ses fils pour défendre ce que vous avez accompli, ce qu'il vous faut encore préserver et accroître. En ce jour anniversaire de votre indépendance nationale, je tiens à vous adresser un double toast — à vous, président Phung Van Cung... *et au vaillant peuple du Sud-Vietnam !* »

Cette fois, personne n'applaudit. Les mots restèrent un instant suspendus dans le silence, puis tout le monde se leva et but, sans un mot. C'était fini — et tous le savaient, savaient comment, savaient pourquoi...

*

Le lendemain matin, je reçus un présent du président Phung Van Cung. C'était un exemplaire relié du Nouveau Testament, dans la vieille version anglaise de Douai. Il était dédicacé sur la page de garde :

« *Pour l'Ambassadeur des États-Unis, de la part du Président de la République du Sud-Vietnam.* Saint Luc, XXII, 47-48. »

Un signet de soie rouge avait été obligeamment placé à la page voulue. Je lus :

« *Tandis qu'Il parlait, la foule Le regardait. Alors*

celui qui se nommait Judas, l'un des douze apôtres, s'avança vers Jésus pour L'embrasser. Et Jésus lui dit : « Ainsi, c'est toi, Judas, qui trahis le Fils de l'Homme en lui donnant un baiser... »

J'enfermai le volume dans un tiroir secret de mon bureau pour qu'Anne Beldon ne le vît pas. Plus tard, et par mesure de sécurité, je le montrai à Harry Yaffa, qui haussa les épaules et me dit avec un sourire dégoûté :

« Ç'a toujours été le drame de Cung, monsieur l'ambassadeur : c'est un brave homme qui a fait fausse route, parce qu'il s'est pris pour le Christ... »

Je me demandai ce que George Groton eût pensé de cela — mais pour lui, qui était mort, le temps des soucis était passé. Et, pour la première fois, je fus heureux qu'il m'eût quitté.

Pendant les jours suivants, je m'arrangeai pour ne pas rester inoccupé. Je demandai à chaque service de l'ambassade un rapport quotidien, j'assistai aux réunions de l'état-major de Tolliver et conférai régulièrement avec Harry Yaffa et ses collaborateurs. Je me tins à la disposition des journalistes et accablai de travail Anne Beldon et ses aides. J'avais besoin de cette activité débordante pour m'occuper l'esprit, et j'avais besoin de la compagnie d'hommes d'action pour confirmer ma foi chancelante dans la décision que j'avais prise.

Je refusais de manger seul, je retenais mes invités tard dans la soirée et, si je dînais dehors, j'étais toujours le dernier à partir. Avant de me coucher, je buvais un double whisky et prenais un somnifère pour n'avoir pas à passer la nuit à me poser des questions. Mais en dépit de tout cela les journées me semblaient interminables et je frémissais d'impatience en attendant une action décisive des généraux. Je voyais à peine Mel Adams, voulant lui faire sentir au moins que je respectais notre marché — et j'espérais, sans trop y croire, qu'il pourrait me garder un reste d'estime.

Anne Beldon avait adopté à mon égard une attitude étrange. Elle ne m'avait pas reparlé de notre conversation après la conférence, que ce fût pour rétracter ses propos ou me présenter ses excuses — et j'étais bien décidé pour ma part à ne plus jamais me laisser entraîner à discuter avec elle la politique de l'ambassade ni mes propres actions. La nuit où Groton était mort, elle avait pleuré avec moi; mais elle avait fini par se retirer, laissant Mel Adams s'occuper de moi. A présent, pendant la journée, je la traitais froidement et, le soir, à cause de mes obligations mondaines, nous nous trouvions rarement en tête-à-tête. Pourtant, de temps à autre, entre deux lettres que je lui dictais ou pendant que je signais mon courrier, je me rendais compte qu'elle me regardait avec une sorte d'inquiétude hésitante, comme si elle avait eu peur pour moi mais sans pouvoir exprimer cette peur avec des mots.

Et puis, un soir, tandis que je buvais un verre, seul, avant d'aller dîner au mess de l'Armée de l'air, elle vint me parler. Je lui versai un verre et nous bavardâmes un moment à bâtons rompus avant qu'elle abordât le sujet qui la tracassait. Ses assistantes étaient surmenées. Elles faisaient chaque jour des heures supplémentaires et, ensuite, avaient très peu de distractions. Je compliquais encore les choses par ma brusquerie et mon apparente indifférence à leurs efforts... Dans le contexte de la guerre et de la mort, c'était là une plainte assez futile, mais mon propre sentiment de culpabilité m'obligea à en reconnaître la justesse. Je lui demandai d'excuser ma négligence :

« Vous avez eu raison de m'en parler, Anne. Que puis-je faire ?

— Leur parler, de temps à autre, leur adresser un ou deux sourires, les interroger sur leur santé ou leur famille... Vous pourriez aussi leur faire servir un repas, parfois, lorsqu'elles travaillent tard, ou leur offrir un petit cadeau, un foulard ou une laque. Ce ne sont que des êtres humains, après tout. Certaines sont très seules et toutes vivent dans un état de tension. Elles vous admirent beaucoup, mais quand vous traversez leur bureau en coup de vent, avec l'air d'incarner la colère divine, ça les éprouve. D'autant qu'elles ne comprennent pas ce qui vous arrive...

— Et vous, Anne, l'avez-vous compris ?

— D'abord, non. Mais j'ai commencé à comprendre la nuit où George est mort. Je ne savais pas encore à quel point vous étiez seul, ni à quel point vous cachiez vos affections. Depuis cette nuit-là, je me sens coupable.

— Il ne faut pas, Anne... Je ne suis pas facile ni à connaître ni à aimer. Et puis nous traversons des heures critiques et je n'ai guère eu le temps de m'y accoutumer.

— Je le sais, maintenant. C'est pour cela que mes attaques, celles de Mel Adams et même celles de George ont dû vous paraître injustes. Je ne suis toujours pas d'accord avec ce que vous faites, mais du moins aurais-je dû vous accorder le bénéfice de la bonne foi.

— Ce n'est pas si simple, Anne, j'en ai peur. Le drame, c'est que je ne suis pas sûr moi-même d'être de bonne foi.

— Qui l'est ?

— La plupart des gens, je pense.

— Uniquement parce qu'ils ne font jamais leur examen de conscience. Nous sommes presque tous des lâches.

— Vous êtes lâche, vous, Anne ?

— Oui.

— Je ne l'ai jamais remarqué...

— Ce n'est pas une chose qu'on remarque, comme une combinaison qui dépasse ou une échelle dans un bas... C'est une chose que l'on cache, comme une tache de naissance ou une cicatrice. Et le fait de la cacher fait partie de la lâcheté.

— De quoi avez-vous peur, Anne ?

— Voulez-vous vraiment le savoir ?

— Seulement si vous avez envie de me le dire.

— Puis-je avoir un autre verre ? »

Tandis que je préparais son cocktail, elle alla à la fenêtre. Je lui portai son verre et, côte à côte, nous regardâmes les lumières du poste de garde, la silhouette des arbres et le scintillement des étoiles entre les nuages. Je sentais son parfum. Son visage, à demi levé, ressemblait à un camée. Elle parla d'une voix presque imperceptible :

« Cela s'est passé la nuit de la mort de George... J'étais bouleversée, parce que cette mort me rappelait cruellement celle de mon mari — mais plus encore par l'effet qu'elle *vous* faisait. Vous étiez tellement désarmé, tellement seul — un homme écrasé par toute l'horreur du monde... J'aurais voulu vous réconforter, mais je n'ai pas pu. Je vous ai laissé avec Mel Adams. Plus tard, quand il est parti, je vous ai entendu marcher de long en large dans votre chambre. Je suis venue jusqu'à votre porte. De tout mon cœur j'avais envie d'entrer, de vous prendre dans mes bras, d'être simplement une femme pour vous... Mais j'avais peur...

— De moi ?

— Non, pas de vous. J'avais peur de céder quelque chose, de donner quelque chose que je ne pourrais pas reprendre. Oh ! pas ma vertu, ma réputation ni même mon amour, non... Mais moi-même, ce lâche petit moi que je cachais, que je protégeais, que je refusais d'exposer à de nouvelles souffrances. Alors je me suis dit que vous n'aviez pas besoin de moi, que vous étiez un homme important, assez solide pour surmonter ce qui pouvait vous arriver. Je suis retournée dans ma chambre et j'ai pleuré jusqu'à ce que je m'endorme. Le lendemain matin, j'ai *vu* ce qui vous était arrivé. Vous étiez comme une statue. Vous aviez verrouillé votre cœur et vous aviez jeté la clef... J'ai su que je vous avais failli, et que je m'étais failli à moi-même. A présent, je me demande si je ne faillirai pas à n'importe quel homme qui aurait l'imprudence de m'aimer... »

J'entourai ses épaules de mon bras pour l'attirer contre moi et la réconforter, mais elle ne réagit pas. Elle me dit très doucement :

« Non, je vous en prie... j'ai envie d'être embrassée et caressée comme n'importe quelle autre femme, mais je n'en ai pas le droit. J'aurais l'impression d'être une putain. »

Elle se tourna vers moi avec un petit sourire triste et toucha ma joue de ses doigts frais :

« Nous sommes dans le même bateau, monsieur l'ambassadeur... Nous cherchons quelqu'un pour nous pardonner, mais il n'y a personne. Peut-être n'y aura-t-il jamais personne, tant que nous n'aurons pas appris à nous pardonner nous-mêmes... »

Cette pensée obsédante me rappela un propos du romancier-voyageur : personne ne peut se faire absoudre à la place d'autrui. Et pourtant, sans l'illusion au moins du pardon, il n'était pas possible de rester sain d'esprit dans un monde dément. Chaque homme, quels que fussent sa qualité ou son rang, essayait d'échapper à ses propres fautes. Les Harry Yaffa commençaient par affirmer une demi-vérité, en disant que le Mal est universel et dès lors inévitable. Mais ils aboutissaient à un mensonge absolu en professant que tout sentiment de culpabilité est illusoire et nous encombre, dans la jungle de la lutte pour la vie. Les bouddhistes, en face de l'imperfection universelle, enchaînaient l'homme à la roue de la vie et lui faisaient traverser une inexorable, une interminable succession d'existences pour le purger de ses fautes. Mais si terrible et si disproportionnée que fût cette sanction, elle était quand même une manière de pardon. L'incroyant ou l'ignorant, chancelant sous le fardeau de leur nature coupable, avaient parfois recours aux méthodes curatives de la psychiatrie ou de la psychanalyse. Les vrais praticiens de cet art avaient pour but de mettre en un homme assez de lumière et de force pour le faire s'accepter tel qu'il était et pour supporter ses faiblesses avec courage, sinon avec joie. Les autres, qui cherchaient à absoudre en niant toute idée de responsabilité, se révélaient finalement incapables et impuissants, parce que leur patient lui-même se récriait contre le mensonge qui détruisait sa dignité en même temps que sa culpabilité.

Culpabilité et dignité... c'était une étrange juxtaposition. Mais en fin de compte n'était-elle pas juste — ou au moins désirable ? Pour être coupable il fallait être libre, et non point totalement soumis à quelque contrainte cosmique. Être libre, c'était être capable de choisir une autre attitude, sinon toujours de pouvoir modifier les conséquences de celle qu'on a d'abord adoptée. J'avais toujours reconnu une grande sagesse dans la pratique catholique de la confession, avec sa garantie d'un juste pardon des exigences du cœur. Mais accepter ce serment, c'était accepter tout entière la foi sur laquelle il était fondé — la foi en un Dieu personnel, un Rédempteur incarné, une autorité permanente du dogme et de l'éthique. Or, comme un vieux Dominicain plein de sagesse s'était un jour efforcé de me le montrer, accepter ou rejeter n'était pas en mon pouvoir, et je devais attendre avec patience une illumination qui pourrait ne jamais m'être accordée par un Dieu que je pourrais ne jamais reconnaître.

De quelque côté que je me tournasse, j'affrontais un mystère : le mystère de l'identité, de la nature et de la responsabilité de l'homme. Et je savais qu'il n'y avait pour moi d'autre solution que de poursuivre ce pèlerinage aveugle et d'espérer, sans espoir, de trouver à son terme la lumière. Anne Beldon avait raison lorsqu'elle refusait d'accepter le pardon factice d'un acte d'amour accidentel. On pouvait trouver, on trouvait parfois les racines du Ciel dans un amour partagé, mais il n'y avait aucune absolution dans le bref échange charnel de la petite mort — ni d'ailleurs dans la mort véritable, malgré son soulagement illusoire... Dès lors, continue à jouer, ménétrier, et danse la gigue ! Demain, je retourne à la guerre...

*

Deux jours plus tard, à quatre heures de l'après-midi, Harry Yaffa vint me voir. Il était tendu et excité.

« C'est pour ce soir, monsieur l'ambassadeur ! Les jeux sont faits, pour le meilleur ou pour le pire ! Je vais vous montrer sur la carte comment cela se présente... »

Nous étalâmes les cartes sur mon bureau et il me donna une rapide et précise leçon de tactique révolutionnaire :

« D'abord, Saigon... Voici l'aéroport. Les généraux ont établi leur quartier général opérationnel ici, juste à côté. A deux heures du matin, leurs hommes s'empareront du terrain d'aviation et du centre de communications... Voici la station de radio et voici le central téléphonique : ce sont les premiers objectifs à l'intérieur de la ville. A partir de là, toute l'action converge sur le Palais. Regardez les quatre principales artères qui assurent l'accès de la ville : trois viennent du Nord, de Bien Hoa, de Ben Cat et de Tay Ninh, et une du Sud, la grande route de Tân An. Les blindés et l'infanterie sont déjà prêts à entrer en action et les camions sont parés. Vers minuit, ils seront dans les faubourgs de la ville. Vers deux heures du matin, ils auront en mains Radio-Saigon et le central téléphonique; leurs tanks et leur artillerie seront en position. Ils téléphoneront alors à Cung, au Palais, pour lui demander de se rendre. S'il refuse, il y aura un bombardement, un barrage d'artillerie, puis une attaque de grand style par les tanks et l'infanterie... Voyons maintenant le reste du pays. L'Ecole militaire de Dalat est prête à céder et les troupes locales sont organisées. Hué ne pose pas de problème. Da Nang, Long Xuyen et Can Tho sont prêtes... C'est un bon plan et le général Khiet est certain qu'il sera efficace, sans exposer inutilement les zones vulnérables à une éventuelle action du Viet-Cong.

— Qu'en pense Tolliver ?

— Il est d'accord. Ses propres agents ont pu juger les mouvements déjà effectués et il est raisonnablement rassuré sur le sort de nos propres soldats. Toutes les permissions ont été supprimées et le personnel en congé a été rappelé. Les M. P. s'en occupent, de sorte que personne ne devrait être dehors cette nuit.

— Et nos propres communications ?

— Toutes nos liaisons radio seront en service et le général Khiet a donné l'ordre que les lignes de l'ambassade, des installations militaires et de votre résidence soient dégagées. Je pense que nous avons à peu près tout réglé, sauf la question du personnel de l'ambassade. Que comptez-vous faire à ce sujet ?

— Je resterai ici, bien entendu. Mme Beldon sera avec moi. Que tout le personnel du centre de communications soit à son poste, mais renvoyez chez eux les hommes mariés, pour qu'ils puissent veiller sur leur famille. Les chefs de service peuvent rester ou se faire remplacer s'ils le veulent. Dites à tout le monde d'éviter de sortir, et de dîner chez soi. Je partirai tôt pour parler avec Tolliver, je mangerai probablement avec lui et je serai de retour vers neuf heures. Si vous avez besoin de moi, appelez le bureau de Tolliver.

— Je doute que nous ayons besoin de vous, monsieur, dit-il avec un sourire et un haussement d'épaules résigné. L'affaire n'est plus de notre ressort, maintenant... Même Mel Adams ne devrait pas être trop mécontent : après tout, c'est de l'autodétermination — avec les Viets, pour les Viets et par les Viets ! Et que Dieu aide les généraux si leur plan échoue... »

Je ne pouvais pas lui dire mon secret et méchant

espoir de voir, en cette treizième heure, Phung Van Cung accomplir un miracle et, nous donnant à tous un démenti éclatant, apparaître une fois encore comme le libérateur et le vainqueur... Car malgré toutes ses fautes il imposait le respect, et son courage entêté méritait une plus belle fin que ce piège à rat que lui préparaient ses anciens camarades.

*

Fort de ce que je savais, je trouvai étrange que la ville parût aussi peu troublée par la violence suspendue au-dessus d'elle. Les employés regagnaient leur logis à pied, la serviette sous le bras. Les marchands de journaux somnolaient dans leurs kiosques. Les boutiquiers, debout sur le seuil de leur magasin, bavardaient entre eux et avec les passants. Par la porte ouverte d'un salon de coiffure je vis des hommes allongés comme des pachas sous un nuage de mousse, tandis que de jolies filles leur limaient les ongles et leur massaient les doigts. Des étudiants roulaient sur des scooters bruyants, avec parfois une fille assise en amazone sur leur selle arrière, sa robe de soie collée à son corps et ses petits pieds à quelques centimètres du sol. Les *amahs* [1] vêtues de noir trottinaient avec un enfant à chaque main. Les marchands de gâteaux de soja et de sucreries poussaient leurs petites voitures à bras et les balayeurs piétinaient paresseusement dans les caniveaux. Quelques

1. Gouvernantes chinoises. (N. du T.).

rares fidèles montaient ou descendaient les marches de la cathédrale et, par les portes ouvertes d'une pagode, je vis le frémissement d'une robe jaune et le lent passage d'une bonzesse à la tête rasée. Les policiers eux-mêmes avaient l'air de flâner et les miliciens paraissaient plus soucieux de regarder les filles que de défendre la République menacée.

Je ne pouvais pas croire qu'un mouvement de rébellion aussi important pût passer inaperçu ou sans susciter des rumeurs — mais peut-être était-ce là le symptôme le plus manifeste du long et fatigant malaise créé par la guerre : les gens avaient vu arriver et partir tant de capitaines, ils avaient si souvent entendu le grondement de tanks et des transports de troupes, qu'ils étaient devenus indifférents. Dans une ville déjà pleine de rumeurs, qu'était-ce qu'une occasion de bavardages de plus ou de moins ? Dans une existence aussi incertaine, on vivait au jour le jour, sans s'inquiéter d'autre chose que du prochain repos ou de la façon dont on dormirait la nuit suivante. Nous étions en Asie, où l'on se rappelait toujours Kublai Khan, les empereurs Ming et les fabuleuses sœurs Trung, qui montèrent à dos d'éléphant pour affronter l'envahisseur — mais où, aussi, le dernier petit prince n'avait pas de nom et où un nouveau seigneur de la guerre était un objet d'étonnement éphémère.

Au quartier général de Tolliver, je me retrouvai au XXe siècle. Il y régnait une atmosphère d'activité et d'efficacité agitée. Les téléphones sonnaient sans arrêt et les allées et venues d'employés et d'officiers d'état-major étaient plus nombreuses que jamais. Tolliver lui-même paraissait excité et joyeux. Il insista pour me montrer ses cartes et m'exposer sa propre version de la bataille à venir.

« C'est une opération bien montée, monsieur l'ambassadeur, me dit-il. Bonne tactique, bonne logistique. Je crois qu'ils emporteront le morceau.

— Combien de temps cela prendra-t-il ?

— Entre quatre heures et vingt-quatre, selon le comportement de la garde du Palais. D'après nos informations, Cung dispose d'environ quatre cents hommes. Ils ont des mitrailleuses, des mortiers et des batteries antiaériennes — mais ils ne peuvent tenir indéfiniment contre les avions et l'artillerie. Si les généraux peuvent amener leurs troupes en ville sans qu'elles aient à combattre en route, à mon avis c'est dans la poche. »

Ce que je n'arrivais pas à comprendre, c'était comment Cung, qui se vantait de contrôler la situation, avait laissé les généraux pousser aussi loin leurs préparatifs — mais Tolliver avait une réponse à cela :

« Ils ont tout simplement saboté ses communications, à l'intérieur comme à l'extérieur du Palais. Ils l'ont gavé d'informations inexactes au sujet des mouvements de troupes et des affectations d'officiers. L'état-major général et toute l'administration grouillent de traîtres.

— Vous devriez surveiller votre langage, général : demain ils seront tous des héros !

— Je sais, dit-il avec un sourire oblique. Mais ces

mots n'ont pas beaucoup de sens lorsque les fidélités sont divisées... Cet après-midi, j'ai montré à mes hommes à quel point il serait facile de foutre la pagaille dans *notre* quartier général une fois les services de renseignements sabotés... Dans un sens, je suis désolé pour Cung. Il méritait mieux. Je me demande ce qui va lui arriver.

— Dieu seul le sait. Je suis autorisé à lui accorder asile s'il le demande, mais c'est tout.

— Mais nous n'interviendrons pas ?

— Non.

— Ma foi, c'est la règle du jeu... Premier principe pour un dictateur : avoir l'armée avec soi et la garder ! Sinon, c'est foutu. Et demain, à cette heure-ci, Cung sera mort...

— En dépit des garanties ? En dépit du général Thuyen ?

— En dépit de tout, monsieur l'ambassadeur ! Même si la garde du Palais se bat jusqu'à la dernière cartouche elle devra finir par se rendre, et elle négociera son propre salut. Avec quel atout ? Le grand méchant dictateur : le président Cung... Les généraux n'auront même pas à en porter la responsabilité : il sera descendu par ses propres hommes lorsqu'ils comprendront qu'ils ont été dupés et abusés.

— Je n'avais pas pensé à cela.

— On ne peut pas penser à tout, dit allégrement Tolliver... Si vous voulez mon avis, je crois que vous avez fait du bon boulot. Vous avez agi avec prudence, vous avez gardé la tête froide et vous n'avez pas reculé devant les décisions à prendre. Nous sommes tous de votre côté, croyez-moi. »

De la part de Tolliver, c'était là un fameux compliment. Je lui en fus reconnaissant — et je fus heureux, en même temps qu'il fût un homme trop simple pour en comprendre l'ironie...

Je me demandai ce que Cung faisait dans son palais tandis que les mortiers étaient amenés sur leurs positions, que les armuriers manipulaient grenades et caisses de munitions et que les canonniers vérifiaient leur champ de tir. Avait-il peur ? Était-il désespéré par la trahison des siens ? Passait-il l'inspection de sa petite garnison ou fumait-il un cigare d'après-dîner avec ce qui restait de son état-major ? J'eus l'idée vague et gênante qu'il était peut-être en train de prier devant le Christ de Rouault...

*

Ce fut une longue veillée, et j'étais un personnage trop important pour qu'on m'invitât à la partie de *craps* [1] qui s'était engagée dans le bureau du second secrétaire ou à boire le café au centre de communications. Il y avait, bien sûr, l'habituelle montagne de travail routinier, mais à la veille d'un soulèvement armé cela me semblait singulièrement dénué d'importance et je n'avais pas le cœur à m'y mettre. J'envoyai Anne Beldon rejoindre les autres filles et, prenant mon journal, me mis à écrire — d'abord

1. Jeu de dés américains semblable à notre zanzi. (N. du T.).

machinalement, puis avec une espèce de hâte — mes pensées intimes au cours de cette dernière soirée, avant que le toit ne s'écroulât. Ce sont des pages étranges, confuses, mais en les relisant je ne puis me défendre d'un mouvement de pitié pour l'homme qui les écrivait...

« ... *Dans trois heures d'ici, le feu sera ouvert et des hommes mourront. Pour les chroniqueurs de notre temps, ce ne sera qu'une escarmouche mineure, vite oubliée. Mais toute bataille est un Armageddon pour quelques pauvres diables... Tous les mots que j'ai dits et écrits vont bientôt se transformer en balles, en baïonnettes et en éclats d'obus. C'est étrange mais vrai : en fin de compte, les hommes sont tués par des mots ! C'est peut-être là ce que pensait le romancier quand il disait que, sachant la valeur des mots, il les respectait. Nous qui sommes accablés de mots par la presse, la télévision et la radio, nous en sommes venus à les déprécier et à en fausser le sens — mais ce sont vraiment des dents de dragon... Qui lit encore* Le Capital ? *Pourtant, de Vladivostok au Mur de Berlin, de Hankéou à La Havane, ce livre illisible s'est transformé en bombes et en baïonnettes. Nous aussi, nous sommes des forgerons de mots, et nous en faisons de la fausse monnaie, et nous nous demandons pourquoi les gens simples nous les rejettent à la figure. La semaine dernière, j'ai prononcé sept mots au cours d'un toast, et demain matin ils seront peut-être une corde autour du cou d'un homme, ou une balle dans sa tête. La parole est la seule faculté qui fait de nous des hommes : pourquoi en usons-nous si mal que parfois nous préférerions être sourds et muets ?...* »

« *Les tanks doivent être en marche, maintenant, et les camions, et les canons.* Nos *tanks,* nos *canons. Nous les avons payés avec l'argent de notre peuple et les avons donnés à nos amis pour défendre leur sécurité et leur liberté. Mais ceux qui hier étaient nos amis seront morts demain, tués par ces canons que nous leur avons donnés. Dès lors, qui donc est sauf et libre sous la menace d'une malice mutuelle, dans l'esclavage d'une éternelle méfiance ? Et moi, qui écris ceci si clairement, pourquoi m'accommodé-je d'une telle confusion ? Ou bien est-ce que je parle deux langages : l'un pour exprimer la vérité en secret, l'autre dans mes rapports avec une société dont je ne comprends ni la nature ni la complexité ? Et si je ne les comprends pas, pourquoi accepté-je le rôle d'arbitre de ses destinées ?*

« *Qui suis-je, d'ailleurs, moi qui écris ? Même cela, je ne le sais pas avec certitude. Pourtant, qu'on me montre un autre homme dont je ne sais pas plus, et c'est avec assurance que je lirai son acte d'accusation et signerai sa condamnation à mort. En cela, l'homme qui va mourir a plus de chance que moi : sa veillée, j'en suis sûr, est plus calme que la mienne. Il sait qui il est, ou du moins il croit le savoir. Il sait ce qu'est la mort et il l'acceptera comme un accomplissement et une continuation. Il sait aussi ce que sont les mots :* « Au commencement était le Verbe, et le Verbe était avec Dieu, et le Verbe était Dieu... » *Néanmoins il a échoué misérablement dans les affaires du Bien public, et dès lors le Verbe ne lui a servi à rien...* »

« ... *Au terrain d'aviation, ils rempliront les réservoirs, ils accrocheront les roquettes et chargeront les bombes. De jeunes hommes pareils à George Groton prendront leur envol, telles des furies vengeresses, pour semer la mort parmi d'autres jeunes hommes qu'ils ne verront même pas... Pensée banale, lieu commun de notre époque éclairée. L'Esprit de l'arbre peut être apaisé avec de l'encens, l'Esprit de l'eau avec des fleurs répandues. L'Esprit de la maison a faim, donnons-lui un gâteau de riz pour le faire taire. Mais les vengeurs du ciel, conduisant ces chars de feu, qui peut les apaiser et comment — sinon avec du sang et la fumée d'un sacrifice humain ?* »

« *Que ferai-je demain, quand tout sera fini ? Retourner dans le désert et me poudrer les cheveux de cendre ? Non, je suis l'oracle qui doit annoncer un avenir heureux :* « ... *Une rapide restauration de relations normales, un effort renouvelé dans le domaine militaire, un gouvernement stable et éclairé, la liberté, l'égalité, recommencez à danser dans les boîtes de nuit, amusez-vous gentiment avec les putains et au diable les neutres et les neutralistes français !* » Dixi ! *Sur quoi je m'envolerai pour la mère patrie en sifflotant* Dixie [1] *et en rapportant*

1. Jeu de mots sur *Dixi* (en latin : « J'ai dit ») et *Dixie,* célèbre chanson américaine du Sud. (N. du T.).

dans ma poche une victoire de la démocratie... Pourquoi diable ne commencent-ils pas ? Que la tuerie s'achève et peut-être pourrons-nous dormir un peu ! »

« ... Et Pharaon dit à Joseph : J'ai fait des rêves que personne ne peut m'expliquer... *Qui m'expliquera à moi-même ? Qui me délivrera, moi, le rêveur, de mon propre rêve, de l'oiseau muet et du désert où j'étais entouré de lumière mais où je ne voyais qu'un coucou silencieux ? Je ne peux plus supporter cette solitude. Je devrais me marier, vivre un peu et avoir un fils qui porterait mon nom. Ne fût-ce qu'un peu d'amour me suffirait et j'en serais reconnaissant comme d'un nouveau don de la vie. Le don de la vie est fait de larmes et de rires. Je n'ai plus de larmes à verser et je n'ai pas ri depuis tellement longtemps...* »

« *Gabrielle, pourquoi n'es-tu pas ici ? Où es-tu, maintenant ? As-tu rencontré George ? Parle-t-il de moi gentiment ? Je n'arrive pas à vous imaginer, tous les deux, enchaînés à la roue de la vie, vivant sans fin une succession d'existences banales avant de connaître l'immense paix du Néant ! Il y a là une horrible, une insupportable absurdité... Que dans quelque existence ultérieure, je puisse la violer, elle que j'ai aimée dans cette vie-ci, que je puisse l'écraser, ver sous ma patte d'éléphant, ou, microbe dans mon sang, la condamner à une seconde mort, c'est là une sottise primitive qui offusque toute raison ! Mais nous aspirons tant à une promesse d'immortalité que nous sommes prêts à la prendre presque au pied de la lettre...* »

« ... Mel Adams et Harry Yaffa : une étude de contrastes... Lequel estimé-je le plus ? L'homme qui accomplit avec efficacité et parfois un enthousiasme presque sexuel les plus sordides tâches du gouvernement — ou l'homme qui se réserve toujours le droit de les discuter ou de les refuser ? Étant moi-même, ici et maintenant, le gouvernement, j'oscille de l'un à l'autre. Sans Yaffa je ne puis remplir mes fonctions et je mets en danger la vie de beaucoup d'hommes. Sans Adams... mais je suis *sans lui, à présent. Il s'en est tenu à notre marché et a refusé de veiller avec moi. Ce qui prouve (mais est-ce bien sûr ?) que la conscience est un article de l'équipement social dont on ne peut se passer... »*

« J'entends, dans la rue, le grondement des tanks et des camions lourds. De ma fenêtre, je ne vois rien. Il est une heure et demie du matin. Une longue veillée... Pour Cung, peut-être, une longue agonie dans le jardin de son palais. Pour son Judas — si je suis vraiment un Judas — une agonie plus longue encore se prépare. Combien de temps le souriant Pilate fit-il la loi à Jérusalem après la Crucifixion ? Combien de temps resterai-je ici pour prouver que mon pays est innocent, plein de sentiments nobles et généreux pour ses vaillants alliés d'Asie ?

« Harry Yaffa me téléphone. Tout se passe comme prévu. Il essaiera de garder le contact...

« Anne Beldon vient de m'apporter une tasse de café. Je la désire. Ma nuit avec Maggie Benton a

aiguisé mon appétit sexuel. Je sais que je pourrais convaincre Anne de m'épouser — mais ensuite ? Ce serait une union entre le bourreau et la femme qui a vu clair en lui, impensable, imprévisible dans ses terreurs intimes... Le grondement des véhicules a cessé. A présent, on entend le piétinement pressé, régulier, de soldats en marche, — et, dans le ciel, le ronronnement des avions qui approchent... Allez-y, pour l'amour du Christ ! Qu'on les entende enfin, ces sacrés canons ! »

XI

A DEUX heures et quatre minutes, j'entendis les premiers coups de feu — le bruit sourd des batteries antiaériennes. Immédiatement après les bombes commencèrent à tomber, et les ondes de choc firent trembler les vitres de la fenêtre. Tandis que la première vague de bombardiers s'éloignait, le tir de l'artillerie commença, mêlé au bruit des mortiers et à quelques rafales de mitrailleuses. J'avais l'impression d'être enfermé dans une cellule de prison alors que le monde extérieur était plongé dans le chaos. Au bout de dix minutes, je n'y tins plus : j'appelai Anne Beldon et Bill Slavich et nous gagnâmes en voiture le Caravelle, où nous montâmes sur le toit en terrasse pour regarder la ville.

C'était un spectacle étrange et sinistre. Tout Saigon était illuminé. Il y avait des gens sur les toits, les balcons et aux fenêtres, tels des spectateurs d'un match de foot-ball. Les environs du Palais étaient cachés par une épaisse colonne de fumée et le tir y faisait rage. Nous voyions les tanks s'avancer tels des monstres trapus, tandis que les fantassins s'abritaient derrière eux ou le long des murs. Des magasins et des maisons brûlaient, des obus de mortier éclataient sur les trottoirs. Les avions, par vagues successives, bombardaient les alentours du Palais, et lorsqu'ils repartaient, les tanks avançaient à nouveau, tirant à bout portant.

Quand la dernière vague d'avions apparut, les batteries antiaériennes ne tirèrent même pas et les blindés atteignirent les portes de la citadelle. Les défenseurs résistaient avec acharnement au moyen de mitrailleuses, de bazookas, de mortiers et d'armes légères. Parfois, lorsque le feu se calmait, nous entendions les hommes crier et, de temps à autre, un long hurlement pareil à un lointain cri d'oiseau. Des gens se pressaient autour de nous, journalistes, employés de l'hôtel, cameramen, hommes d'affaires français ou simples clients du bar qui étaient restés pour assister au spectacle. Tout le monde parlait en même temps.

Nous restâmes là, pendant plus d'une heure et, soudain, ce spectacle de destruction me dégoûta. Nous regagnâmes l'ambassade. Je me rendis tout droit au centre de communications pour connaître les nouvelles. On se battait à Da Nang, mais Hué et Dalat étaient calmes et les petites villes du Delta s'étaient rendues sans qu'on eût à tirer un coup de feu. Harry Yaffa avait téléphoné pour dire que tous les points stratégiques de la ville étaient aux mains des rebelles. Radio-Saigon annonçait déjà que la résistance du Palais touchait à sa fin. J'appelai le quartier général de Tolliver. Tous ses commandants de zone avaient fait savoir que la campagne était calme. Pour la première fois depuis des mois, le Viet-Cong lui-même semblait avoir renoncé à toute action.

A quatre heures moins vingt, le feu cessa. Une demi-heure plus tard, Harry Yaffa vint en personne m'annoncer que la garde du Palais s'était rendue, mais que Cung s'était échappé. Personne ne semblait savoir quand, comment ni où il était parti. Beaucoup de ses collaborateurs étaient restés, défendant les dernières barricades au moyen de mitrailleuses, de fusils et de grenades. D'après Yaffa, les soldats du Palais accusaient Cung de désertion et déploraient la coûteuse folie de leur lutte sans espoir.

Assez curieusement, cela me remplit d'amertume, moi aussi. J'avais espéré mieux de cet homme — un dernier acte d'héroïsme, une charge désespérée, peut-être, contre un ennemi invincible. Mais non ! Intrigant jusqu'au bout, il s'était échappé et avait laissé sa garnison se sacrifier pour couvrir son ignoble fuite... A cette amertume succéda une vague de soulagement. En fin de compte, ma décision avait été la bonne. J'avais bien servi mon gouvernement et même ce pays. J'avais risqué gros, mais le résultat m'absolvait enfin. J'envoyai un message à Festhammer, puis invitai Harry Yaffa à partager mes sandwiches et mon café. Il était triomphant.

« Ça s'est passé comme sur des roulettes, monsieur l'ambassadeur ! Un vrai coup de maître ! Si Khiet réussit à gouverner le pays comme il a mené cette opération, tout ira à merveille. Il n'y a même pas eu trop de pertes : une cinquantaine de tués dans le Palais et une centaine de blessés. Ce n'est vraiment pas cher payé, quand on pense que tout le pays pourrait s'être révolté. Vous devriez être très fier de vous... Quand vous aurez bu votre café, faites le tour de la ville et voyez ce qui se passe : d'après ce que j'ai vu moi-même, ça doit ressembler à Paris après la prise de la Bastille ! »

La formule était assez juste. Bien que le soleil se levât à peine, les rues étaient pleines de gens qui riaient, criaient, s'embrassaient les uns les autres, sortaient des bars chargés de bouteilles qu'ils offraient aux soldats. Ils entourèrent ma voiture en battant des mains et en criant : « Vivent les Américains ! Vivent les amis de la République ! » Des groupes d'étudiants défilaient le long des trottoirs en portant des pancartes et des drapeaux. Devant l'Assemblée nationale, un homme jouait de l'accordéon et garçons et filles dansaient autour de lui au son d'une chanson d'amour la veille encore interdite. Dans la rue Catinat, la foule brisait à coups de pierres la vitrine d'un magasin — une librairie dont le propriétaire était un membre de la famille de Cung — puis elle y mit le feu, et la populace et les soldats poussèrent des cris de joie.

Les abords du Palais étaient gardés par la troupe, mais lorsque les soldats reconnurent le fanion de ma voiture ils nous laissèrent approcher assez près pour voir les murs en ruine, les cratères de bombes et le feu qui brûlait toujours. Les pillards s'affairaient à sortir des meubles, des objets d'art, des bouteilles de vin. Dans une autre rue, nous dûmes nous ranger pour laisser passer une procession de bonzes qui défilaient en portant le cœur de leur premier martyr dans un reliquaire d'or, sous un dais de soie rouge. La foule les applaudit et quelques badauds se mirent à genoux. Sur toutes les pagodes flottaient des drapeaux et, chaque fois qu'une robe jaune apparaissait dans la foule, les gens se bousculaient pour remplir sa sébille. Chaque fois aussi que quelqu'un reconnaissait mon fanion, c'était un tumulte d'acclamations. Une fois même, la voiture fut soulevée de terre et portée sur quelque cinquante mètres par des enthousiastes.

Bien que nous ne fussions pas allés très loin, il nous fallut plus de deux heures pour regagner l'ambassade. J'y trouvai Arnold l'Australien, qui m'attendait avec l'ambassadeur d'Italie. L'attitude de Manson était tendue et froide.

« Nous vous attendons depuis près d'une heure, monsieur Amberley. Il s'agit d'une question très importante. On nous a dit que le président Cung est toujours introuvable. Avez-vous d'autres informations ?

— Aucune, malheureusement.

— Nous avons donc un peu de temps pour agir. J'ai téléphoné à mes collègues du corps diplomatique. Tous sont d'accord : du simple point de vue humanitaire et compte tenu de l'opinion mondiale, la sauvegarde du président Cung doit être assurée. Mon collègue ici présent et moi-même, nous avons l'intention de nous rendre au quartier général du général

Khiet pour lui poser la question de la manière la plus énergique.

— C'est parfaitement votre droit, monsieur Manson, et j'approuve entièrement votre action.

— Nous aimerions que vous nous accompagniez, monsieur Amberley.

— Je ne pense pas que ce soit nécessaire. Nous avons déjà exprimé le même souhait au général Khiet et à ses collègues, et ils nous ont assuré que tout serait fait pour protéger la personne du président. Ma visite serait donc inutile — et j'ai beaucoup à faire. »

Il me regarda d'un air sévère et reprit froidement :

« Dans ce cas, voudriez-vous nous donner une note, signée de votre main, appuyant notre requête ?

— Je vous répète que nous avons déjà formulé la même, monsieur Manson. Je ne vois aucune raison de recommencer.

— Partons, Manson, dit sèchement l'Italien. Nous n'avons plus rien à faire ici et nous avons déjà perdu un temps précieux. Au revoir, monsieur. »

Lorsqu'ils furent partis, Anne Beldon s'écria d'un ton de reproche passionné :

« Pourquoi ? Pourquoi, au nom du Ciel, n'avez-vous pas accepté de faire ce qu'ils vous demandaient ?

— Parce que je suis l'ambassadeur, madame Beldon et, que je suis seul à décider ce que je dois faire. D'autres questions ?

— Non, monsieur, aucune, répliqua-t-elle d'un air froidement méprisant. Plus aucune, jamais ! »

Une demi-heure plus tard, Mel Adam revint

à l'ambassade. Il m'apportait son rapport, sa démission et la nouvelle de la mort de Phung Van Cung.

*

Adams était très calme. Il me raconta son histoire avec le détachement d'un homme qui avait pesé et accepté toutes les conséquences de sa conduite. Son impassibilité même m'en imposa, et je l'écoutai sans l'interrompre ni lui poser de question.

« ... C'est moi, monsieur, qui ai fait sortir Cung du Palais et je suis resté avec lui jusqu'à l'instant de sa mort. Le « comment » de cette mort est assez simple. Le « pourquoi » est un peu plus malaisé à expliquer, mais je vais essayer... J'avais rempli ma mission auprès du Service et de l'ambassade. J'avais exprimé mon désaccord sur une question de haute politique et annoncé ma démission. Vous m'avez demandé de rester pour épargner des difficultés à l'Administration. J'ai accepté à certaines conditions auxquelles vous avez souscrit. Mais j'avais d'autres obligations : envers moi-même en tant qu'homme, envers mon pays en tant que citoyen. Je ne pouvais accepter que mon pays ou moi-même fussions complices d'un assassinat éventuel. J'ai donc décidé d'agir. Hier soir, en quittant l'ambassade, je suis rentré chez moi et j'ai téléphoné au Palais. Il m'a fallu longtemps pour atteindre Cung, plus longtemps encore pour le persuader de consentir à me recevoir. Je suis allé au Palais dans ma propre voiture. On s'y préparait déjà à soutenir un siège. Ils savaient ce qui allait se passer, je n'ai donc eu à trahir aucun secret.

« Cung m'a reçu en présence de six de ses principaux collaborateurs. Je lui ai dit que j'agissais de mon propre chef et pourquoi. Je lui ai offert de l'amener à l'ambassade dans ma voiture. J'ai souligné que, si le Palais se rendait, une effusion de sang inutile serait évitée. Il m'a répondu qu'il ne s'abaisserait pas à demander asile aux Américains qui l'avaient trahi, et ses collaborateurs l'ont approuvé. Je lui ai proposé alors de l'emmener chez moi. Il a refusé cela également, en disant qu'il ne voulait pas nous mettre en danger, ma famille et moi. En désespoir de cause, je lui ai parlé de la maison du Numéro Un chinois, parce que, quoi qu'il arrivât, cet homme était intouchable : tout Cholon se soulèverait si son patriarche était pris à partie.

« A ce moment-là, certains de ses collaborateurs ont pris part à la discussion. Ils avaient manifestement déjà envisagé la possibilité de poursuivre le combat, même si le Palais tombait aux mains des généraux; on parla de sympathie dans les campagnes et de soutien de la part de généraux moins importants... Là-dessus, Cung a mis fin à la discussion et m'a demandé d'attendre dehors. J'ai attendu plus d'une heure avant de le revoir. Il m'a dit qu'il avait décidé de céder aux avis de ses conseillers et de se cacher. Il avait téléphoné au Numéro Un chinois, qui lui avait offert un asile temporaire dans sa maison. Je l'y ai conduit, sans que nous ayons à nous cacher, à onze heures. A ce moment-là, le Palais et ses environs étaient encore calmes et nous avons franchi les barrages sans difficulté.

« Dans la voiture, Cung était très calme. Soudain il m'a dit : « J'espère que vous comprenez, monsieur « Adams, que j'aurais aussi bien pu me faire conduire « par un de mes collaborateurs. La bataille ne sera « pas déclenchée avant plusieurs heures et je suis « encore libre d'aller et venir... Savez-vous pourquoi « j'ai choisi de vous accompagner ? Parce que, quand « un homme naïf fait une bonne action inspirée « par sa naïveté, on ne doit jamais le mépriser. Vous « êtes un homme naïf, monsieur Adams, et ce que « vous faites est bien, même si cela n'a d'importance « que sur le plan moral. Quant à votre ambassadeur, « ce n'est pas un naïf — c'est pourquoi il est meilleur « politicien que vous. Mais ce qu'il fait n'est bon ni « pour lui-même ni pour son pays... »

« Je lui ai dit que je ne désirais discuter ni la politique de l'ambassade ni vous-même. Il a haussé les épaules et m'a répondu que l'homme bon ne va jamais assez loin et que le méchant va toujours trop loin, en sorte que tous les deux manquent leur but.

« Lorsque nous sommes arrivés chez le Chinois, nous avons été accueillis par toute sa famille, hommes, femmes et enfants. Tous avaient revêtu leurs plus beaux habits. Cung en a été très touché. Le Numéro Un a prononcé quelques mots de bienvenue. Il a dit notamment : « Cet homme est l'honorable invité « de ma maison. Il vient ici comme président de ce « pays, et peu importe comment il partira. Vous vous « souviendrez tous qu'un hôte est sacré et que l'hon-

« neur qui lui est fait est pareil à l'honneur rendu aux
« ancêtres. »

« Je comprends le chinois et j'ai été touché, moi aussi, par cette courtoisie à l'égard d'un homme qui était, en fait, un fugitif. La famille s'est ensuite retirée et nous avons partagé le repas du Numéro Un. Pendant que nous mangions, un jeune homme a apporté un livre et le Numéro Un nous a expliqué sa présence avec un sourire et un apologue : « Lorsqu'on attend la
« visite du percepteur d'impôts de l'Empereur, il est
« recommandé de boire de l'alcool de riz, d'écouter
« de la musique ou des vers divertissants. De même,
« cette nuit, qui pourrait être une nuit de grande
« agitation, nous devrions écouter pendant un
« moment les vers de Li-Po, le Dieu en Exil, qui était
« aussi appelé Taï-Peng, le Grand Phénix... Lis,
« mon garçon ! »

« D'une voix d'acteur, le jeune homme s'est mis à lire des poèmes, *L'Escalier de jade*, *Une fille de Yueh*, *Chanson de l'eau bleue*, *le Moine de Szechuan*... et enfin *Le Rêve du vagabond sur la montagne Tien Mu* :

Je te laisse et m'en vais. Quand reviendrai-je ?
Que les chevreuils blancs paissent parmi les rochers
[verts...

Laisse-moi aller voir la montagne superbe
Comment pourrais-je m'abaisser à servir les puissants ?
Le faire serait diminuer mon cœur...

« Lorsqu'il eut fini, le jeune homme s'inclina

devant nous. Cung le remercia et dit gravement au Numéro Un : « Un autre que vous n'eût pas pensé à une telle chose, une nuit comme celle-ci. Vous me donnez encore une leçon et je vous en suis reconnaissant. Vous avez aussi éclairé mon esprit : à présent je sais ce que je dois faire... »

« Alors, il m'a demandé d'aller à l'orphelinat catholique et de ramener le père Williamson... C'est un homme étrange, que vous devriez rencontrer si vous restez ici, monsieur l'ambassadeur. Pendant la Longue Marche, il a soigné et nourri Mao Tsé Toung qui était malade, je crois. Après la Révolution, il a été emprisonné avec d'autres missionnaires européens. Quand Mao l'a appris, il lui a permis de quitter le pays. Depuis, il vit à Saigon où il dirige un orphelinat à Cholon. Il fait paraître un journal en chinois, et il a gardé des contacts clandestins avec la Chine, par Hanoï et Hainan. C'est un drôle de numéro, mais apparemment c'est à lui que Cung se confessait. Et c'est pour cela qu'il voulait le voir : pour se confesser.

« Je suis allé chercher le père Williamson et Cung s'est retiré avec lui dans une autre pièce. C'est alors que la fusillade a commencé. Le Numéro Un m'a demandé de ne pas prêter attention à ces violences, et il m'a donné une leçon : « Ne méprisez jamais cet homme, monsieur Adams. Il a de nom-
« breux défauts, il a commis des erreurs coûteuses,
« mais il y a de la grandeur en lui. Savez-vous pour-
« quoi il est venu avec vous, cette nuit ? Je sais ce qu'il
« vous a dit, mais ce n'est pas la vraie raison. Pour
« la comprendre, peut-être devriez-vous être oriental...

« Cette raison, la voici : Cung ne veut pas mourir
« clandestinement, écrasé par un mur ou tué par un
« éclat d'obus. Il veut que ses ennemis le capturent
« publiquement, il veut les obliger à faire un choix
« sans équivoque : ou bien l'assassiner, ou bien le
« juger ouvertement, même s'ils doivent finir par
« le tuer. Mais il faut qu'ils le fassent et qu'on sache
« qu'ils l'ont fait. Alors, votre ambassadeur aura
« honte du marché qu'il a conclu avec Khiet et
« ses collègues. Voilà ce qu'il pense. Bien entendu, les
« choses peuvent tourner autrement... »

« Je lui ai demandé pourquoi Cung n'avait pas simplement ordonné à la garde du Palais de se rendre pour éviter une vaine effusion de sang. Le Numéro Un a hoché la tête et a poursuivi : « Cela
« aussi, c'est très oriental. S'il n'y avait pas de combat,
« cela signifierait que personne dans ce pays ne
« croyait au régime et que personne n'était prêt à se
« battre pour sa foi. De cette façon, que l'Histoire le
« comprenne ou non, la preuve aura été faite... »

« Je lui ai demandé si, à son avis, Cung avait raison d'agir ainsi. Il a haussé les épaules et m'a dit que l'important, c'était que Cung lui-même le crût. Toute action est toujours partiellement bonne et partiellement mauvaise, parce que les hommes n'ont jamais appris à déchiffrer le sens de l'Histoire. Mais un homme peut toujours agir conformément au respect qu'il a pour lui-même et pour sa famille, et c'est tout ce que l'on peut attendre de lui... Là-dessus, Cung est rentré dans la pièce et le Numéro Un a fait reconduire son confesseur par un de ses fils. Le

Chinois, qui était très fatigué, nous a prié de l'excuser et je suis resté avec Cung. Nous avons bu du thé en écoutant le canon. Cung était très calme; triste, je crois, mais calme. Il avait perdu beaucoup de son arrogance et de ses manières irritantes qui le faisaient parler comme un maître d'école... « Il y a « toujours un terrible dilemme pour un homme « comme moi, monsieur Adams, m'a-t-il dit. Il faut « choisir entre une vérité morale et une erreur politi- « que. La faiblesse de ma personnalité et de mon « éducation, c'est que je me fais des deux une idée « trop précise. C'est un défaut typiquement occi- « dental, voilà pourquoi j'y cède si facilement. C'est « aussi un des pièges de cette forme de catholi- « cisme que j'ai choisie à cause de mon éducation « française. Elle implique une théologie aride et une « attitude morale si rigide qu'elle est fausse en elle- « même, parce qu'elle manque de tolérance, de « compréhension et de charité. Il n'y a pas long- « temps que j'ai commencé à comprendre combien « mes jugements étaient influencés par mon tempé- « rament. Je sais que certaines capacités me man- « quent : je pense trop et ne sens pas assez; je suis « trop sensible aux grandes idées, mais trop peu à « leur effet sur le peuple... Vous entendez le canon ? « J'ai cru et je crois toujours que cette bataille, si « désespérée qu'elle paraisse, devait être livrée. Mais « à présent qu'il est trop tard, je pense au sang versé « et aux morts inutiles... C'était la même chose avec « les bouddhistes. Votre ambassadeur ne voudra « jamais croire qu'au fond de moi-même je

« n'éprouvais aucun fanatisme à leur égard. Je n'étais « pas un inquisiteur catholique. La vérité, c'est que « j'ai essayé de fondre tout un peuple d'Asie dans un « même moule, et que je n'ai pas réussi. Mao Tsé « Toung a pu le faire, Ho Chi Minh aussi, parce qu'ils « ont un évangile très simple, que tous les hommes « peuvent comprendre, et parce qu'ils sont assez « implacables pour l'enfoncer de force dans la gorge « de tous, qu'ils le digèrent ou qu'ils en meurent... Je « m'étais fait à l'idée d'une société plurale, mais « j'étais trop intransigeant pour accepter toutes ses « conséquences et pas assez sage pour en tirer parti. « C'est étrange que cela m'apparaisse aussi claire- « ment, maintenant qu'il est trop tard pour changer... « Mais il y avait de bonnes choses dans ce que j'ai « fait, monsieur Adams — et en moi aussi, je ne crains « pas de l'affirmer en ces dernières heures de ma vie, « au seuil de l'éternité... Maintenant, si vous voulez « bien m'excuser, je voudrais prier un peu. »

« Je crois que j'ai sommeillé. Quand je me suis réveillé, il faisait déjà jour. Cung m'a dit qu'il avait téléphoné au quartier général de Khiet pour annoncer qu'il se constituait prisonnier à sept heures, devant l'église catholique qui se trouve à sept ou huit cents mètres de la maison du Chinois. Je l'y ai conduit. Il y a écouté la messe de six heures et demie, a communié et m'a rejoint près de l'entrée. Il m'a dit : « Je « vous remercie de ce que vous avez fait, monsieur « Adams. Je l'ai accepté parce que je voulais que « vous sachiez que j'apprécie votre bonne volonté. « Maintenant, vous allez faire exactement ce que je

« vous dis. Nous allons sortir ensemble de l'église. Les « soldats doivent m'attendre. Vous resterez en haut « des marches et vous attendrez qu'on m'ait emmené. « Quoi qu'il arrive, vous ne ferez rien — absolument « rien. Vous m'avez compris ? »

« J'ai encore essayé de le convaincre de nous demander asile. Il a refusé. Nous sommes sortis de l'église. Un camion militaire attendait au bord du trottoir et il y avait un détachement d'hommes armés de fusils automatiques. Cung est allé vers eux. Ils l'ont saisi brutalement et l'ont fait monter dans le camion, qui s'est mis en marche. Il avait parcouru moins de cent mètres lorsque j'ai entendu deux coups de feu... C'est tout, monsieur l'ambassadeur. »

Le récit de Mel Adams m'avait à la fois embarrassé et accablé. Parce que j'étais las et gêné, et parce que ma bonne conscience toute fraîche était une nouvelle fois mise au défi, j'éprouvais aussi de la colère. Je restai un moment silencieux, puis je demandai :

« Que voulez-vous que je dise, Mel ?

— Rien, monsieur. Tout est fini. Cung est mort.

— Et voilà ! Et vous êtes le noble ami qui l'a accompagné jusqu'au bout, le seul bon Américain dans un monde méchant. C'est bien cela ?

— Non.

— Laissez-moi vous dire comment j'interprète votre histoire, Mel : à mes yeux, elle vous fait apparaître comme un idiot sentimental qui fait de grands discours sur l'action et puis s'y plonge lui-même. Elle fait de vous un complice de cet assassinat, qui n'aurait peut-être jamais eu lieu si Cung était resté au Palais. A cause de vous, notre pays est mêlé à l'affaire plus qu'il ne l'eût été autrement. Vous vous êtes prêté à un martyre politique du même genre que les suicides de bonzes. Si nous en sommes accusés, ce sera votre faute.

— C'est votre interprétation des choses, monsieur, dit calmement Adams. Ce n'est pas la mienne.

— Et quelle est la vôtre ?

— J'estime que parfois, dans ce méli-mélo sanglant de politique et de diplomatie, il est bon qu'il entre un peu de simple bienséance humaine. Il faut qu'il y ait quelqu'un pour affirmer qu'un Chinois a autant le droit de manger qu'un Californien, qu'un marxiste n'est pas nécessairement un monstre plus qu'un capitaliste, et que le monde ne peut pas être régi par des policiers, des agents secrets — ni même des ambassadeurs... Peut-être ai-je commis une faute diplomatique, mais du moins ai-je passé ses dernières heures avec un autre homme faillible, et peut-être l'ai-je aidé à mourir avec dignité.

— Vous estimez que cela suffit ?

— Rien ne suffit jamais, monsieur. Un homme peut seulement cultiver son propre jardin et partager ses pommes avec son voisin. Maintenant, si vous voulez bien m'excuser...

— Vous pouvez aller, Mel. Votre ordre de voyage sera prêt cet après-midi. Mais encore une question : avez-vous consigné tout cela dans votre rapport ?

— Non, monsieur. Je le ferai si vous le souhaitez,

mais j'ai pensé que vous préféreriez peut-être que cela restât entre nous. C'est fini à présent. Laissons les morts enterrer leurs morts...

— Je crois en effet que ce serait plus sage. »

Mais plus sage pour qui ? Pour Mel Adams qui, s'il avait été plus malin, aurait pu tirer grand profit de son don-quichottisme — ou pour moi, que cette histoire aurait couvert de honte aux yeux d'un public sentimental ? De cette manière, il m'était possible de faire un rapport personnel au Département d'État et d'interpréter l'affaire à ma façon...

En fait, je dus l' « interpréter » plus tôt que je ne m'y attendais. Juste avant midi, Arnold Manson et son collègue italien revinrent du quartier général du général Khiet. Ils se montrèrent froids et pleins de reproches. Ils me dirent que la nouvelle de la mort de Cung était arrivée au moment même où ils s'entretenaient avec Khiet et obtenaient de lui les assurances qu'ils lui demandaient. Le général Thuyen avait protesté avec violence et parlé de trahison, sur quoi il était rentré chez lui. Ainsi, avant même d'être vraiment au pouvoir, la junte avait déjà éclaté et Thuyen, lié par l'esprit de famille et le code de la vengeance, pourrait bien se révéler un ennemi en puissance.

Il était manifeste que mes collègues me tenaient pour responsable, au moins en partie, de la mort de Cung et, à travers moi, mettaient en cause le gouvernement des États-Unis. Ce dangereux point de vue pouvait avoir des conséquences graves. Je leur servis donc ma propre version du récit de Mel Adams.

Étant à peu près exacte, elle ne m'obligeait pas à un mensonge diplomatique...

« Je crains, messieurs, de vous avoir paru brutal et indifférent, ce matin. Mais je ne pouvais pas vous dire qu'un de mes collaborateurs était personnellement mêlé à une tentative qui avait pour but de sauver la vie du président Cung... Avant le début de la bataille, hier soir, il a emmené le président hors du Palais dans sa propre voiture et s'est caché durant toute la nuit avec lui. Il a essayé de persuader Cung de se réfugier ici, dans cette ambassade, où j'étais prêt à lui donner asile pendant qu'il négocierait son départ de Saigon. Cung a refusé notre offre et a insisté pour se constituer prisonnier. Il a été arrêté à Cholon, à sept heures du matin, et a probablement été abattu peu après. Vous voyez bien, messieurs, que je ne suis pas tout à fait l'ogre que vous croyez ! »

Ils se répandirent en excuses et acceptèrent de boire avec moi le verre de l'amitié avant de partir. Qu'ils m'aient cru ou non, c'est une autre affaire — mais la diplomatie, comme le théâtre, est basée sur une illusion de réalité plus que sur la conviction. Et si cette définition fait de nous des charlatans et des saltimbanques, de quoi vous plaignez-vous, mesdames et messieurs ? Vous nous payez pour entretenir ces belles illusions, et après le spectacle nous restons seuls dans les coulisses, parmi les décors poussiéreux, sans illusions du tout...

*

Ce fut une journée longue et épuisante, pleine de rumeurs et de nouvelles contradictoires, dont chacune devait être passée au crible, analysée et finalement mise noir sur blanc dans les rapports adressés à Washington. Je n'eus ni le temps ni le goût de me livrer à mon autocritique; après une nuit blanche, j'avais déjà assez à faire pour tenir debout.

Harry Yaffa était d'une assurance inébranlable. Il avait une cuiller dans chaque pot et paraissait à même de les remuer toutes en même temps. Il passa la journée à entrer et à sortir. Quand je demandais un renseignement, il l'avait; quand je demandais un avis, il me le donnait en l'appuyant d'un luxe impressionnant de précisions. Il semblait se réjouir de l'excitation générale, et pourtant il ne dramatisait rien, toujours prêt à prendre son temps quand une question appelait réflexion ou discussion. Après ma dernière passe d'armes avec Mel Adams, je trouvai rafraîchissant son amoralisme souriant. A la fin de la journée, alors que tout le monde avait l'air et l'impression d'avoir été passé à l'essoreuse, lui, était toujours net dans sa chemise fraîche et son complet bien repassé. Je le fis monter dans mon bureau pour boire un verre et il résuma la situation avec une précision cynique :

« C'est dans la poche, monsieur l'ambassadeur ! Peu de pertes, un nouveau gouvernement, un public enthousiaste. Les provinces sont calmes et il n'y a pas eu d'interruption importante de l'action militaire.

Je crois que nous avons bien mérité ce verre !... Bien sûr, un autre problème va se poser, mais nous le réglerons en temps voulu.

— Quel problème, Harry ?

— Le général Thuyen... Un de mes agents lui a parlé cet après-midi. Il est fou furieux. Il prétend que Khiet a trahi ses engagements et sciemment manigancé la mort de Cung — ce qui est peut-être vrai, ou peut-être pas. Mais Thuyen a juré de ne pas se raser la barbe avant d'avoir liquidé Khiet. Je n'y attache pas trop d'importance : Thuyen ne fait pas le poids et son influence est limitée. Nous devrons pourtant le tenir à l'œil... »

Il dit cela si négligemment et j'étais si fatigué que je faillis ne pas y prêter attention. Et pourtant... Cung était mort, les généraux au pouvoir — mais rien n'était arrangé, rien n'était sûr. Déjà un nouvel usurpateur complotait dans l'ombre et un jour, tôt ou tard, tout recommencerait. Et moi, le joueur exercé, j'aurais à engager à nouveau la même sinistre partie : soutenir l'un, miser contre l'autre — et tuer le perdant ! Je ne voulais même pas y penser. J'avalais mon verre d'un trait.

« Assez, Harry, assez ! dis-je. Qu'ils aillent tous au diable ! Rentrons à la maison ! »

A la maison... Une maison hantée, avec un jardin sinistre et des gardes qui faisaient les cent pas toute la nuit pour me protéger contre tout, sauf contre moi-même...

*

La hantise ne commença pas tout d'un coup. Elle me gagna lentement, comme un brouillard s'élevant des marais, par nappes et lambeaux s'effilochant avant même qu'on les aperçoive.

Lorsque j'arrivai chez moi, j'avais la sensation d'avoir été roué de coups. Chacun de mes os et de mes muscles me faisait mal et il me semblait porter un poids énorme sur les épaules. Je demandai à Bill Slavich de faire venir mon masseur, que j'attendis dans un bain très chaud, un verre de whisky à portée de la main. Mon corps se détendit lentement, mais une grande lassitude m'envahit, au point que je n'avais même pas le courage de prendre mon verre. En même temps, mon esprit se mit à travailler, à tourner comme une toupie chantante. Si j'avais eu un crayon et la force de m'en servir, j'aurais pu en quelques minutes coucher sur le papier toute l'histoire de mon aventure saïgonaise. J'aurais pu la rendre claire aux plus obtus comme aux plus malins, parce que son dessin ressemblait lui aussi à celui d'une toupie musicale : des bandes de couleurs éclatantes, distinctes mais harmonieuses. J'éprouvais un vif désir de m'expliquer à quelqu'un, mais comme je n'avais personne à qui parler, c'est pour moi-même que je fis ce récit. Sur quoi la fatigue l'emporta, je fermai les yeux et somnolai un peu. Lorsque je m'éveillai, mon bain s'était refroidi. J'en sortis paresseusement, me séchai et m'allongeai sur mon lit.

D'ordinaire, mon masseur était un homme silencieux, et son silence avait la même vertu sédative que ses doigts. Mais ce jour-là, exalté par les événements il parla sans arrêt, et je lui répondis, imitant son français nasal d'Annamite, lui faisant de belles promesses et formulant des avis sentencieux sur l'avenir de la République et de son nouveau gouvernement. Mon éloquence le réduisit très vite au silence. Je parlais avec loquacité, mais les mots allaient moins vite que ma pensée, si bien que je finis par m'énerver et qu'il me dit :

« Plus parler, monsieur, je vous prie... Les muscles deviennent durs et moi pas pouvoir vous rendre tranquille... »

Sa prudence me mit mal à l'aise. Je m'imposai silence et, bientôt, je m'endormis sous ses mains lénifiantes. Quand je me réveillai, il était parti; j'étais étendu, nu, sous une couverture. Pendant un court instant, sans raison, j'eus peur. La pièce me semblait étrange, différente. J'y sentais flotter une légère menace, indéfinissable, comme au réveil d'un cauchemar. Puis, brusquement, tout reprit sa place. Mon esprit était lucide, mon corps détendu. J'avais faim. Je m'habillai rapidement et descendis pour boire un cocktail avant de dîner.

A l'entrée du salon se trouvait un grand miroir au cadre doré et, en m'y regardant, je vis que j'avais oublié de nouer ma cravate qui pendait autour de mon cou. Encore un étrange moment de malaise — le brouillard du marais... Je devais être plus fatigué que je ne le pensais. Je nouai en hâte ma cravate. Le salon était vide. Je n'avais pas envie d'être seul. Je sonnai Hanson et lui demandai de me préparer un grand martini, très sec. Il me regarda d'un air inquiet.

« Vous avez eu une longue journée, monsieur, et vous n'avez pas dormi du tout la nuit dernière... Vous devriez essayer de vous coucher tôt, ce soir. »

Je lui dis que j'en avais bien l'intention et me lançai sans avertissement dans un nouvel exposé des événements de la semaine. Ce bon serviteur commença par m'écouter attentivement mais bientôt (parce que j'avais perdu le fil de mon histoire ou parce que j'avais parlé trop longtemps) il me demanda de l'excuser et me laissa seul.

Je me sentais grand et puissant. J'avais chaud à cet endroit où jadis se trouvait mon cœur. C'était étrange, qu'un homme pût vivre si longtemps sans cœur... Les Russes ont maintenu en vie un chien doté d'un cœur artificiel — à moins que ce ne fût un chien artificiel avec un cœur humain ? Peu importait.. Les Russes étaient des gens très malins : ils arrivaient à se convaincre que tout ce qu'ils faisaient était bien. C'était très difficile, cela. J'avais essayé, j'avais échoué, et pourtant, selon mon *curriculum,* selon Festhammer et selon le général Tolliver, j'étais un brillant ambassadeur...

... Pas assez malin, toutefois, pour garder vivant George Groton, oh ! non. Je suis désolé, George, vraiment désolé. Si seulement j'avais pu te faire comprendre mon problème... Si tu avais vécu jusqu'à mon âge, tu aurais pu avoir à affronter le même. C'est comme ça, George... Je ne suis pas *moi,* je suis le symbole d'un pays. Un symbole n'a pas de responsabilité. On l'utilise, selon la nécessité, à toutes sortes de fins : sur les billets qui servent à payer les putains, sur le képi des généraux, au-dessus du portique d'un tribunal, comme sceau pour signer un exploit de justice. Il n'agit pas; il est là, simplement. On ne le félicite pas, on ne l'accuse pas — mais on doit le respecter... Et je voulais que tu me respectes, George. J'ai besoin de respect, parce que j'ai de la peine à me respecter moi-même. Tu me comprends, n'est-ce pas ?...

J'attendis sa réponse — mais il n'était plus là, et peut-être n'avais-je même pas parlé. Les nerfs, comme on dit. Une rude journée au bureau. Boire un verre ensemble, à la fin de la journée, cela est agréable pour les couples mariés. Ils se parlent, ils se consolent l'un l'autre, et puis ils vont se coucher et font de jolis enfants — et les Esprits du ciel répandent sur eux de jolies bombes et les font frire au napalm. A ta santé, George ! Et à la tienne, Gabrielle, mon amour ! Il t'a toujours fallu longtemps pour t'habiller, le soir, avant dîner...

Le dîner... Un menu de diplomate. Vous connaissez cela, pas vrai, Hanson ? La variété des plats est une chose très importante : la société plurale, la diversité d'opinion, chacun selon son goût. Le menu doit en tenir compte. Prendre son temps, cela aussi est important. Il est impossible d'expédier un bon repas, inconcevable d'engouffrer un bon vin. On s'abandonne donc à un temps sans mesure. C'est essentiel, Hanson ! Un bon diplomate ne devrait jamais regarder une horloge. Les gens aiment s'endormir sur une idée nouvelle, l'essayer sur leur épouse ou leur maîtresse, la porter comme une paire de chaussures neuves, pour voir si elle est confortable. C'est toute la raison d'être d'un dîner diplomatique, Hanson : ce que les Grecs appelaient *agapê,* un festin d'amour. Vous avez assisté à pas mal de festins de ce genre, n'est-ce pas, Hanson — et vous avez vu pas mal de mains et de pieds se chercher sous la table... Je me demande si le général Khiet donnera de meilleurs dîners que Cung. Le dernier était assommant. Cung en avait fait une espèce de Cène... en me confiant le rôle de Judas. Il m'a envoyé ensuite un cadeau pour célébrer le début du spectacle, mais nous en avons monté un nous-mêmes, beaucoup plus réussi, pas vrai, Hanson ? Un vrai drame élizabéthain ! Une vraie marche triomphale à travers Persépolis... Vous voyez, j'ai réussi à le dire : Persépolis... Persépolis ! Je suis fatigué, très fatigué, je suis même peut-être un peu saoul, mais toujours capable de traverser triomphalement Persépolis. Je l'ai fait, d'ailleurs... Quelle foule ! Hosannah et le reste ! Une révolution vraiment populaire : Cung n'a pas pu le voir, mais moi, si. Résultat : il est mort, et je suis assis ici, seul, mais vivant... Non, merci, Hanson, rien que du café et un peu de cognac. Ne m'embêtez pas, mon vieux, j'irai me coucher quand j'en aurai envie... »

Je savais que j'étais lucide, parce que je pensais avec une extraordinaire clarté. Je parlais peut-être trop, mais les Grecs avaient un nom pour cela aussi : *catharsis*. Un peu de patience, c'était bien le moins qu'on pût demander à un bon domestique... Le café qu'il m'apporta était amer, et je lui préférai un second verre de cognac. Une fois encore — mais cette fois-ci cela dura plus longtemps — je trouvai à ce décor naguère familier un air étrangement menaçant. Je m'approchai de la fenêtre et regardai au-dehors. Les gardes étaient toujours là, mais le jardin avait changé. Il me parut plus luxuriant, plus proche de la maison, comme... Comment avait dit le Français ? Comme ces arbres qui dévoraient la ville... La peur me fit tirer les rideaux et me rasseoir sous la lampe, mais mes mains se mirent à trembler et je faillis lâcher mon verre. Lorsque je voulus le poser, il tomba de la table et se brisa sur le sol. Sans aucune raison, je me mis à pleurer sans larmes, sur l'alcool répandu, sur le sang répandu, sur les vases brisés de verre et de chair, sur toutes les pauvres âmes enchaînées à la roue de la vie, qui était devenue la roue d'un char de Jaggernaut et les écrasait dans la poussière...

Où êtes-vous, Anne ? Vous devriez être ici, avec moi, ce soir. Non, pas pour travailler — je ne suis pas un patron si exigeant ! — mais pour bavarder un peu. Est-ce tant demander ? Il m'arrive quelque chose que je ne comprends pas... Les murs se rapprochent. Les arbres veulent me dévorer, et Judas est pendu dans mon placard, de l'argent plein la bouche... Anne, je vous en prie, venez !...

Elle ne vint pas — et au bout d'un moment j'essayai de me reprendre, car un ambassadeur est un personnage important qui ne doit jamais montrer qu'il a peur. La bouteille de cognac dans une main, un verre propre dans l'autre, je montai dans ma chambre. A mi-chemin, je me rappelai la curieuse légende de l'homme qui avait perdu son ombre — et je sus ce qui m'agitait : moi aussi, j'avais perdu mon ombre ! Mais je n'osai pas regarder derrière moi, pour le cas où elle serait là, dansant une gigue moqueuse au pied de l'escalier...

Dans ma chambre, je me sentis en sûreté. Je me déshabillai furtivement et mis mon pyjama, puis je pris le flacon de somnifère et fis tomber deux capsules rouges dans le creux de ma main. Je fus tenté d'en prendre plus, par mesure de précaution, mais je savais que si je le faisais mon ombre me quitterait pour toujours, pensée insupportable... Je mis les deux capsules dans ma bouche, remplis à demi mon verre de cognac et portai un toast à mon reflet dans le miroir.

Ce fut un instant de pure horreur. L'image qui me regardait dans le miroir était la plus hideuse que j'eusse jamais vue : un visage gris cendreux, avec des yeux rouges et fixes, des narines palpitantes, une énorme bouche tordue par un rictus haineux, une touffe de cheveux noirs striés de gris sale. Je la regardai longuement, avec effroi, puis je lui jetai le contenu de mon verre. Le cognac ruisselant sur le miroir déforma l'image de façon encore plus monstrueuse. Je ne pus le supporter. Je saisis la bouteille d'alcool et me mis à frapper, froidement, sauvagement...

*

Je me réveillai avant l'aube, brûlant et suant, et regardai craintivement autour de moi. Anne Beldon, en robe de chambre et en mules, était assise près de mon bureau. Sans doute poussai-je un cri, parce qu'elle vint immédiatement vers moi, me fit boire un peu d'eau et me passa un linge humide sur le visage. Je remarquai que ma main droite était entourée d'un pansement. Je lui demandai ce qui s'était passé, et elle me répondit simplement :

« Vous étiez très fatigué et vous avez un peu trop bu, c'est tout. »

Je savais qu'il y avait eu autre chose, car la peur était toujours dans la chambre; mais encore abruti par le somnifère, je ne me rappelais pas ce qu'était cette peur. Je pris la main d'Anne et la forçai à s'asseoir sur le bord de mon lit, en la suppliant de me dire la vérité.

« Il est arrivé quelque chose de terrible, Anne ! J'ai fait quelque chose, j'ai dit quelque chose... je ne sais pas quoi. J'ai eu affreusement peur, et je ne sais pas pourquoi...

— Vous n'avez aucune raison d'avoir peur. Vous avez brisé un miroir et une bouteille de cognac, vous vous êtes blessé à la main — c'est tout ce qui s'est passé.

— Vous êtes sûre ?

— Mais oui.

— Qu'ai-je dit, Anne ?

— Cela n'avait pas beaucoup de sens... Quand j'ai

entendu le bruit, je suis venue et je vous ai trouvé devant le miroir brisé. Vous hurliez : « Chante, bon sang ! Chante ! » Lorsque vous m'avez vue, vous vous êtes tu et vous m'avez regardée comme une étrangère. Je vous ai obligé à vous coucher et vous m'avez dit : « Il ne voulait pas pleurer non plus...
« Même pendant que je le tuais, il ne pleurait pas...
« Si on ne peut pas chanter, on devrait au moins être
« capable de pleurer ! » Et puis vous vous êtes endormi... Vous voyez bien qu'il n'y a pas grand mal.

— Pas grand mal ?... Seigneur, Anne, si seulement vous saviez ! »

Et brusquement tout me revint dans un torrent de mots désordonnés, tandis que je m'accrochais à elle en la suppliant de comprendre, pour mon propre salut... Finalement, lorsque je fus à bout de mots et d'aveux, elle me serra contre sa poitrine et murmura doucement :

« Pauvre homme... Pauvre homme perdu et obstiné... »

Elle s'allongea à côté de moi et berça ma tête dans le creux de son bras jusqu'à ce que je me rendorme.

Lorsque je me réveillai à nouveau, le soleil brillait. Ma folie s'était dissipée et Anne était partie. Je ne vis pas trace du miroir brisé. On m'avait préparé des vêtements propres. Il y avait du café et des toasts sur ma table de chevet.

Une heure plus tard, Bill Slavich me conduisit au ministère des Affaires étrangères pour rencontrer les généraux victorieux.

XII

J'AI peu de choses à dire touchant les derniers mois de mon séjour à Saigon. Après cette nuit horrible, je savais que mon salut personnel dépendait d'un compromis. Ce qui était fait était fait; il me fallait essayer de tirer de ses conséquences le meilleur parti politique possible. Je ne pouvais pas quitter le pays précipitamment sans qu'on vît là une condamnation implicite de notre politique et de la manière dont je l'avais appliquée. D'autre part, je ne pouvais affronter — plus jamais — une agression aussi dangereuse contre mon être même. Ayant donc renoncé au luxe d'un point de vue moral, je fis mon travail avec un détachement calculé. Je marchandai durement le renouvellement de notre aide financière. Je refusai d'avoir des rapports personnels avec les membres de la junte : je ne pouvais envisager de les estimer comme j'avais estimé Cung; je ne pouvais que les mépriser comme je me méprisais moi-même. Lorsque le général Thuyen, portant à présent la barbe et décidé à se venger, sortit de l'ombre pour prendre le pouvoir, je restai dans la coulisse et ne fis rien pour intervenir.

En face de la longue et implacable agonie du pays, j'observais un détachement clinique. Nous avions échoué politiquement, mais, sans nous, la situation militaire se fût depuis longtemps effondrée. Le combattant était toujours le plus noble personnage d'un ignoble tableau. Lorsque des échauffourées sanglantes éclatèrent entre bouddhistes et catholiques, je harcelai les généraux de menaces de nouvelles sanctions et d'un retrait total, mais je refusai de prendre publiquement position sur la question religieuse. Ayant rejeté toute foi, je pouvais mépriser les excès de ceux qui prétendaient en avoir une... Quand ma conscience se révoltait au spectacle d'enfants massacrés à coups de hachoirs de boucher, je songeais à George Groton et mon cœur s'endurcissait à nouveau. Ce peuple demandait à décider de son destin ? Qu'on le laissât faire, et éponger ensuite son propre sang ! Mel Adams était parti, ce qui m'épargnait la honte de la comparaison qu'il eût faite entre les mesures de répression de Phung Van Cung et le criminel *laissez-faire* [1] des militaires.

Dans un sens, ce détachement voulu m'était nécessaire. Sans lui, j'aurais pu devenir fou. Mais politiquement, c'était pour moi comme pour mon gouvernement une manière de « perdre la face » : nous avions été complices d'un assassinat pour prévenir des désordres publics — mais à présent qu'un nouveau

1. En français dans le texte. (N. du T.).

régime voyait se produire des désordres encore plus graves, nous nous disions impuissants à y mettre un terme... C'était là, pour moi aussi, une rude épreuve morale, bien que je fisse le nécessaire pour éviter de prononcer mon verdict avant d'avoir retrouvé assez de force physique et mentale pour le supporter. Et si j'avais renoncé à tout jugement spirituel, ma faiblesse se manifestait dans le fait que je pusse atteindre à l'amoralisme total et apparemment satisfaisant de Harry Yaffa. Je le savais, et je comprenais que Cung m'avait bien jugé. Je savais aussi que je devrais finir par suivre l'exemple de Mel Adams et quitter le Service. Mais mon départ ne me vaudrait ni honneurs ni satisfaction, car je ne démissionnerais pas pour une question de principe, mais seulement pour incapacité — même si j'étais seul à le savoir.

Dans le Service, j'étais toujours un bon exécutant, digne de confiance : « Laissez faire Max ! Il ne se laissera ni bousculer ni rouler ! » disait-on à Washington, en manière de compliment. Mais Max savait mieux que personne ce qu'il en était vraiment : Max était un vieux cheval qui franchissait toutes les haies dans un style mesuré — mais il était à bout de souffle et ne gagnerait plus jamais une course.

Cela n'allait pas sans amertume, de me savoir ainsi, au milieu de ma carrière, dépouillé de toute ambition, de franchise et de respect de moi-même. Je n'étais pas seulement un homme irrésolu, j'étais un homme vidé, stérile; je ne croyais plus à ce que je faisais ni à ce que j'aurais dû être; je ne voyais aucun moyen de reconstituer mon capital évanoui. Je n'avais plus aucun contact personnel avec mes collègues, ne pouvant prendre le risque de voir l'un d'entre eux soulever mon masque et découvrir le mannequin creux qui le portait.

Anne Beldon avait demandé un congé pour aller voir sa mère souffrante. Une fois à Washington, elle avait demandé son transfert à Rome. Aucun de nous deux n'avait eu le courage d'envisager la suite possible de cette nuit de confrontation et de tendresse perdue.

Aussi, par besoin d'une autre amitié, je me mis à correspondre avec Muso Soseki et j'en vins peu à peu à lui exposer mes problèmes. Finalement, lorsque je fus en mesure de songer à ma retraite, je le suppliai de me recevoir à nouveau à Tenryu-ji. Sa réponse — un modèle de cette calligraphie où il excellait — fut courte et simple : « *Quand vous serez prêt, venez. Je sais ce dont vous avez besoin...* » Pour exprimer mon besoin, il avait dessiné le bel idéogramme de « l'homme-sous-un-arbre », qui signifie « repos ».

*

Lorsqu'il m'accueillit enfin dans sa maison et lorsque nous parlâmes ensemble pour la première fois, il me regarda d'un air grave — et dessina un autre signe pour dépeindre ma condition : l'idéogramme du « cœur-à-la-fenêtre », qui signifie « anxiété ». Puis il traça le symbole de « la-femme-sous-un-toit » pour me faire comprendre vers quel état je devais tendre : la paix et la tranquillité. Il commenta ensuite la chose par une parabole :

« Le cœur regarde par la fenêtre, voit ce qu'il ne comprend pas, désire ce qu'il ne peut avoir. Il est troublé et effrayé... L'arbre regarde mais ne voit pas, se tient debout mais ne bouge pas, grandit mais ne désire pas. L'homme se repose sous l'arbre, soutenu par son tronc, abrité par ses feuilles, et il partage la vie de l'arbre pour gaspiller la sienne. La maison abrite la femme, la femme serre l'homme dans ses bras, et la vie naît de leur tranquillité... Ainsi vous, mon ami, vous devez fermer la fenêtre qui donne sur le monde extérieur et commencer à regarder en vous pour découvrir votre être véritable. Vous vous assoirez dans mon jardin et vous deviendrez un arbre.

— Et la tranquillité ?

— Elle accompagne l'illumination, qui est trouvée par celui qui ne la cherche pas. »

Après la dialectique âpre et destructrice que j'avais si longtemps pratiquée, il m'était extraordinairement difficile de me réadapter aux méthodes du silence. Pendant plusieurs jours je tournai en rond, énervé, insatisfait et agacé parce que Muso Soseki refusait de s'engager dans toute discussion des problèmes qui m'agitaient. Quand j'insistais trop, il souriait et dessinait le mot qui signifie « désordre », c'est-à-dire une combinaison de « parole » et de « travail », puis l'idéogramme de « l'eau-dans-la-forêt », qui définit la nature de la solitude et de la contemplation. Il me fallut longtemps pour accepter cet aimable reproche, mais lentement le calme se fit en moi et, dans le jardin subtil, à la saison des érables en feu, je commençai à sentir en moi les bienfaits de la libération et de la disponibilité. Je dormais mieux; chaque matin je m'éveillais avec un sentiment d'émerveillement croissant au spectacle des rochers, du bassin aux nénuphars et des feuilles mortes.

Je me sentais impatient de reprendre les exercices d'illumination que j'avais commencé à pratiquer longtemps avant, mais Muso Soseki avait d'autres idées.

« Moi aussi, me dit-il, j'ai appris quelque chose grâce à vous, mon ami, comme l'eau s'empare de l'image de l'homme qui s'y regarde. Nous venons de pays différents, nous sommes les produits de civilisations différentes, nous communiquons dans des langues différentes. C'est pourquoi nous ne devons pas accepter trop aisément ni rejeter trop vite notre patrimoine. Nous regardons le même arbre, mais si nous le décrivons à un étranger celui-ci croira que nous parlons de deux arbres différents. Donc, pour commencer, nous parlerons chacun à notre manière et nous verrons ce que nous pouvons nous apprendre l'un à l'autre. Dites-moi d'abord ce qui vous est arrivé... »

Ce fut, je crois, une espèce de confession — mais pleine de lacunes, dont certaines m'étaient imposées par le nécessaire secret professionnel, et d'autres par la honte de mes faiblesses. L'attitude du vieillard était faite de détachement et d'un évident respect. Il n'était pas un psychanalyste cherchant à mettre au jour les secrets d'un esprit troublé, aux bas-fonds douteux, ni un confesseur mettant en balance les fautes et le repentir avant de prononcer son absolution. Il accepta mon récit tel qu'il était, sans poser de question, comme le spectateur d'une pièce à qui l'auteur impose sa propre interprétation des faits. Je le lui fis remarquer, et il me répondit de la manière symbolique qui lui était familière :

« Lorsqu'un homme choisit de se livrer à un ami, celui-ci est pris pour témoin d'une naissance, comme celle d'un enfant ou l'épanouissement d'une fleur. Ce qui était dissimulé dans l'ombre surgit à la lumière; cette vie cachée qui se révèle, si elle veut se développer, a besoin d'air, de soleil et d'une nourriture bien choisie. Si la fleur ne s'épanouit pas elle se fane, meurt en bouton et tombe de la tige. Si un homme ne se révèle pas à lui-même, sa croissance est arrêtée et, finalement, la vie secrète de son âme meurt comme un bouton rongé par les vers. Mais il faut être patient et ne pas demander que cet épanouissement ait lieu d'un seul coup. D'abord, une petite pousse surgit timidement, puis une autre, et la tige devient plus forte avant de se couvrir de boutons, de fleurs et de fruits... Vous êtes encore réticent, je le sais. Être timide, ce n'est pas avoir peur mais avoir conscience de la fragilité de son être intérieur. »

Je lui dis avec un peu de rancœur que d'autres, que j'avais aimés et estimés, ne s'étaient pas montrés si prudents, qu'ils avaient formulé des jugements sommaires et m'avaient abandonné brutalement. Il hocha la tête et me corrigea calmement :

« Sommaires, oui, mais sans brutalité. Eux aussi

étaient timides, mon ami. Ils attendaient de vous ce dont ils manquaient eux-mêmes. En voyant que vous ne pouviez le leur donner, ils étaient déçus, fâchés et peut-être effrayés.

— Mais, à moi, ils ne reconnaissaient pas le droit d'avoir peur !

— Ils étaient plus jeunes et moins éclairés, dit Muso avec indulgence. Je suis plus âgé, et je reconnais vos droits. Commençons donc au point où nous en étions restés... Avez-vous trouvé la réponse à la question du coucou ?

— Oui : j'ai tué le coucou...

— Il n'y a donc plus de chanson, pour vous, ni en hiver ni en été ?

— Ni chanson ni oiseau. Rien qu'un reproche que j'endure chaque jour.

— Le coucou vous a-t-il reproché de le tuer ?

— Pas dans mon rêve.

— Qu'était-il d'autre qu'un rêve ?

— A la fin de mon rêve, il s'est transformé en un homme.

— Avez-vous tué cet homme ?

— J'ai dit le mot qui a éveillé le chasseur, et le chasseur l'a tué.

— Le coucou est donc mort et l'homme aussi... Parlons d'une rivière.

— Quelle rivière ?

— Qu'est-ce qu'une rivière ?

— De l'eau qui coule d'un point élevé pour se jeter dans la mer.

— L'eau n'est jamais la même, et pourtant la

rivière est toujours la même. Comment l'eau peut-elle être rivière ?

— La rivière est le lit où coule l'eau.

— Mais sans eau, ce lit n'est qu'une vallée vide.

— La rivière est donc le lit, l'eau et le flux de l'eau.

— Bien. Écoutez-moi : je jette dans la rivière un bâton, une pierre et un homme. Que leur arrive-t-il ?

— Le bâton flotte, la pierre coule, l'homme nage ou se noie.

— Et la rivière ?

— Elle change mais elle est toujours la même.

— Que l'homme nage ou se noie ?

— Oui, dans les deux cas.

— La rivière se soucie-t-elle de ce que fait l'homme ?

— Non, lui seul s'en soucie.

— Pourquoi ?

— Parce qu'il n'est pas une rivière, et il sait qu'il le sait, et celui qui sait est admirable mais terriblement seul.

— Parlons maintenant de celui qui sait. Lorsque vous avez prononcé le mot, saviez-vous qu'il éveillerait le chasseur ?

— Oui.

— Pourquoi l'avez-vous prononcé ?

— Parce que, si je ne le faisais pas, des bêtes sauvages pourraient sugir et nous dévorer tous. Mais le chasseur était une bête, lui aussi...

— C'était aussi un homme ?

— Oui.

— Vous avez donc éveillé l'homme et la bête avec le même mot ?

— Oui.

— Et une bête s'est éveillée en vous également ?

— C'est vrai.

— Auriez-vous pu empêcher l'éveil de ces bêtes ?

— Oui, en ne parlant pas.

— Mais votre mission était de parler. C'était votre rôle.

— J'aurais dû ne pas l'accepter.

— Vous devriez donc vous accuser de cela, mais non de la mort de l'homme.

— L'une est la conséquence de l'autre.

— Comment le savez-vous ?

— Il me le semble.

— Ce qui semble être n'est pas toujours ce qui est.

— Je voudrais bien savoir ce qui est...

— Regardez ces érables... C'est l'automne, le temps de la chute des feuilles. Est-ce le vent qui déchire les arbres ou les arbres qui jettent leurs feuilles au vent vagabond ?

— Peu m'importe, parce que je ne suis ni feuille ni vent !

— Mais si ! Vous êtes feuille, arbre, bête et vent. Étant un homme, vous êtes lié à tout, un résumé de tout.

— Non ! (La véhémence de ma protestation me surprit moi-même.) Ne comprenez-vous pas ? Toute l'erreur est là, l'erreur personnelle et l'erreur politique... Je ne suis pas un arbre, et si j'essaie de décider comment l'arbre doit pousser, je le meurtris et le tords, comme les *bonsai* de votre jardin ! Nous ne sommes pas des Vietnamiens, des Japonais ou des Malais. Comment pouvons-nous décider pour eux leur manière de vivre, et ce qu'il leur faut croire pour être satisfaits ? C'est cela qui engendre le crime, la destruction et la haine ! Je le sais, car j'en ai été l'instrument... »

Le vieux moine ne répondit pas tout de go mais continua patiemment de m'expliquer ses vues, en arpentant les sentiers de gravier et en s'arrêtant pour admirer quelque petite merveille cachée du vieux jardin :

« Vous ne devez pas être trop dur avec vous-même, mon ami, ni trop attendre des moyens imparfaits par lesquels l'humanité gouverne une planète complexe. Tel est le paradoxe, voyez-vous, la contradiction apparente au-delà de laquelle nous essayons d'atteindre à une harmonie invisible. En langage oriental, tel est le but du *satori :* éclairer l'harmonie et l'unité et permettre à l'homme d'y retrouver sa place. Mais le *satori* lui-même n'est pas un état permanent. Seul le *nirvana* est une illumination permanente et éternelle... Vous dites qu'il ne faut pas décider la manière dont l'arbre pousse; mais s'il menace votre maison, ne l'élaguerez-vous pas ?

— Faut-il aller jusqu'à le tuer ?

— Si l'arbre tombe sur votre maison, il mourra, et la maison sera détruite, et vous serez tué, vous aussi.

— Trois morts sont-elles pires qu'une seule ?

— Toutes les morts sont une seule mort, et

pourtant il n'y a pas de mort. La bête que vous tuez devient une bête en vous. Le bien que vous tuez repousse comme la mousse sur un tombeau. »

Je fus brusquement fatigué et dégoûté de ce dialogue symbolique, qui me semblait sans issue. Je n'étais plus le même homme qui était venu à Tenryu-ji avec George Groton. J'avais changé. Je n'étais plus à ma place dans ce jardin. J'étais excédé par le subtil langage du *mondo;* à présent j'étais un *gaijin,* « l'homme extérieur ». J'avais besoin d'une autre sorte d'illumination que celle que m'offrait Muso Soseki. Il m'était difficile de le lui expliquer sans me montrer impoli; mais il le comprit d'instinct et m'en excusa de lui-même :

« Je pensais que cela pouvait arriver. C'est pour cela que je vous ai dit que vous m'aviez appris quelque chose, vous aussi. Vous avez changé. Vous avez gaspillé une part de vous-même qui ne peut être remplacée. Le langage et les symboles, dont nous usions ensemble, sont à présent un obstacle à votre illumination et non une aide. Il ne faut pas que vous en soyez attristé. Cela arrive à beaucoup. Le chemin de la pure contemplation et de l'illumination est réservé à quelques-uns, et je crois qu'à présent il présente peut-être pour vous de sérieux dangers.

— Pouvez-vous me dire ce qui m'est arrivé ?

— Je le crois. Vous êtes pareil à ce voyageur de jadis qui voulait se rendre de Kyoto à Edo, parce que, lui avait-on dit, cette ville était pleine d'intérêt et de diversité. Il se mit en route avec confiance : il avait de l'argent dans sa bourse, de bons vêtements, il était solide et avait des compagnons pour égayer son voyage. Mais avant d'arriver au terme de celui-ci, il découvrit qu'il s'était trompé. Les auberges étaient coûteuses, les filles avides, il se faisait dépouiller par les passeurs et des coquins de toute sorte. Aussi, bien avant d'atteindre Edo, il n'avait plus d'argent, il avait froid dans ses vêtements d'été, ses compagnons avaient disparu en route, et il se retrouvait dans une province dont il ne comprenait pas le dialecte. Il était plus âgé, aussi, car le temps passe vite. Lorsqu'il parlait aux filles, dans les maisons de thé, son cœur était toujours chez lui. Quand il voyait les marchands barguigner, il se disait que l'argent est vite dépensé et que la soie s'use. Que faire ? Il voulait se tuer, mais il n'en avait pas le courage. Il aurait voulu, lui aussi, être un coquin, comme ceux qu'il avait rencontrés, mais il n'était pas doué pour cela. Alors il s'assit au bord de la route et se mit à pleurer sur lui-même. Mais au bout d'un moment, ses larmes se tarirent. Il entendit le gong d'un monastère, il vit les érables rouges, et il dit : « Il me reste la lumière et la pitié « du Compatissant ! » Mais il ne trouva pas la lumière, parce que la lumière est un présent accordé à chaque homme selon ses mérites et non une chose commune. Et la compassion ne put le toucher, parce qu'il s'accrochait à ses propres fautes et ne voulait pas être pardonné... Ma parabole ne vous semble-t-elle pas juste, Amberley-san ?

— Elle est juste. Mais s'arrête-t-elle là, à ce voyageur immobile, sans larmes, sans lumière, refusant la pitié ? Il y a un mot pour cela en Occident : *acedia*.

Il désigne le faux et terrible *nirvana* que l'on trouve non pas dans l'union mais dans la séparation, non pas dans l'extinction du désir mais dans son mépris. Et c'est là que je me retrouve moi-même : voilà pourquoi, je pense, il ne m'est pas possible de poursuivre le *mondo* avec vous...

— Il y a une autre fin à cette parabole, mon ami. Je vais essayer de vous la dire... Nous en étions restés à notre voyageur solitaire, désespéré, au bord de la route. Il ne pouvait revenir en arrière et rien ne le poussait à continuer. Mais il continua à marcher, sans désir. Il vit alors une image du Bouddha, de la déesse Kwannon, ou de Rai-jin, le dieu du tonnerre, peut-être un *fumiejesu,* ou même le Grand Ours du peuple Aïno. C'était un morceau de bois, de pierre ou d'argile cuite qui, pour notre voyageur, ne signifiait rien. Mais parce qu'il était un homme, il sut que cette image avait un sens pour d'autres hommes : c'était une expression de leur besoin, de leur désir d'illumination, d'harmonie et d'évasion de soi. Il s'arrêta donc et récita une prière en l'efficacité de laquelle il ne croyait pas : « Si la lumière existe, montre-la-« moi. Si la force existe, accorde-la-moi. Si le pardon « existe, pardonne-moi. Si demain doit venir, fais que « j'espère en lui. Et si ces choses existent mais ne sont « pas faites pour moi, donne-moi la patience de « supporter d'en être privé... »

— Comment saurai-je si la prière est exaucée ?

— En ayant le courage de vivre sans recevoir de réponse.

— Mais si je n'ai pas de courage ?

— Alors vous poursuivrez votre route, et vous arriverez en un lieu habité par des hommes.

— Comment en être sûr ?

— Parce que là où il y a des images, il y a toujours des hommes !

— Et ensuite ?

— Ensuite, vous verrez ce qu'a vu le seigneur Bouddha : un vieillard, un malade, un mort et un homme sans foyer, à la tête rasée. Et alors vous direz : « Aucun de ceux-là n'est plus heureux que moi, pour-« quoi donc me plaindrais-je ? » Et ou bien vous accepterez de vivre à nouveau parmi les hommes, ou bien vous vous joindrez à celui qui n'a pas de foyer, et vous continuerez votre chemin. Ainsi, d'une manière ou de l'autre, votre prière sera exaucée, la lumière naîtra en vous et vous aspirerez à plus de lumière.

— Et le pardon ? Qui me pardonnera pour ce que j'ai fait ?

— Le mort que vous enterrerez, le malade que vous secourrez, le vieillard que vous soutiendrez, le solitaire dont vous partagerez la solitude.

— Et l'image ?

— Ce sera toujours une image de l'Inconnu et de l'Inconnaissable, qui peut-être, un jour, choisira de vous éclairer — car celui qu'on appelle l'Illuminé a pitié de l'humanité. »

En écoutant Muso Soseki m'exposer cette philosophie froide et spartiate, je sentis mon cœur perdre courage. La prière qu'on adresse à un dieu inconnu est un acte terrible et qui peut pousser un homme aussi bien à la folie qu'à la révélation. C'est un saut dans la nuit, qui peut le faire se heurter aussi bien au silence éternel qu'à la communion avec Dieu. Et pourtant, que pouvais-je faire d'autre ? Mon petit patrimoine de bonnes manières, de bonne éducation et de morale traditionnelle avait été dispersé par le vent de l'Histoire. Mon action, *toute* action était un geste futile contre la puissante marche des éléphants. Que j'y eusse survécu et que Phung Van Cung y eût laissé la vie était un accident sans importance dans la longue et violente évolution qui conduisait de la première forme de vie élémentaire à ce personnage chaotique, l'homme, lequel avait néanmoins réussi à imposer sa loi à la planète. Un accident, ou une chose dotée de sens ? Une lumière, ou une illusion d'obscurité totale ?

Si tout était accident et illusion, je ne voulais pas y avoir part. Le temps était trop long, la vie trop solitaire dans le paysage plat et vide de mon rêve. Mais si, comme Muso me le promettait, il y avait ne fût-ce qu'un espoir de lumière, un besoin de pardon, alors je pouvais accepter de continuer à être un homme. Comment, une fois encore, pourrais-je en être sûr, moi qui avais tué l'oiseau de rêve qui n'existait pas, tué un homme sans le toucher et, ayant détruit ma propre image, regardais à présent dans un miroir vide ?

Comme s'il avait deviné mes pensées, Muso Soseki se pencha pour ramasser un petit caillou, rond, poli, veiné de vert, et me le montra.

« N'est-il pas beau, mon ami ?

— Très beau. »

Alors il jeta le caillou dans le bassin et attendit que l'eau fût à nouveau unie comme un miroir.

« Il est toujours aussi beau, me dit-il, même si vous ne le voyez plus. Il sera encore aussi beau lorsque le poisson l'aura oublié, lorsque les plantes aquatiques l'auront recouvert, lorsque personne, à part vous et moi, ne saura plus qu'il a jamais existé.

— La beauté est-elle suffisante, en face de toute la laideur ?

— Non, mais qu'il y ait quelqu'un pour voir la beauté et s'en réjouir, cela est beaucoup plus important.

— Ce n'est pas encore assez.

— Sans doute, mais savoir qu'on a vu et qu'on a été heureux, c'est savoir qu'on pourrait recommencer.

— Même lorsqu'on a détruit de la beauté et créé de la laideur ?

— Parfois *à cause* de cela... Vous ne m'avez jamais demandé, mon ami, comment je suis venu ici... »

C'était vrai. Depuis notre première rencontre, j'avais considéré Muso Soseki comme une chose permanente, tels les pins, les rochers, les dessins du sable et de la mousse. Il était à ce point associé à eux qu'il eût semblé absurde de se demander comment il était venu là. Je le lui dis, et mon compliment le fit sourire discrètement. Puis il me dit :

« J'ai soixante-quinze ans. J'ai passé ici plus de trente années. En 1931, j'ai participé à l'invasion de la Mandchourie. J'étais officier, fier de mon appartenance à une vieille famille de samouraï. J'ai tué beaucoup d'hommes et l'Empereur m'a décoré pour mon courage. Ensuite je suis tombé malade et j'ai failli mourir. Pour la première fois, j'ai compris ce qu'était cette mort que j'avais infligée à d'autres hommes, les promesses qu'elle détruisait, la dignité qu'elle violait. Moi aussi je souhaitais le pardon, mais je n'avais que la gloire. J'ai voulu prier — mais à quoi sert une pièce de monnaie dans la bouche d'un mort ? Comme vous, je me suis retrouvé dans l'obscurité et j'ai marché longtemps dans la nuit. Alors je suis venu ici, pour chercher la lumière...

— Et vous l'avez trouvée ?

— J'ai appris à ne pas l'exiger.

— Avez-vous changé ?

— Je suis le même — mais j'ai changé, parce que je sais que je ne peux rien modifier à ce que j'ai été ni à ce que j'ai fait.

— Et la lumière ?

— C'est cela, la lumière.

— Vous n'avez pas payé ?

— J'ai tout payé en acceptant le fait que je ne peux rien payer.

— Les chrétiens réclament une pénitence pour le péché.

— Le seigneur Bouddha a enseigné que la vie elle-même est une pénitence pour le désir incontrôlé.

— Les chrétiens disent qu'il faut attendre le pardon de Dieu.

— Pour nous, il y a la pitié du Compatissant. Quelle est la différence ? »

Le soleil s'était couché. Le jardin s'emplissait d'ombres. Les érables n'étaient plus couleur de feu, mais leurs silhouettes sombres se détachaient sur le ciel du soir. La grosse carpe était immobile dans l'eau noire et les nénuphars s'étaient refermés pour dormir.

Muso Soseki posa sa vieille main sur mon bras et m'entraîna dans sa maison.

Saigon, octobre 1963.
Sydney, octobre 1964.

IMPRIMÉ EN FRANCE PAR BRODARD ET TAUPIN
Usine de La Flèche (Sarthe).
LIBRAIRIE GÉNÉRALE FRANÇAISE - 6, rue Pierre-Sarrazin - 75006 Paris.
ISBN : 2 - 253 - 05751 - 7

30/2663/0